불쾌한 ㄴ씨의 유쾌한 가을

이현성 장편소설

달

불쾌한씨의 유쾌한 가을 2

초판 1쇄 인쇄 2019년 10월 24일
초판 1쇄 발행 2019년 11월 8일

지은이 이현성
발행인 오영배
편집 편집부
표지 · 본문 디자인 오정인
제작 조하늬

펴낸곳 (주)삼양출판사 · 단글
주소 서울시 강북구 도봉로 173
대표 전화 02-980-2112 / **팩스** 02-983-0660
편집부 전화 02-987-9393 / **팩스** 02-980-2115
블로그 blog.naver.com/dan_gul
출판등록 1999년 3월 11일 제9-00046호

ISBN 979-11-283-9745-5 (04810) / 979-11-283-9743-1 (세트)

+ (주)삼양출판사 · 단글의 서면 허락 없이는 어떠한 형태나 수단으로도 이 책의 내용을 이용하지 못합니다.
+ 지은이와 협의하에 인지는 생략합니다. 잘못된 책은 구입한 곳에서 바꾸어 드립니다.
+ 이 도서의 국립중앙도서관 출판시도서목록(CIP)은 서지정보유통지원시스템홈페이지(http://seoji.nl.go.kr)와
  국가자료종합목록 구축시스템(http://kolis-net.nl.go.kr)에서 이용하실 수 있습니다. (CIP제어번호 : CIP2019041355)

단글 은 (주)삼양출판사의 로맨스 문학 브랜드입니다.

이현성 장편 소설

불쾌한 ㄷ씨의 유쾌한 가을

②

단글

목차

8장

강한의 얼굴이 가까워지는 것이, 호흡 곤란 증세로 인한 환각인
줄 알았다.

그러나 아니었다.

가까워진 코가 가을의 코를 살짝 스쳤고, 부드러운 입술이 가을
의 입술 위에 겹쳐졌다.

입술에서부터 시작한 달큰하고도 뜨거운 감각이 온몸을 지배해,
가을은 호흡 곤란이 일어난다는 것도 잊고 눈을 번쩍 떴다.

살포시 감긴 강한의 눈이 바로 앞에 있었다.

그 순간 가을은, 강한의 속눈썹이 참 길다는, 상황과 어울리지 않
는 생각을 했다.

그런데 도대체 이게 뭘까?

상황을 정리하기도 전에, 강한의 입술이 벌어지며 가을의 입술을 살짝 머금었다.

조심스럽게 빨아들이던 힘이 점점 강해지고, 뜨거운 혀가 가을의 입 안으로 들어왔다.

그것은 몹시도 갈급했다는 듯 가을의 혀를 휘감고 입 안을 휘저었다.

부드러운 혀가 잇몸과 고른 이와 예민한 입천장을 스치고, 또다시 가을의 혀를 붙잡았다.

가을은 어떻게 반응을 해야 하는 건지 알 수 없었다.

키스를 하는 것은 처음이었기 때문이다.

하지만 강한의 움직임에 가을의 혀도 본능적으로 움직이기 시작했다.

혀와 혀가 얽히고 타액이 섞였다.

그렇게 한참 동안, 가을은 아무 생각도 못 한 채 강한의 키스를 음미했다.

크게 떴던 눈도 스르륵 자연스럽게 감겼다.

눈을 감으니 감각이 더욱 예민해졌다.

입술에 닿은 그의 체온이 뜨겁고 감미로웠다.

입술에서 시작된 달콤한 전율이 전신으로 퍼져 나가, 별빛처럼 가을을 감쌌다.

강한이 떨어져 나갔을 때 가을은 허전함을 느꼈다.

하지만 강한의 입술은 가을의 눈썹과 눈과 코와 볼에 꼼꼼히 입을 맞추고 나서야 만족했다는 듯 완전히 떨어졌다.

가을은 조심스레 눈을 떴다.

강한은 여전히 찡그리고 있었다.

그러나 평소보다 조금 상기된 듯 보이기도 했다.

"이게…… 무슨……?"

놀랍게도 화가 나진 않았다.

그저 강한이 왜 이런 짓을 한 건지 궁금했을 뿐이었다.

게다가 아까부터 쿵쾅쿵쾅 거세게 뛰는 심장 소리 때문에, 적절한 생각을 할 수가 없었다.

"어때?"

"조, 좋았죠!"

저도 모르게 솔직한 대답을 해 버렸다.

"좋았어?"

자기가 물어봤으면서 들려온 대답에 강한이 눈을 크게 떴다.

"아, 아뇨. 그게 아니라…… 대체 왜 이런 짓을…… 저한테 왜……?"

"호흡 곤란, 괜찮아졌지?"

"아…… 네, 어? 그러고 보니…… 괜찮아졌네요."

"치료 목적이야."

"치료…… 목적이요……?"

"그래. 앞으로 호흡 곤란 생기면 이걸 생각해."라며, 강한이 자신의 입술을 톡톡 두드렸다.

"그, 그게 뭐예요!"

"뭐긴. 치료라니까? 심지어 좋았다며? 몸에 좋은 건 다 아프거나 쓰기 마련인데, 이건 좋았다면서? 역시 나란 남자는, 몸에 좋은데 좋기까지 하네. 이런 걸 두고 일석이조라고 하는 거지. 넌 진짜 좋은 대장 둔 거다."

"아, 아니요. 그런 게 문제가 아니라. 저…… 첫 키스거든요?"

"첫 키스야?"

이번에도 강한은 깜짝 놀란 표정이었다.

하지만 곧 원래의 표정으로 돌아갔는데, 평소와는 미묘하게 다른 것이 기분이 좋아 보였다.

"뭐, 어쨌든 치료잖아. 치료는 치료고, 그거는 그거야."

"그, 그런 게 어디 있어요! 전…… 전 첫 키스는 대장 같은 사람이랑 하고 싶지 않았단 말이에요!"

"뭐!"

강한이 큰 충격을 받아 허물어지려 했다.

"야! 내가 어디가 어때서? 거리에 나가 봐. 나 같은 남자 하나라도 찾을 수 있는 줄 알아?"

"대장 같은 남자가 두 명이면 큰일이죠."

"뭐가 큰일이야! 내 입술, 돈 주고 사겠다는 사람도 많아! 얼마 전에는 100만 원에 사고 싶다는 사람도 있었어!"

"그 여자 입술엔 장애라도 있대요? 요새 장기 매매가 극성이라더니……."

"어이, 최가을, 최가을."

강한이 침착하려고 애쓰며 가을을 불렀다.

"네가 뭔가 오해하는 모양인데, 나 인기 많아."

"참도 그러시겠네요."

"아니, 왜 그런 반응을 보이는 거지? 내가 어때서? 키 크지, 근사하게 생겼지, 생활력 있지. 뭐 하나 빼놓을 게 없잖아!"

"대장이 그렇게 생각해서 기분 좋다면 계속 그렇게 생각하세요."

"야!"

"왜요!"

"넌…… 넌 정말……."

강한의 몸이 부들부들 떨렸다.

"넌 정말 밉살맞아!"

"그 밉살맞은 애한테 억지로 키스를 한 게 대장이거든요?"

"억지라니! 너도 좋았다며!"

"그냥 해 본 말이에요!"

"해 보긴 뭘 해 봐! 그게 진심이잖아! 넌 왜 이렇게 거짓말을 난발해?"

"누가 거짓말을 했다고 그래요? 이 변태 아저씨 같으니."

"뭐? 아저씨도 모자라서…… 변태? 이 여자가, 말이면 단 줄 알아?"

"그럼 변태 아저씨는요? 키스만 해 대면 단 줄 알아요?"

"아, 그러니까 내가 막 키스를 뿌리고 다니는 놈은 아니라고!"

"아니긴 뭐가 아니에요! 이거 완전 직원 성추행인 거 알죠? 대장, 나한테 약점 잡힌 거예요!"

"헉!"

"앞으로 나한테 잘해요. 안 그러면 확!"

"증거 있어?"

"……즈, 증거는…… 어쨌든 했잖아요!"

"증거 갖고 와, 증거! 세상은 말이지, 증거 없으면 땡이야!"

"그런 게 어디 있어요! 그런다고 대장이 나한테 키스한 사실이 사라지는 건 아니잖아요!"

"왜 이렇게 화를 내! 너 지금 100만 원 번거야! 내 입술, 100만 원 줘도 안 파는 거라니까?"

"그럼 계속 팔지 말지 그러셨어요? 그런 100만 원짜리 입술, 갖고 싶지도 않으니까!"

가을은 벌떡 일어났다.

화가 나는 건 아니지만, 쿵쿵 뛰는 박동 소리를 감추고 싶어서 소리를 질러댔더니 머리가 띵했다.

강한은 황당하다는 표정을 짓고 있었다.

가을은 말해 주고 싶었다.

내가 더 황당해, 이 사람아!

"어디 가!"

"방에요! 전 내일도 일해야 되거든요."

"누군 일 없는 줄 알아!"

"일 많아서 참 좋겠네요."

강한이 가을의 뒤를 따라왔다.

"요샌 뭐로 일해? 카메라 부서졌잖아."

"비상용으로 놔둔 게 있어요. 일하다가 부서진 건데 새로 하나 사 주지도 않고."

가을이 입술을 비쭉거리며 투덜거리자, 강한이 가을의 앞으로 쇼핑백 하나를 내밀었다.

아까부터 갖고 있었던 것 같은데, 가을은 그 쇼핑백의 존재를 전혀 눈치채지 못하고 있었다.

"이게…… 뭐예요?"

"생일 선물."

"저, 정말요? 대장은 생일 선물에 돈 쓰는 사람 아니잖아요."

"……나도 생일 선물 정도는 챙길 줄 아는 사람이야!"

가을은 쇼핑백을 받아 들었다.

쇼핑백 안에는 지난번 부서진 카메라보다 더 성능이 좋은, 하지만 비싸서 사지 못했던 카메라와 렌즈가 들어 있었다.

"이건……?"

강한은 가을을 똑바로 보지 못하고 변명하듯 중얼거렸다.

"오해할까 봐 하는 말인데, 우리 심부름센터는 기물 파손됐다고 하나 새로 사 주는 일 없어! 이건 그냥 생일 선물일 뿐이야, 생일 선물. 그러니까 혹시라도 뭐 부서졌다고 사 달라거나 그러는 일은 없도록 해. 이건 아주아주 특별한 경우니까. 두 번 다시는 이런 일 없어."

어째서일까.

중얼중얼 변명하는 강한이 사랑스러웠다.

가을의 사정을 잘 아는 강한은 가을이 카메라 하나 사기 위해 많은 것을 포기해야 한다는 것을 알았을 것이다.

그러니까 절대로 하지 않는, 이런 행동을 한 거겠지.

생일 선물일 뿐이라는 변명을 덧붙여 가면서.

두 팔을 벌려 강한의 허리를 끌어안은 건 충동적인 행동이었다.

가을 자신도 생각지 못한 행동.

"고마워요."

갑작스러운 포옹에 말을 멈춘 강한에게, 가을은 그 어떤 다른 생각도 없이 솔직하게 말했다.

"정말로 고마워요, 대장."

*　　　*　　　*

새벽이 되어서야, 가을은 침대 위에서, 강한은 침대 옆 좁은 공간에 몸을 비집고 들어가 잠을 청했다.

드렁드렁 코 고는 소리는 의외로 지영에게서 나고 있었다.

"하여간 저 계집애는 여러 가지로 사람 마음 심란하게 만든다니까."

투덜거리는 강한의 음성을 들으며, 가을은 잠이 들었다.

매일 밤 꾸는 꿈이 있었다.

일렁이는 붉은 불꽃과 아버지의 고통스러운 마지막 모습, 불에 탄 동생과 어머니.

그런 장면이 그 날 이후 매일, 매일 꿈속에 찾아왔다.

그렇게라도 가족을 볼 수 있어서 좋은 한편, 다시 그 날로 돌아간 것처럼 온몸이 뜨거워, 숨 쉬기가 괴로워, 잠을 자는 것이 무서웠다.

그러나 오늘 밤.

가을은 꿈을 꾸었다.

식탁 위에는 먹다 남긴 케이크가 있었고, 동생은 거실에서 아빠의 팔을 베고 잠이 들었다. 드렁드렁 울리는 코 고는 소리에, 식탁을 치우던 엄마가, "하여간 저 양반 코 고는 소리는 예나 지금이나 똑같다니까."라고 중얼거렸다.

그 광경이 참으로 따스하고 슬퍼서, 다정하고 아파서, 가을은 주먹을 꽉 쥐고 애써 미소 지었다.

차라리 꿈이라는 걸 몰랐으면 좋겠는데, 이걸 현실이라 생각하고 잠시나마 기분 좋게 받아들일 수 있으면 좋겠는데.

알고 있었다.

이 광경은 두 번 다시 보지 못할, 사랑스럽고도 슬픈 꿈일 뿐이라는 걸.

그래서 가을은 울음을 참고 엄마의 뒤로 다가가 엄마의 허리를 꽉 끌어안았다.

"엄마. 미안해. 미안해."

"어머, 애가 왜 이런담?"

"미안해, 엄마."

"뭐가 미안해, 가을아. 엄마는 네가 무슨 짓을 해도 다 괜찮아. 미안해할 거 없어. 그러니까 가을아."

두 팔 안에 있던 엄마가 어느새 멀리 떨어져 서 있었다.

거실에서 자던 아빠도, 동생도, 저 멀리 엄마의 옆에 나란히 서 있었다.

행복했던 식탁도 사라지고, 집도 사라졌다.

그러나 온기는 남아 있었다.

사라져가는 온기가 아쉬워, 가을은 손을 뻗었다.

그런 가을을 향해, 부모님과 동생은 애정 어린 미소를 지었다.

"그러니까 가을아. 우리는 괜찮아. 그래서 가을아. 너도 괜찮았으면 좋겠어."

가족들의 모습이 점점 더 멀어졌다.

"나도. 나도 데려가."

꿈이라는 걸 알면서도 그들을 향해 손을 뻗었다.

"날 두고 가지 마. 나도 데려가."

하지만 가족들은 응답하지 않았다.

온기가.

사라져 간다.

가슴이 또다시 싸늘하게 식었다.

그때였다.

이마 위에 또 다른 온기가 내려앉은 것은.

"어딜 가게?"

묘하게 현실적인 목소리가 들려왔다.

가을은 번쩍 눈을 떴다.

까만 눈동자 두 개가 가을을 내려다보고 있었다.

강한이었다.

작은 창문으로 새벽빛이 스며들고 있었다. 새벽빛에 감싸인 강한이 침대 옆에 앉아, 가을의 이마에 맺힌 땀을 닦아 주고 있었다.

"대장…… 왜 안 자요?"

"잘 거야. 그런데 너, 어디 가게?"

"제가 가긴 어딜 가요. 그냥 꿈을 꿨어요."

"그래."

강한의 손은 차가웠고, 그래서 이마에 닿는 서늘한 느낌이 좋았다.

"그럼 다시 자. 어디 갈 생각하지 말고."

"어디 안 가요. 갈 데도 없고."

"그래."

누군가의 옆에서 잠을 청하는 건, 참으로 오랜만의 일이었다. 어색하거나 이상할 거라고 생각했는데, 의외로 자연스러웠다.

여전히 들려오는 드르렁드르렁, 코 고는 소리도, 연진이 끄응거리며 뒤척이는 소리도, 성희의 고른 숨소리도. 그리고 이마에 느껴지는 강한의 다정한 손길도.

전부 자연스러워서 또다시 까무룩 잠이 들었다.

이번에는 아까보다 편안한 표정으로 잠이 든 가을을 보며, 강한은 작게 한숨을 내쉬었다.

"그거 알아, 최가을?"

강한은 가을이 혼자라는 느낌을 받지 않도록 계속 이마를 쓰다듬어 주며 속삭였다.

"나도 첫 키스였어."

　　　　　　　*　　　　*　　　　*

　서울로 올라가는 트럭을 운전하는 강한의 표정이 묘했다.

　평소처럼 찡그리고는 있는데 가끔씩 입꼬리가 슬쩍 올라가기도 하고, 세상 무너진 것처럼 콧등에 주름을 잡기도 했다.

　서울 가는 몇 시간 동안 수시로 바뀌는 표정을 보다 못한 지영이 짜증스럽게 말했다.

　"아니, 좀! 웃으려면 웃고, 화를 내려면 내라고! 사람 심란하게 만들지 말고!"

　"이 계집애야. 왜 갑자기 어깃장이야? 내 기분은 지금 사해보다도 더 고요한데!"

　"고요는 개뿔. 고요의 뜻 몰라? 오빠는 한글 제대로 안 배웠어?"

　"미쳤어? 오빠는 무슨 오빠? 운전 중인데 경기 일으키게 하지 마라."

　강한이 진저리를 쳤다.

　듣고 있던 연진이 진지하게 고개를 끄덕였다.

　"맞아요, 누나. 방금은 누나가 좀 심했어요."

　"그래, 미호야. 그러지는 말자."

　강한의 옆자리에서 팔짱을 끼고 앉아 있던 성희가 거들었다.

　"알겠어. 방금은 내 실수였어. 미안. 내가 심했네."

　지영이 담백하게 사과했다.

　"그런데 대장도 그렇잖아. 왜 자꾸 입술을 실룩거려서 보는 사람 짜증 나게 만드느냔 말이야. 웃든가, 울든가 하나를 하라고."

"그럼 내 얼굴 보지 마. 보고 싶은 건 알겠는데, 그래도 보지 마. 보려면 돈 내. 분당 천 원. 캠, 구미호가 내 얼굴 보는 시간 철저하게 계산해라. 5분당 서비스 10초 추가 넣어서."

"아, 귀찮게."

투덜거리면서도 연진은 지영이 강한의 얼굴을 보는지, 안 보는지 계산하기 시작했다.

지영이 손바닥으로 연진의 얼굴을 밀었다.

"저러는 것 좀 받아 주지 마. 받아 주니까 더 저러잖아."

"대장 저러는 게 하루 이틀이에요? 누나, 슬슬 포기할 때 됐어요. 받아들이자고요. 우리 대장이 미쳤다는 걸."

"미치다니. 이 세상에서 정상인이라는 이름을 딱 한 명한테만 붙인다면, 그게 바로 나라는 거 몰라?"

"딱 한 명만 정상인이라면, 그게 바로 비정상인 거죠."

"내, 이래서 명문대 다니는 것들이랑은 상종을 못 하겠다니까!"

"아니, 대장도 명문대 나왔잖아요. 대체 왜 자격지심 느끼는 척하는 건데요?"

"됐다. 니들이랑은 말이 안 통해. 난 얼른 서울 가서 똘이랑 심도 있게 대화를 나눠야겠다."

"똘이랑은 대화가 통하고요?"

"말했잖아. 뭐든 진심을 가지고 대하면 대화가 통하는 법이라고."

늘 그렇듯 가을 심부름센터 직원들이 전부 모인 자리는 시끌시끌했다.

강한과 지영, 연진이 어디까지의 진심을 보여야, 사물과 대화를 할 수 있는지에 대해 토론하는 동안, 성희는 팔짱을 끼고 차창 밖을 응시했다.

오늘 아침, 가을은 묘하게 들뜬 모습이었다.

—다들 와 줘서 고마워요. 이따 서울 가는 대로 심부름센터에 들를게요. 조심해서 올라가세요.

어깨에 무거운 카메라 가방을 메고, 두 손을 흔드는 가을은 봄볕처럼 상큼했다.

주위에 분홍빛 무언가가 살랑살랑 흔들리는 것처럼 보였다.

'그리고 지금, 내 옆에 앉아 있는 이 녀석도.'

성희는 고개를 돌려 강한의 옆모습을 지켜봤다.

강한은 여전히 찡그리고 있지만 알 수 있었다.

평소와 다른 분홍빛 무언가가 살랑살랑 흔들리고 있다는 걸.

"했군."

성희는 그 깨달음을 입 밖으로 내뱉었다.

"어? 뭘?"

강한이 눈에 띄게 당황하며 물었다.

"뭔지는 네가 더 잘 알겠지."

성희는 콕 집어 말해 주지 않았다.

"알긴 뭘 알아? 내가 끝내주게 잘생기고 숨넘어가게 재능이 많으니 오해할 수는 있어. 하지만 알아 둬. 남의 속마음을 읽는 재능은 없어!"

"흐응."

"콧방귀 뀌지 마. 나는 아무것도 안 했고, 아무것도 몰라!"

"소리 좀 낮춰라. 아무것도 안 하고 아무것도 모르는 게 그렇게
까지 화를 낼 일이냐?"

"난 정직한 남자야. 네가 아무리 내 친구라도, 안 한 걸 했다고 하
고, 모르는 걸 안다고 할 수는 없어!"

"뭔가 오해하는 모양인데, 누차 이야기하지만 너는 내 친구 아니
다."

끼이이익—!

강한이 갑자기 트럭을 갓길에 세우고, 충격적인 표정으로 성희
를 돌아봤다.

"형님. 설마…… 그런 거야?"

"뭐가?"

"형님, 물론 나는 형님이 좋아. 하지만…… 미안. 남자랑 사랑을
하는 건 좀……."

성희는 말없이 강한을 노려봤고, 성희의 기세에 밀린 강한은, "아
니, 형님이 오해할 법하게 말했잖아.", "그럼 내가 형님을 사랑하길
바랐어?", "제기랄! 나도 취향이라는 게 있다고!"라고 버럭버럭 소리
를 지르며, 다시 차를 출발시켰다.

그리고 지영과 연진은 늘 그렇듯, 못 볼 것을 본 표정으로 강한의
뒤통수를 보고 있었다.

*　　　*　　　*

　강한은 서울에 도착하자마자 똘이를 맡겨 두었던 옆집으로 향했다.

　"어머, 불쾌한 씨. 일찍 왔네?"

　"누님, 똘이가 누님을 힘들게 하지는 않았습니까?"

　"힘들게 하긴. 요 녀석, 아주 애굣덩어리야. 옆에 와서 얼마나 몸을 비비적거리던지. 예뻐 죽겠어, 아주."

　똘이는 옆집 아주머니의 품에 얌전하게 안겨 있었다.

　강한과 함께 있을 때와는 사뭇 다른 똘이의 모습에, 강한은 얄밉다는 눈초리로 똘이를 쏘아봤다.

　똘이는 딴청을 피우며 가르릉거렸다.

　"무료로 이렇게 똘이를 맡아 주셔서 감사합니다, 누님. 대신 다음에 심부름센터를 찾으시면 10프로 DC를 약속드리겠습니다."

　"10프로나? 불쾌한 씨. 요새 아주 씀씀이가 헤퍼졌네."

　가을 심부름센터가 돈에 있어서는 아주 철저하다는 걸 아는 옆집 아주머니가 놀라워했다.

　강한은 평소답지 않게 깊은 한숨을 내쉬며 대답했다.

　"네, 요새 제가 가을을 타서요."

　똘이를 받아 들고 심부름센터로 돌아온 강한은, 마당의 파라솔 식탁에 똘이를 올려놓고 주위를 둘러봤다.

　보는 이가 없다는 걸 확인한 강한이 똘이에게 말했다.

　"똘이야, 심각하다. 이번엔 진짜야. 물론 지금까지도 진짜였지만 이번엔 진짜 중의 진짜. 남자 중의 남자인 나 정도의 고민이랄까? 아, 물론 내가 고민 덩어리 그 자체라는 뜻은 아냐. 알지?"

똘이는 귀찮은 듯 마징가 귀를 하고 있었다.

"똘이야, 내가."

강한은 다시 주위를 둘러봤다.

아무도 없었지만 그래도 안심이 되지 않는다는 듯 허리를 굽히고 똘이의 귀에 속삭였다.

"내가 가을이랑 키스를 했어."

귀에 입김이 닿자, 똘이가 도망치려고 몸을 틀었다. 하지만 강한이 꽉 잡고 있어서 그럴 수도 없었다.

똘이가 한숨을 내쉬며 꼬리를 탁탁 쳤다.

"그래, 너도 놀랍지?"

강한은 늘 그렇듯 똘이의 태도를 제멋대로 해석했다.

"놀라울 수 있어. 물론 놀라운 일이지. 알다시피 나는 순결한 남자거든. 순백의 웨딩드레스가 가장 잘 어울리는 남자란 말이야, 나는. 아니, 문제는 이게 아냐. 키스, 그래. 할 수 있지. 할 수 있는데. 똘이야, 나는…… 사랑을 하고 싶지 않아. 너는 고양이라서 모르겠지만, 사랑이라는 게 돈이 진짜 많이 들거든. 그냥 잠만 자고 똥만 싸면서, 사료를 먹어 치우는 너는 상상도 못 할 일이겠지."

그동안 강한의 상담사 역할을 톡톡히 해 온 똘이가 불만스럽게 강한을 노려봤다.

"그래, 뭐. 나도 모르는 새에 사랑을 하게 됐어. 그건 어쩔 수 없지. 억지로 사랑을 그만두려고 하진 않을 거야. 그것도 에너지 낭비거든. 그런데 키스라는 게 말이야. 의외로 칼로리 소모가 심한 일이 거든. 칼로리를 많이 소비하면, 그만큼 더 먹어야 되고, 더 먹어야 하면 그만큼 식비가 나가. 결국 돈이 든다는 거지, 돈이.”

강한은 하늘이 무너진 것 같은 표정이었다.

“그래, 벌써 배가 고파. 이 시간에 배가 고픈 건 어제 그 키스의 여파겠지. 물론 한 번은 실수로 할 수 있다고 생각해. 그러니까 어제의 일에 대해 고민하는 건 관두겠어. 문제는…….”

강한은 깊은 한숨을 내쉬었다.

“똘이야. 최가을 입술이 너무…… 탐스러워.”

강한은 눈을 감고, 오늘 아침에 본 가을을 떠올렸다.

자다 깨서 부스스한 가을은, 여기가 어딘가 싶은 표정으로 멍하니 앉아 있었다.

가슴이 따끔따끔할 정도로 귀여웠는데, 문제는 시선이 자꾸 가을의 입술로 향한다는 점이었다.

“입술이 되게 작고 도톰한데 새빨갛거든. 거기에 뭔가 되게…… 그래, 되게 촉촉해 보여. 그래서 거기에 혀를 대면 달콤한 것처럼 보인단 말이야. 하마터면 오늘 아침에도 키스를 할 뻔했다니? 이게 말이 되냐? 이런 생산성 없는 일에, 아니, 오히려 칼로리를 낭비하는 일에 내가 집착한다는 게?”

똘이는 그저 이곳을 빠져나가고 싶은 듯 발버둥을 쳤다.

“그래, 말도 안 되지. 미쳤어, 나는. 미쳐 가는 거야. 이렇게 미쳐 가다가 결국 참지 못하고 매일매일 최가을한테 키스를 하게 될지도 몰라. 그럴 수밖에 없지. 그 입술이 너무 달콤하고 촉촉하니까! 누가 안 하겠어? 그렇게 달콤하고 촉촉한데! 누구라도 하고 싶을걸!
아니, 대체 최가을 입술은 왜 이렇게 달콤하고 부드럽냐고!"

강한이 하늘을 향해 부르짖었다.

방에서 짐을 정리하던 연진과 지영이 그 외침을 듣고 고개를 절
레절레 저었다.

"저 인간은 또 시작이네."

"동네방네 소문나겠네요. 가을이 누나랑 대장이랑 키스했다고."

그리고 성희는 거실에서 베란다 창문으로 강한의 모습을 지켜보
며 생각했다.

'저걸 진짜 어떻게 해야 하지?'

강한은 똘이에게서 원하는 답을 얻지 못했다.

아무래도 좋았다.

제아무리 가을의 입술이 탐스럽고 부드러워도, 그 붉은 입술에
서 달콤한 맛이 날 것만 같아도.

앞으로 두 번 다시는 가을과 키스할 일은 없을 것이다. 그 정도
의 자제력은 있다.

집으로 들어와 보니, 각자 할 일을 하고 있었다.

강한과 가을 사이에 있었던 일은 아무도 모르는 눈치였다.

성희가 조금 눈치를 챈 것 같지만, 확신하고 있는 것 같진 않았으
니 이대로 가을과 거리를 두면 오해였다고 판단하리라.

가을과 키스를 했다는 사실은 무덤까지 가지고 가야만 하는 비
밀이었다.

강한은 심기가 불편한 표정으로 소파에 앉아 있었다.

성희와 연진이 각자 일을 하러 나간 터라, 심부름센터에는 강한과 지영뿐이었다.

손톱에 매니큐어를 칠하던 지영이, "아." 하고 고개를 들었다.

소파 맞은편에 앉아 있던 강한이 얼른 물었다.

"매니큐어 발라 드릴까요, 고객님? 지당 5천 원에 모십니다."

"지당이 뭐야?"

"손가락 지, 모르냐? 중학교 안 나왔어?"

"어머, 고객님한테 그런 식으로 말해도 되는 거야?"

"손가락 지를 모르는 걸 보니, 중학교를 안 나오셨나 봅니다, 고객님. 아주 괜찮은 검정고시 코스를 알아봐 드릴까요?"

"됐어, 나한테 영업하지 마. 대장한테 손가락 맡길 생각 없거든?"

"제길."

강한이 다시 소파에 등을 기대고 팔짱을 꼈다. 고객님이 아닌 지영에게는 아주 작은 관심을 보이는 에너지조차 낭비하기 싫다는 태도였다.

"가을이, 슬슬 서울로 출발했겠네."

지영이 중얼거리는 말에 강한의 어깨가 움찔했다.

지영은 그 모습을 흘끗 보고는 휴대폰을 들었다.

"어, 가을이한테 메시지 와 있었네."

강한이 고개를 삐죽 내밀어 메시지를 확인하려 했지만, 지영은 자기 쪽으로 휴대폰을 기울였다.

"뭐래?"

강한이 아무래도 좋다는 투로 물었다.

"알아서 뭐하게?"

지영이 건성으로 대꾸하며 가을에게 답을 보냈다.

"직원 관리 중이잖아, 지금. 일하는 중에 개인적인 메시지는 자제해야지. 이 시간에 나누는 메시지는 전부 나한테 보고해야 하는 거 몰라?"

"대체 어느 직장의 대표가 그런 것까지 간섭한대? 여기가 북한이야?"

"이리 내놔 봐."

강한이 손을 뻗었다.

지영은 피하려고 했지만 강한은 집요했다.

이리저리 피하다가 덜 마른 매니큐어가 소파에 묻었다. 그 와중에도 그걸 목격한 강한이 단호하게 말했다.

"소파 청소비는 받을 거다."

"받긴 뭘 받아. 대장 때문에 이렇게 된 거잖아!"

"언성 높이지 마, 이 계집애야."

"지금 안 높이게 생겼어? 대장 때문에 매니큐어도 엉망이 됐다고!"

"리터치가 필요하십니까, 고객님?"

"아, 나한테 영업하지 좀 말라고!"

지영이 짜증을 내든 말든, 강한은 지영에게서 빼앗은 휴대폰의 메시지를 확인하려 했다.

하지만 지영이 얼른 휴대폰 화면을 꺼 둔 터라, 패턴을 그려서 열어야 했다.

그쯤에서 멈출 줄 알았는데, 자연스럽게 패턴을 그리는 강한을 보며 지영이 인상을 찌푸렸다.

"내 폰 패턴은 어떻게 아는 거야?"

"내가 모르는 게 어디 있어? 직원 휴대폰 패턴도 몰라서 이 일 해 먹겠어?"

"아니, 대체 이 일은 어떻게 되먹은 일이기에, 사생활 존중을 안 해 주는 거래?"

그러거나 말거나 강한은 가을에게서 온 메시지를 확인했다.

[지영아, 나 지금 출발했어. 그런데 출발 시간은 왜? 급한 일
생겼어?]

확인해 보니, 지영이 먼저 보낸 메시지가 있었다.

[가을아, 출발할 때 연락 좀 줘.]

강한이 지영에게 휴대폰을 돌려주며 물었다.

"최가을 출발 시간은 왜 물어?"

"아니, 난 가을이한테 출발 시간을 물을 자격도 없어?"

"없어. 뭐든 나한테 허락받고 해."

"미쳤어, 대장? 어디 아파? 아니면…… 흐음."

지영의 눈이 가늘어졌다.

"뭐야? 왜 눈을 그렇게 떠? 할 얘기가 있으면 똑바로 해!"

"아, 눈을 이렇게 뜨는 것도 허락을 받아야 하는 거였어? 그럼 대장, 나 숨 쉬어도 돼?"

"돼."

"고마워."

지영은 숨을 쉬었다.

"아, 대장. 나 화장실 좀 가도 돼?"

"……돼."

"고마워. 아, 대장. 화장실 갔다가 손 씻고 나와도 돼?"

"구미호……."

"왜? 다 허락받으라며? 손 씻어도 되는 거야?"

"돼."

강한이 이를 악물고 대답했다.

지영은 호호 웃으며 화장실로 향했다.

어릴 때부터 강한을 알고 지냈지만, 저런 모습을 보는 건 처음이었다.

사랑에 빠진 우강한이라니.

대체 어느 누가 믿겠는가.

'하여간 사랑 한번 유치하게 하네.'

가을에게 온 메시지가 신경 쓰이면 신경 쓰인다고 하면 될 것을, 그 말을 못 해서 보고 체계 운운하는 강한이 우습기도 하고, 귀찮기도 했다.

다른 남자가 그랬더라면 조금 귀여워 보였을지도 모르겠지만, 지영에게 있어서 강한의 행동은 거슬리기 짝이 없었다.

아마 앞으로 가을의 일이 관계될 때마다 성가시게 굴 텐데, 그럴 거라면 차라리 이쪽에서 실컷 놀려 주자는 생각이 들었다.

'그래, 그거라도 해야지. 나만 당할 수는 없잖아.'

강한의 사정에 이리저리 휘둘리는 건 사양이다.

지영은 각오를 다지고 화장실에서 나왔다.

"대장, 나 볼일 보고 손 씻고 나왔어. 이제 소파로 걸어가도 돼?"

강한이 부리부리한 눈으로 지영을 노려봤다.

다른 사람이라면 찔끔했을 테지만, 지영에게는 통하지 않았다.

"돼? 안 돼?"

"돼."

강한이 콧등을 찡그리고 으르렁거리듯 대답했다.

소파로 걸어간 지영이 물었다.

"대장, 나 소파에 앉아도 돼?"

"앞으로 우리 가을 심부름센터에서 '돼' 자는 금지다."

"알겠어. 대장, 나 소파에 앉아도 괜찮을까?"

강한이 두 주먹을 불끈 쥐고 이를 으드득 갈았다.

하지만 지영에게는 통하지 않았다.

"어때? 괜찮아? 앉아도 괜찮은 거야? 역시 안 되려나?"

"네 마음대로 해!"

"아니, 그래도 대장한테 허락을 받아야……."

"받지 마, 받지 말라고! 이제부터 이 심부름센터에서 허락의 '허' 자를 꺼내기만 하면……."

벌컥—!

"대장, 저 내일 못 나올 것 같은데 허락해 주세요!"

그때, 현관문이 열리고 뛰어 들어온 연진의 외침에, 강한은 결국 참지 못하고 벌떡 일어나, 하늘을 보고 우짖었다.

"빌어먹을 허락을 요구하는 세상! 다 망해 버려라!"

강한은 새벽녘의 수탉처럼 외쳐댔고, 아무것도 모르는 연진은 당황한 표정으로 지영을 돌아보며 조심스럽게 물었다.

"역시…… 더위 잡순 거 맞죠?"

* * *

첫 키스라는 것은 참으로 사람 마음을 심란하게 만든다는 걸, 이 번에야 알게 되었다.

어젯밤에는 피곤해서 그대로 잠이 들었지만, 아침에 일어나는 순 간부터 '첫 키스'라는 생각에서 벗어날 수가 없었다.

첫 키스.

그런 것을 하게 될 줄은 몰랐다.

'물론 치료 목적이라고 하기는 했지만…… 그래도 혀가 들어왔다 고! 혀!'

입 안에 들어왔던 그의 말캉한 혀와 타액을 떠올리자, 가을은 비 명을 지르고 싶어졌다.

입술을 감싼 달콤한 체온을 떠올리면, 아랫배가 당겨 왔다. 아프지 않은 묘한 감각이었다.

'대장은 왜 그런 짓을 해서는!'

오늘 내내 그 생각을 하느라 다른 생각을 할 수가 없었다.

예를 들자면, 소년 A라든가, 오래전 죽어 간 내 가족에 대한 것들.

언제나 가을의 머릿속을 꽉 채우고 있던 그런 것들이 존재한 적도 없다는 듯 사라졌다.

가을은 그저 강한의 입술과 입술에 닿았던 온도와 섞였던 타액의 달콤함만을 떠올리고 있었다.

'앞으로 대장 얼굴을 어떻게 보지?'

생각하는 것만으로도 이렇게 심장이 벌렁벌렁하고 뛰어대니, 강한의 얼굴을 보면 타격이 클 것만 같았다.

어쩌면 심장이 뚝 멈춰 버릴지도 모르겠다.

'당분간 심부름센터에 나가지 말아야겠다. 며칠 지나면 괜찮아지겠지.'

그렇게 다짐하고 스텝용 차에서 내렸다.

카메라 가방과 짐을 들고 돌아선 가을의 심장이 뚝 멈춰 버렸다.

주차장 중간에 강한이 서 있었다.

강한은 바지 주머니에 손을 찔러 넣고 삐딱한 자세로 서서 이쪽을 응시하고 있었다.

그 뒤로 떨어지는 태양에 주홍빛으로 물든 하늘이 펼쳐져 있었다.

사진으로 찍어 남기고 싶을 만큼 아름다운 광경이었다.

현실적으로 느껴지지 않는 그 광경을, 가을은 멍하니 응시했다.

강한이 가을을 향해 천천히 다가오는 것조차 깨닫지 못했다.

가방을 메고 있던 어깨가 가벼워진 후에야, 가을은 숨을 들이켰다.

강한이 미간을 좁히고 허리를 굽혀, 가을과 시선을 맞췄다.

"뭐야? 또 호흡 곤란이야?"

"네? 아뇨. 아뇨, 아뇨. 전혀요."

호흡 곤란이라고 하면 또 입맞춤을 할지도 모른다.

그러면 정말로 심장이 멎을 것이다.

뒷걸음질까지 치면서 아니라고 부정하는 가을을, 강한은 못마땅한 표정으로 지켜봤다.

"대장이 왜 여기에 있어요?"

"지나가는 길이야."

"주차장을요?"

"왜? 주차장이 네 땅이야?"

"아니, 그런 말이 아니잖아요. 대장은 왜 사사건건 시비예요?"

"시비는 네가 먼저 걸었잖아. 난 여길 지나갈 자유도 없어?"

"됐어요, 대장이랑은 진짜 말이 안 통하네요."

평소와 다름없는 대화를 주고받아서일까.

심장이 제 속도를 되찾았다.

강한의 얼굴을 어떻게 봐야 할지 고민이었는데, 의외로 금방 괜찮아져서 다행이었다.

"가방 이리 주세요."

가을이 손을 내밀었다.

"됐어. 그냥 가."

강한은 가을의 카메라 가방을 어깨에 메고 걷기 시작했다.

"내 가방 들고 어디 가요? 나 여기서 할 일 남았어요."

가을이 스튜디오를 가리키며 말했다.

갑자기 등장한 강한 때문에 깜빡 잊고 있었는데, 촬영을 함께 다녀온 스텝들이 아직 주차장에 있었다.

그들은 신기하다는 듯 가을과 강한을 지켜보고 있었고, 뒤늦게 그들의 시선을 느낀 가을은 조금 창피해졌다.

"할 일 없는 거 알고 왔어. 거짓말 좀 하지 마. 이 거짓말쟁이."

"아니, 대장은 대체 내 스케줄을 어떻게 다 아는 거예요? 뒷조사라도 해요?"

"직원들 뒷조사는 기본 방침이야. 마음에 안 들면 관두든가."

"내가 못 관두는 거 알면서."

"그럼 관두지 말든가."

강한이 이쪽의 의견을 들어줄 리 만무하기에, 가을은 어쩔 수 없이 스텝들에게 꾸벅 인사를 하고 강한의 뒤를 따라갔다.

강한은 긴 다리로 성큼성큼 주차장을 빠져나가며, 아까 심부름 센터에서 있었던 일을 떠올리고 있었다.

―가을이 마중 안 가?

한 시간 전까지 '괜찮아?', '해도 돼?', '허락해 줘.'를 연발하며 강한의 심기를 몹시 불편하게 만든 지영이, 갑자기 소파 맞은편에 앉더니 물었다.

　　―내가 최가을을 왜 마중 가?

　사실은 마중 가고 싶었다.
　가을 혼자 무거운 짐을 들고 돌아다닐 것을 생각하면 마음이 무거웠다.
　게다가 가을은 얼마나 반짝반짝 빛이 나는지, 빛나는 걸 좋아하는 까마귀가 물어 갈지도 모른다는 우려도 있었다.
　그러나 마중 가고 싶다고 했다가는, 가을을 향한 이 마음을, 더불어 어젯밤의 첫 키스를 들킬지도 모르기에 꾹 억누르는 중이었다.

　　―왜 마중 가긴. 가을이는 우리 심부름센터 직원이고, 예쁘고,
　　누가 홀딱 채어 갈지도 모르잖아.

　역시 누가 홀딱 채어 갈까 봐 걱정되는 건, 강한만이 아니었나 보다.
　더욱더 불안해졌지만, 그렇다고 어젯밤의 키스를 들킬 생각은 없었기 때문에 강한은 팔짱을 끼고 뚱하니 앉아 있었다.
　그때, 방에서 나오던 연진이 말했다.

―가을이 누나, 제가 데리러 갈게요. 저, 가을이 누나랑 저녁 먹
고 들어와도 되죠?

왜인지, 가을과 연진이 마주 앉아 도란도란 대화를 나누며 "너 한
입, 나 한 입." 하며 식사를 할 생각을 하자, 울화통이 터져서 견딜
수가 없어졌다.

물론 연진과 가을이 "너 한 입, 나 한 입."을 할 일은 없겠지만.

―내가 간다!

두 번 생각할 틈도 없이 벌떡 일어나 외쳤다.

―왜요? 제가 갈게요. 대장은 할 일 많잖아요.
―직원 보살피는 게 내가 할 일이야! 너는 방에 들어가서 일이
나 해!
―아, 진짜. 가을이 누나네 스튜디오 근처에 맛집 있어서 거기
가 보려고 했는데.
―그 맛집이 어딘데!
―안 가르쳐 줄 거예요! 나중에 내가 가을이 누나랑 같이 갈 거
니까.
―알려 줘. 내가 오늘 최가을이랑 가야겠으니까.
―왜요?
―어?

―왜 대장이 가을이 누나랑 맛집을 가려고 해요? 대장, 그런 데 돈 쓰는 거 싫어하잖아요.

연진이 궁금하다는 듯 강한을 빤히 응시했고, 지영도 그랬다. 그래서 당황한 마음에 버럭 외치고 말았다.

―벌어 둔 돈도 내 마음대로 못 쓰는, 이 자유도, 희망도 세상!

어쨌든 도망치듯 나와 가을을 데리러 오긴 했는데, 연진이 말한 맛집이 어디인지 알 수가 없었다.

오는 길에 맛집으로 검색을 해 봤지만, 광고성이 짙은 글들만 있을 뿐이었다.

연진이 말한 맛집에 가서 '너 한 입, 나 한 입.' 하며 식사를 하고 싶은데, 연진은 강한이 보낸 메시지에 답을 하지 않았다.

아무래도 가을 심부름센터에 새로운 규칙을 몇 개 더 만들어야겠다.

그중 1번은 무슨 일이 있어도 대장의 메시지에는 답장을 할 것. 죽어 가는 순간에도 대장의 메시지에는 답장을 하고 죽을 것.

"대장."

휴대폰만 보면서 걸어가는 강한을 보다 못해, 가을이 입을 열었다.

"휴대폰 보면서 걷다가 사고 나요."

"신경 꺼."

강한의 대꾸에 어이가 없었다.

"대장이 지금 신경 쓰이게 하잖아요. 신경 끄기를 바라면 날 데리러 오질 말든가. 이렇게 안 와도 심부름센터에 들르려고 했다고요."

"너, 뭐 좋아하냐?"

느닷없는 질문에, 가을은 저도 모르게 '대장이요.'라고 대답할 뻔했다.

자신이 한 생각인데도, 가을의 심장이 쿵 내려앉았다.

깜짝 놀랐다.

대장을 좋아하다니.

말도 안 돼.

연애를 할 생각도 없지만, 설령 한다고 해도 강한처럼 24시간 오만상을 찌푸리고 있는 남자는 사양이다.

"뭐, 뭘 좋아하긴 뭘 좋아해요? 왜 그런 걸 물어요?"

"뭘 까치같이 까칠하게 굴어?"

"뭐야, 대장. 지금 같은 까라고 말장난한 거예요? 아저씨 같아."

"그놈의 아저씨 타령 좀 그만해. 이래 봬도 사귀고 싶은 남자 1순위야, 나는."

"대체 어디서 그런 순위를 매기는데요? 그리고 2순위, 3순위가 있기는 해요?"

"2순위는 형님, 3순위 캡. 뻔하잖아."

"3명 중에 1등 해 봐야 뭐가 좋담."

"너 지금 3명 무시하냐? 건장한 성인 남자 3명이 무슨 일을 할 수 있는지 몰라?"

"네, 모르겠는데요. 그리고 그 순위도 잘못됐어요. 1순위는 형님이죠."

"말도 안 되는 소리."

강한이 기가 막힌다는 표정으로 머리를 쓸어 넘겼다.

확실히 얼굴은 근사해서, 머리를 넘기는 모습마저도 영화의 한 장면 같았다.

"말도 안 되긴요. 형님이 얼마나 다정다감한데요. 게다가 힘도 세고, 체력도 좋고, 능력도 많고, 머리도 좋고…… 뭐 하나 빠지는 게 없잖아요."

가을이 성희를 칭찬할수록 강한의 표정이 점점 더 굳어졌다.

"그놈이 체력이 좋긴 뭐가 좋아? 운동을 백날 하면 뭐해? 담배를 피우는데."

"대장, 왜 형님 욕해요? 형님이랑 친구라면서요? 사실은 사이 안 좋아요?"

"안 좋긴! 우린 아주 뜨거운 사이야. 절절하다고."

강한은 성희가 들으면 기겁할 말을 했다.

"알겠어요. 그러니까 그 절절하고 뜨거운 형님이랑 가서 노세요. 저 좀 귀찮게 하지 말고."

"귀찮아? 내가?"

강한은 정말로 충격을 받은 표정이었다.

주인에게 버림받은 강아지 같은 표정에, 가을은 조금 미안해졌다.

"아뇨, 귀찮다기보단……."

"말도 안 되지. 이래 봬도 함께 시간 보내고 싶은 남자 1위인데. 넌 거짓말을 좀 줄일 필요성이 있어. 너무 상습적이야."

미안한 마음이 싹 가셨다.

"아무튼 넌 뭘 좋아해? 아, 이번에는 거짓말하지 말고 대답해."

"똘이를 좋아해요."

"똘이? 너무 심하잖아."

"뭐가 심해요? 똘이 귀엽잖아요."

"넌 귀여우면 다 먹어 치워?"

"먹어 치우다뇨? 무슨 말을 하는 거예요, 지금?"

"똘이를 좋아하다며?"

이 남자랑은 말이 안 통한다.

가을은 대화를 포기하고 빠른 속도로 성큼성큼 걷기 시작했다. 강한이 가을을 따라왔다.

"허리 아픈 데에 고양이 고기가 좋다는 말은 다 미신이야."

"내 허리는 문제없거든요. 고양이 고기를 먹을 생각도 없고요."

가을은 속도를 늦추지 않고 걸어가며 대답했다.

"그럼 뭘 먹고 싶은데?"

"내가 먹고 싶은 건 왜요?"

"사 주게!"

"갑자기 왜 사 주려는 건데요?"

"그것도 몰라서 물어? 네가 우걱우걱 잘 먹는 모습을 보면 기분이 좋으니까!"

기분이 좋다고?

가을은 걸음을 멈추고 강한을 돌아봤다.

강한은 언제나 그렇듯 한껏 찌푸린 얼굴로 가을을 내려다보고 있었다.

'우걱우걱'이라는, 예쁘지 않은 표현은 아무래도 좋았다.

기분이 좋다니.

항상 찡그리고 있는 강한의 입에서 그런 말이 나온 게 신기했다.

"기분이 좋아요?"

"어, 좋아! 난 좀 좋으면 안 돼?"

"아니, 왜 소리를 지르고 그래요?"

"난 기본 성량이 이 정도야! 성량이 풍부해서 성악을 해 보라는 제안도 여러 번 받았어!"

"대장이 성악을 하든 말든 상관없고요. 정말로 그래요? 정말 내가 잘 먹는 걸 보면 기분 좋아요?"

"우걱우걱을 빼지 마."

"저 그렇게까지 우걱우걱 먹진 않거든요?"

"본인은 잘 모르는 법이지."

"에이씨."

그러면 그렇지.

먹는 모습을 지적하려고, 괜히 꺼낸 소리가 틀림없었다.

"그래서 뭘 좋아하는데?"

"장어덮밥이요."

"장어덮밥?"

"네, 장어가 한 마리 통째로 들어간 장어덮밥을 좋아해요."

사실 장어덮밥을 썩 좋아하는 편은 아니었다.

하지만 강한이 사 줄 기세이기에, 조금 난처하게 만들어 줄까 싶어 일부러 비싼 음식을 골랐다.

이러면 안절부절못하다가 딴 음식을 먹으러 가자고 하겠지. 그러면 '그럴 거면 왜 뭘 좋아하냐고 물어봤어요?'라고 핀잔을 줘야지.

"알겠어, 그럼. 그거 먹으러 가."

하지만 가을의 예상과 달리, 강한은 생각해 볼 것도 없다는 듯 곧바로 말했다.

가을은 눈을 동그랗게 뜨고 강한을 올려다봤다.

"왜 그렇게 봐?"

"저, 장어덮밥 좋아한다니까요? 두툼한 거 한 마리 통째로 들어간 장어덮밥."

"알아. 귀 안 먹었어. 그거 먹으러 가자고."

"그거 비싼데."

"비싸 봐야 서울 집값보다 비싸겠어? 이놈의 서울 집값은 왜 이렇게 끝을 모르고 오르는 거야? 우라질."

가을은 이 남자가 무슨 생각인 건지 정말로 알 수가 없었다.

*   *   *

"그래서? 그래서?"

지영이 눈을 반짝반짝 빛내며 물었다.

그 반짝이는 눈이 부담스러워 슬쩍 시선을 돌렸더니, 연진과 성희도 같은 눈빛을 보내고 있었다.

"그래서는 무슨…… 결국 먹었지. 장어 한 마리 통째로."

맛있는 장어덮밥을 파는 가게는 서울을 벗어난 곳에 있었다.

놀랍게도 강한은 택시를 잡았고, 몇만 원을 택시비로 지불하며 장어덮밥을 파는 가게로 향했다. 게다가 돌아오는 길에도 택시를 탔는데, 강한은 비싼 택시비에 대해 한 마디도 하지 않았다.

"보통 장어덮밥에 장어 한 마리가 통째로 들어가지는 않잖아."

성희가 변호사답게 예리한 지적을 했다.

"그렇죠. 대장이 주인아저씨한테 추가 비용 낼 테니까 한 마리 통째로 넣어 달라고 하더라고요."

"호오."

또 지영과 성희, 연진의 눈동자가 반짝반짝 빛났다.

이 사람들이 왜 이러지?

"그럼 대장은 뭘 먹었어요?"

연진이 물었다.

"대장은…… 공깃밥."

"……그럼 그렇지."

연진이 고개를 절레절레 저었다.

"그런데 진짜 왜 그러는 거야? 대장한테 무슨 일 생긴 거 아냐? 어제 대장은 정말 이상했어."

어젯밤 저녁을 먹은 후, 서울로 돌아온 강한은 가을을 집 앞까지 데려다줬다.

심부름센터에 들러야 하는 거 아니냐는 가을의 말에, 강한은 가을의 머리를 툭툭 치듯이 쓰다듬으며 말했다.

─됐으니까 꿈꾸지 말고 잠이나 자.

처음에는 꿈꾸지 말라는 말이 '심부름센터에 올 꿈도 꾸지 마.' 따위의 협박인 줄 알았는데, 집에 들어와 생각해 보니 '악몽을 꾸지 마.' 정도의 의미인 것 같았다.

그런 말을 할 때쯤은 인상을 좀 풀어 주면 오해하지 않을 텐데, 그렇게 인상을 구기고 말하니 협박이라고 오해할 수밖에 없다.

"뭐, 대장한테 무슨 일이 생기긴 생겼지."

지영이 의미심장하게 중얼거렸다.

덜컥 걱정이 됐다.

"무슨 일인데? 큰일이야? 어디 아픈 거야? 시한부라든가, 뭐, 그런 거야?"

"뭐, 아프긴 아픈 거고, 시한부라고 하려면야 하지 못할 것도 없는데."

지영이 뜨뜻미지근하게 대답했다.

"시한부지."

지영과 달리 성희가 단호하게 말했다.

"역시 그런가?"

"그렇지."

"보통 상사병에 걸리면 죽으니까."라는 성희의 뒷말을 가을은 들지 못했다.

시한부라는 말을 듣자마자 심장이 콱 죄어 오면서 진공 상태가 된 듯 아무것도 들리지 않았기 때문이었다.

강한이 시한부라니.

믿어지지 않았다.

하지만 어제의 일을 생각하면, 아주 믿을 수 없는 것도 아니었다.

사람이 죽을 때가 되면 변한다는데, 어제의 강한은 그렇게밖에 표현할 수가 없었다.

그 모든 것이 시한부이기 때문이었다.

그러면서도 강한은 가을에게 내색하지 않았다.

대장이 죽는다.

우강한이 죽는다.

만난 지 얼마 안 된 사람인데, 왜 이렇게 가슴이 미어지는 걸까.

왜 이렇게 숨을 쉬기 어려울 만큼 가슴이 아픈 걸까?

왜 이렇게 하늘이 노래지는 걸까?

대체 왜? 왜 하늘이 무너지는 것 같은 기분이 드는 거지?

어차피 이 심부름센터는, 우강한이라는 사람은 잠깐 들렀다가 떠날, 그런 시한부 장소일 뿐인데.

고인 눈물이 볼을 타고 흘러내렸다.

가을의 변화를 눈치채지 못하고 '상사병의 위험성'에 대해 한참 떠들어대던 심부름센터 직원들이 화들짝 놀랐다.

"가을아, 왜 울어?"

"누나, 왜 그래요? 그렇게 싫어요?"

"그래, 싫을 수 있지. 그런 놈한테 사랑받는 게 싫을 수는 있는데……."

"대장이 시한부라면서요……?"

가을이 입을 열었다.

"어? 그거야……."

"그런데 어떻게 다들 이렇게 아무렇지도 않아요? 아, 혹시……."

가을은 손등으로 눈물을 쓱 닦았다.

"다들 아무렇지도 않은 척하는 거예요? 대장 마음이 심란해질 테니까?"

"아니, 저……."

"알겠어요. 그럼 저도 대장 앞에서는 내색하지 않을게요. 그런데 너무 충격이라서……."

눈물을 멈추고 싶은데 자꾸만 볼을 타고 흘러내렸다.

가을은 또 손등으로 눈물을 닦았다.

그 모습을 보던 심부름센터 직원들은 서로 눈빛을 주고받았다.

'이거 얼른 사실을 말해야 하는 거 아냐?'

'뭘 어떻게 오해한 걸까요?'

'일단 그냥 놔둬 보자. 재미있어질 것 같은데.'

그래서 그들은 흘러가는 대로 그냥 놔두기로 했다.

* * *

가을이 심부름센터 직원들 앞에서 펑펑 울고 있을 때, 강한은 똘이를 안고 산책을 하며 상담을 하는 중이었다.

"내가 이럴 줄 알았어. 사랑은 열량 소모뿐만이 아니라 과소비까지 하게 만든다고. 내가 어제 얼마를 썼는지 아냐? 내 평생에 몇 시간 만에 그렇게 돈을 써 본 건 처음이야, 처음! 돈 몇십만 원이 순식간에 사라졌다니까?"

똘이는 전혀 관심 없다는 듯 하품을 했다.

"그런데 더 화가 나는 게 뭔지 알아? 그 돈이 아깝지가 않아! 아깝지가 않다고! 오히려! 예쁘더라고. 보기가 좋더라고. 걔가 뭐 먹을 때 입을 오물오물하면서 먹거든. 그게 얼마나 귀여운지, 그게 진짜 보기가 좋아서. 그래서."

더 사 주고 싶었다.

무언가를 더 해 주고 싶어졌다.

"하아. 큰일이야. 이래서야 돈 잔뜩 모아서 건물주가 되겠다는 장래 희망에 차질이 생기겠어. 나는 사랑꾼보다 건물주가 되고 싶다고!"

강한이 하늘을 보고 부르짖었다.

날씨가 유독 좋은 가을날.

창문을 열어 놓고 환기를 시키던 동네 사람들은 생각했다.

'불쾌한 씨가 드디어 사랑에 빠졌나 보네.'

* * *

똘이와의 상담에서 아무것도 얻지 못한 강한이 심부름센터에 돌아왔을 때, 손님이 와 있었다.

가운데는 성희가, 그 양쪽으로 지영과 가을이 앉아서 손님을 맞이하고 있었다.

강한은 그 광경을 물끄러미 지켜보다가, 그들의 맞은편에 앉은 손님을 응시하며 물었다.

"뭐야, 이 꼬맹이는?"

초등학교 4학년 정도로 보이는 어린 소년이, 긴장한 표정으로 허리를 꼿꼿이 세우고 앉아 있었다.

강한의 등장에, 소년이 움찔했다.

친절하게 미소 짓는 심부름센터 직원들과 달리, 오만상을 구기고 있는 강한을 보고 겁에 질린 듯했다.

"손님이야."

성희의 대답에, 강한이 말했다.

"어서 오십시오, 고객님. 편안하게 모시겠습니다."

굳은 표정으로 나이트 웨이터가 할 만한 말을 하는 강한의 모습은, 어린 고객의 긴장을 조금도 풀어주지 못했다.

소년은 여전히 하얗게 질린 얼굴로 앉아 있었고, 가을은 저러다가 저 아이가 기절하는 게 아닌지 걱정되기 시작했다.

그러거나 말거나 강한은 가운데 앉아 있는 성희의 발을 툭툭 쳐서 몰아내고, 자신이 가운데 자리에 앉았다.

대장은 가운데에 앉는 법이니까.

"의뢰하실 내용은 뭡니까, 고객님. 저희는 뺏긴 돈 찾아 주기, 바람난 애인의 증거 수집……."

평소처럼 영업 멘트를 읊는 강한의 옆구리를, 연진이 쿡 찔렀다.

"대장, 봐요. 어린애라고요."

"아, 그렇지. 그렇다면 고객님, 문방구에서 지우개 사다 주기, 비눗방울 놀이 같이해 주기, 땅따먹기 할 친구가 없을 때 함께해 주기 등 다양한 분야의 일을 해결해 드릴 수 있습니다."

"요새 초등학생들은 그런 거 안 해요, 대장."

가을이 지적했다.

강한이 콧등을 찡그렸다.

"뭔 놈의 트렌드가 이렇게 빨리 바뀌어?"

얼떨떨한 표정으로 가을 심부름센터 직원들을 지켜보던 어린 고객이, 드디어 입을 열었다.

"저기요. 저, 저는 B 초등학교 4학년 2반 양은성입니다. 저……음, 저는 부모님 역할을 의뢰하고 싶어요."

"부모님 역할 말씀이십니까? 아침에 깨워서 밥 먹여 주기, 귀 파 주기, 집에 늦게 들어오면 잔소리해 주기, 학원까지 이동시켜 주기 등 여러 가지 서비스가 있는데, 어떤 걸 원하시나요?"

부모님 역할이라고 하기에, 가을을 당황했지만 강한은 그렇지도 않은지 술술 내뱉었다.

'대체 이 심부름센터 고객층은 어디까지인 거지?'

가을 심부름센터에 나온 지도 한참이 지났는데, 가끔 의외의 고객들을 볼 때마다 놀라게 된다.

"아니요, 아니요. 그런 건 아니고요."

은성이 예상치 못한 서비스에 놀란 듯 두 손을 저었다.

"저, 다음 주에 학교에서 부모님 참관 수업이 있는데, 거기에 와

주셨으면 해서요."

또박또박 말하는 은성을 가을은 새삼스러운 기분으로 지켜봤다.

이렇게 예의 바르게 행동하는 초등학생은 오랜만에 보는 것 같았다.

'가정 교육을 되게 잘 받았나 보네.'

"부모님 참관 수업 말씀이십니까?"

"네, 저기. 아저씨. 말씀 편하게 하셔도 돼요."

'아저씨'라는 호칭에 강한은 충격을 받은 표정이었다. 그러나 상대가 고객님이라 그런지, 목소리를 낮추고 부드럽게 말했다.

"고객님. 저는 아저씨가 아니라 '형'입니다. 형. 자, 고객님. 형아, 라고 불러 보세요."

"대장, 적당히 해요."

연진이 또 강한의 옆구리를 쿡 찔렀다.

강한이 인상을 찌푸렸다.

"왜 자꾸 허리를 찔러대고 야단이야? 디스크라도 오면 네가 책임질 거야? 엉? 내 똥오줌 다 받아 줄 거냐고?"

"아니, 치매도 아니고 디스크인데 무슨 똥오줌까지 받으래요? 대장은 나한테 그런 거 시킬 기회만 노리고 있어요?"

"노리면 좀 어때서? 사람은 항상 진취적으로 기회를 노리며 살아가야 하는 거야. 그래야 기회가 왔을 때 덥석 잡지!"

"아직 고객님 계신다."

성희가 주의를 환기시켰다.

은성은 겁에 질린 표정이었다.

가을이 은성을 향해 미소를 지었다.

"고객님, 부모님 참관 수업이 언제인가요?"

가을의 해사한 미소에 은성이 조금 편해진 듯 말했다.

"다음 주 수요일이에요."

"부모님이 그날 바쁘시대요?"

은성의 어깨가 움찔했다.

"네, 저…… 엄마가 안 계시고 아빠 혼자 일하시느라 바쁘셔서요."

"그래도 아버님은 부모님 참관 수업에 꼭 가고 싶으실 텐데."

"아니요."

은성이 세차게 고개를 저었다.

"아빠는 너무 바쁘세요. 시간이 안 날 텐데 이런 거 부탁드려서 힘들게 하고 싶지 않아요. 그래서 의뢰하고 싶어요. 돈, 돈도 가지고 왔어요."

은성이 매고 온 가방에서 봉투를 하나 꺼내 가을에게 내밀었다.

"이걸로 부탁할게요, 누나."

간절한 눈빛이었다.

가을은 어쩌나 싶어 강한을 돌아봤다.

어째서인지 은성이 거짓말을 하는 듯한 느낌을 받았기 때문이었다.

강한도 같은 생각인지 팔짱을 끼고 심각한 표정으로 은성을 노려보고 있었다.

한동안 그렇게 은성을 노려보던 강한이 입을 열었다.

"고객님. 이것 참 불쾌하군요."

"네?"

"왜 저는 아저씨고 이 녀석은 누나인 거죠?"

"……."

모두가 할 말을 잃었다.

"그래 봐야 이 녀석이랑 저랑 딱 세 살 차이 납니다, 세 살. 세 살이면 맞먹어도 되는 나이지요. 거의 동갑이나 마찬가지란 말입니다."

"맞아, 강한아. 동갑이나 마찬가지지."

옆에서 들려오는 가을의 목소리에, 강한은 '어?' 하는 눈으로 가을을 돌아봤다.

강한뿐이 아니었다.

모두가 가을은 간 큰 행동에 놀라 가을을 보고 있었다.

"세 살이면 뭐, 맞먹어도 되는 나이고, 동갑이나 마찬가지지. 안그래, 강한아?"

가을이 생글생글 웃으며 강한과 시선을 맞췄다.

강한은 눈을 부릅뜨고 있었는데, 얼마나 눈에 힘을 주고 있는지 미미한 분노가 전해질 정도였다.

그 눈을 보고 가을은 '헉! 내가 너무 심했나?'라는 생각을 했고, 다른 직원들은 확신했다.

'역시 대장은 최가을한테 푹 빠졌어.'

직원들의 생각이 정확했다.

'뭐가 이렇게 귀엽지?'

강한은 그런 생각을 하고 있었다.

붉고 도톰한 입술을 오물오물 움직여 반말을 쓰는 가을이 귀여워서, 그녀의 목소리가 만들어 낸 자신의 이름이 참으로 예쁘게 들려서, 가슴이 간질거렸다.

'얜 왜 이렇게 귀여운 거야?'

손님이 있다는 것도 잊었다.

강한은 가을에게서 눈을 뗄 수가 없었다.

"저기."

은성이 입을 열었을 때에야, 강한은 정신을 차릴 수 있었다.

"네, 고객님."

"형이라고 부를 테니까 그 누나 때리지 마세요."

은성은 울상을 하고 있었다.

"때리다니요. 고객님, 저는 평화주의자입니다. 살면서 고양이 한 번 때린 적이 없죠."라고 말하며, 강한은 똘이를 쏘아봤다.

똘이는 강한과 먼 곳에 앉아 꼬리를 탁탁 내리치고 있었는데, 원치 않는 강한과의 산책에 심기가 무척 불편한 듯 보였다.

"그래서 다음 주 수요일이란 말씀이시지요?"

"네."

"그런데 이걸 어쩌죠? 고객님의 아버지 역할을 하기엔, 제가 너무 멋지고 젊어 보이는데."

강한이 앞머리를 쓸어 넘기며 말했다.

은성은 당황한 듯 강한을 보다가 성희에게로 시선을 옮겼다.

"저 아저씨가 와 주셨으면 좋겠는데."

"어째서죠? 저 인상 험악한 덩치보다는 제가 훨씬 낫지 않습니까? 제가 가면 고객님은 세상에서 제일 잘생긴 아버지를 가진 최고의 꼬맹이가 되는 겁니다."

어쩌라는 건지 모르겠다.

가을은 한숨을 푹 쉬었다.

은성은 고개를 숙이고 뭔가 생각하는 듯하더니 이윽고 결심한 듯 말했다.

"최고의 꼬맹이가 되지 않아도 좋으니, 저 아저씨가 와 주셨으면 좋겠어요."

최고의 꼬맹이는 아닐지 몰라도, 현명한 꼬맹이이기는 했다.

연진도 그렇게 생각했는지, "똑똑한 꼬맹이네. 우리 대장이 진상이라는 걸 이렇게 빨리 눈치채다니."라고 말했다.

"보통 이쯤 되면 눈치채. 못 채는 게 이상한 거지."

성희가 거들었다.

못마땅한 표정으로 은성을 노려보던 강한이 말했다.

"저 인상 험악한 덩치는 시간당 5만 원입니다, 고객님. 추가로 이 녀석을 어머니로 보낼 시엔 총 시간당 10만 원이 되겠습니다."

강한이 '이 녀석'으로 가을을 지목했다.

생각보다 비싼 금액에, 은성의 눈이 커졌다.

다른 직원들도 너무 비싸다고 생각했기에, 한마디 하려고 했는데 강한이 덧붙였다.

"그러나 제가 갈 경우에는 이 녀석 포함해서, 시간당 3만 원. 아주 저렴하고 알찬 구성이지요."

강한이 손가락 세 개를 펼쳐 보이며 말했다.

3만 원과 10만 원.

성인에게도 큰 차이인데, 초등학교 4학년인 은성에게는 더 그랬으리라.

은성은 흔들리는 눈으로 강한의 손가락을 응시하다가, 결국 고개를 끄덕이고 말았다.

*　　*　　*

"대장은 애를 상대로 왜 싸워?"

상담을 끝낸 후, 은성이 돌아가자마자 지영이 핀잔을 줬다.

"싸우다니. 아주 저렴한 가격으로 의뢰를 받아 줬는데."

"싸운 거지, 뭐. 쟤는 형님이 마음에 든다는데, 대장이 돈을 써서 대장을 선택하게 만든 거잖아."

"초등학교 4학년이면 돈의 무서움을 알 만한 나이야. 자본주의 사회가 어떻게 돌아가는지, 혹독하게 알려 줄 필요가 있어."

"순수하고 사랑스러울 나이인데, 뭘 벌써부터 혹독하게 그런 걸 알려 줘? 대장은 그렇게 혹독하게 배워서 수전노가 됐나 보지?"

"수전노가 뭐가 나쁜데? 잘 모아서 집 사고, 그 집으로 월세 놔서 돈을 더 벌고, 그 돈으로 건물 사고, 노년에 실버타운에 들어가서 김 씨 할머니 손잡고 알콩달콩 살아가는 게 내 장래 희망이야!"

"그 장래 희망이 대체 언제 생긴 건데?"

"초등학교 4학년 때!"

"대체 대장 초등학교 4학년 때는 무슨 일이 있었던 거야?"

지영과 강한이 티격태격하는 동안, 가을은 가슴에 기묘한 통증을 느끼며 강한을 지켜보고 있었다.

강한은 시한부였다.

몇 개월 시한부라는 건 아직 듣지 못했지만, 살날이 얼마 남지 않았는데도 평소와 같은 태도를 유지하는 강한이 기특하기도 하고, 안쓰럽기도 했다.

게다가 장래 희망이 실버타운에 들어가는 거라니.

'그 희망, 이룰 수 있으면 좋을 텐데.'

아마도 무리겠지. 시한부니까.

가슴이 싸늘하게 아파 왔다.

하지만 이 아픔을 표현할 수는 없었다.

가을보다 더 오랫동안 강한을 알아 온 심부름센터 직원들은, 평소와 다름없이 강한을 대하고 있었다.

아마도 강한이 그러기를 원한 것이리라.

'그렇다면 나도 평소처럼 대장을 대해야 돼.'

하지만 쉽지 않았다.

자꾸만 입가의 근육이 당겨오고, 눈가가 시큰거렸다.

저 남자의 진상을 앞으로 못 보게 될지도 모른다니.

"왜 그렇게 뜨겁게 봐? 타 죽겠다."

가을의 시선을 느낀 강한이 미간에 힘을 주며 물었다.

"타 죽다뇨. 아니에요. 대장은 오래 살 거예요."

'죽는다.'는 말이 강한의 입에서 나오자, 심장이 철렁 내려앉았다.

가을은 자신이 무슨 말을 하는지도 모르고 말했고, 강한은 황당하다는 듯 가을을 내려다봤다.

"당연하지. 내 장래 희망은 실버타운에 들어가서 벽에 똥칠할 때까지 사는 거야."

"그놈의 똥 타령 좀 그만해요."

연진이 고개를 절레절레 저었다.

"똥이 어때서? 사람이 살면서 잘 먹고 잘 싸는 게 가장 중요한 거 몰라?"

"알아요. 아는데요, 굳이 그렇게 타령을 해댈 필요는 없잖아요. 언제 변비라도 걸린 적 있어요?"

"내 장 활동은 언제나 활발해. 문제를 일으킨 적이 없지."

강한은 자부심 넘치는 표정이었다.

"맞아요, 대장. 잘 먹고 잘 싸는 게 제일 중요하죠. 대장의 장 활동이 늘 활발한 게 정말 기뻐요."

가을의 말에 강한이 또다시 미간에 힘을 줬다.

"왜 이래? 왜 이렇게 상냥하게 대해? 어디 아파?"

"아니요. 대장의 배변 활동에 문제가 없다는 게 정말 좋아서요. 앞으로도 쭉 그렇게 배변 활동을 활발히 했으면 좋겠어요."

"얘 왜 이래? 니들, 얘한테 뭐 이상한 거 먹였어?"

강한이 직원들을 돌아보며 물었다.

직원들은 가을이 '불쾌한 씨는 시한부.'라는 이유로 잘해 주려고 한다는 걸 알고 있었다. 하지만 그 사실을 알리지 않는 편이 재미있을 것 같기에 다들 모르겠다는 표정으로 고개를 저었다.

"아무튼."

강한은 이쯤에서 주제를 변경해야겠다고 생각했다.

아무리 그래도 사랑하는 여자가 자신의 배변 활동에 대해 너무 심각하게 고찰하는 건, 조금 민망했다.

"우리의 꼬마 고객님은 거짓말을 하고 있어. 조사 좀 해 보고 일을 시작해."

"그래, 내가 조사해 볼게."

성희가 일어났다.

"그럼 난 똘이랑 산책 좀."

"대장은 방금 전까지 똘이랑 산책하고 왔잖아요. 또 나가게요?"

"똘이가 원해."

똘이는 그새 책장 속에 들어가서 자고 있었다.

강한이 억지로 꺼내려고 하자, 똘이는 평소에 하지 않는 하악질을 해댔다. 오늘 강한과의 산책이 어지간히도 싫었나 보다.

"똘이 좀 괴롭히지 마, 대장."

지영이 만류했다.

똘이가 휙 뛰어내리더니 어딘가로 도망쳤다.

"괴롭히다니. 개고, 사람이고, 고양이고 햇빛을 받으면서 산책을 해야 비타민D도 생기고 오래 살 수 있는 거야."

'아, 그래서구나.'

며칠이라도 오래 살기 위해서 강한은 저렇게 산책 타령을 하는가 보다.

거기에 생각이 미치자 가을은 가만히 있을 수가 없었다.

"대장, 나랑 같이 가요."

"어?"

강한이 당황한 표정으로 가을을 돌아봤다.

가을은 소파에서 일어나 더없이 상냥한 미소를 지으며 말했다.

"나, 대장이랑 산책하고 싶어요."

9장

강한은 심란했다.

사실은 산책을 좋아하지 않는다.

산책 같은 건 에너지 낭비에 시간 낭비였다.

그저 가을을 피하고 싶고, 똘이와 진지하게 고민 상담을 하기 위해 산책을 하고 싶었던 것뿐인데. 고민의 중심인 가을이 산책을 하고 싶다며 따라붙어 아주 난처했다.

'아니, 난처하지 않아.'

사실은 좋았다.

그녀와 함께 늘 다니는 길을 함께 걷는 이 순간이 좋아서, 이대로 시간이 멈췄으면 좋겠다는 바보 같은 생각까지 하고 있었다.

가을바람이 불어올 때마다 살랑살랑 흔들리는 그녀의 검은 머리카락이 사랑스러웠다.

때때로 고개를 들고 하늘을 보며, "아, 저 구름 똘이 닮았다. 그쵸, 대장?" 하고 물어보는 가을이 성가시기는커녕, 깨물어 주고 싶을 만큼 귀여워서 가슴이 아릿해졌다.

귀엽고 사랑스러워서 가슴이 저릿해지는 기분을 느끼게 될 줄은 몰랐다.

너무 사랑하면 가슴이 아프다는 말 따위, 로맨티스트들이나 할 수 있는 헛소리라고 생각해 왔다.

그리고 지금.

'나는 로맨티스트야.'

강한은 깨달았다.

'나는 로맨티스트였던 거야!'

충격이다.

멋지고 키 크고 능력도 좋은 것도 모자라서, 로맨티스트이기까지 하다니.

무엇 하나 빠지는 것 없는 자신이 대견하기도 하고, 성가시기도 했다.

하필이면 로맨티스트이기까지 해서 사랑앓이를 이렇게 심하게 할 줄이야.

사랑처럼 여러 가지로 소모가 큰 감정은 없는데.

"대장."

문득 가을이 강한을 불렀다.

"몸은 좀 어때요?"

"몸? 내 몸이야 늘 완벽하지."

"아, 그러세요."

"넌 어떤데?"

"저도 뭐, 그렇죠."

"너도 완벽하다고?"라고 말하며, 강한은 가을의 몸을 위아래로 훑어봤다.

가을은 두 팔로 가슴을 가렸다.

"뭘 그렇게 봐요?"

"왜? 찔려?"

"찔리는 거 없거든요?"

"그 팔이나 내리고 말해."

"대장이 자꾸 보니까……."

거기까지 말한 가을은 입을 다물었다.

강한에게 잘해 주려고 따라 나온 건데, 또 평소처럼 말다툼을 하고 말았다.

하여간 이 남자는 잘해 주려야 잘해 주기가 힘들다.

"왜 말을 하다가 말아?"

"됐어요."

"되긴 뭐가 돼? 난 안 됐어. 하고 싶은 말이 있으면 똑바로 해."

가을은 걸음을 멈추고 강한을 마주 봤다.

가을과 눈이 마주친 강한이 움찔했지만, 아주 작은 몸짓이라서 가을은 눈치채지 못했다.

"나는요, 대장."

대장이 참 좋아요. 좋은 사람이라고 생각해요.

이 세상에 소중한 존재를 만들고 싶지 않았어요.

죽고 싶으니까, 살기 싫으니까, 아마도 조만간 죽을 테니까.

떠나가니까, 사라지니까, 언젠가는 죽을 테니까.

가족들을 잃을 때의 그 고통을, 그 슬픔을, 두 번 다시는 느끼고 싶지 않았어요.

그래서 나는요. 소중한 존재를 만들고 싶지 않았어요, 정말로.

그런데 생겨 버렸어요. 나도 모르는 틈에, 대장이, 형님이, 캡이, 구미호가, 소중해져 버렸어요.

대장에게, 혹은 다른 사람들에게 내가 어떤 존재인지는 모르겠어요. 어쩌면 그저 몇 달 후에 목적을 달성하면 떠나갈, 귀찮은 고객님 정도일지도 모르죠.

그래도 나는, 당신들이 소중해요.

그래서 대장.

대장이 건강하게 오래오래 살았으면 좋겠어요.

내가 이 심부름센터를 떠나갈 때 보는 모습이, 지금과 달라지지 않은 모습이었으면 좋겠어요.

입 안에 맴도는 많은 말들을, 내뱉을 수가 없었다.

목이 메었다.

심부름센터 직원들처럼 평소와 같이 강한을 대하고 싶은데, 가을이 아차 하기도 전에 눈물이 차올랐다.

그 순간.

가을의 입술 위에 강한의 입술이 겹쳐졌다.

그의 입술은 뜨겁고 부드러웠다.

그 달콤한 온도가 가을의 입술을 지그시 눌렀다가 떨어졌다.

가을은 눈을 휘둥그레 뜨고 강한을 올려다봤다.

눈물이 쏙 들어갔다.

"뭐, 뭐, 뭐, 뭐, 뭐 하는 거예요?"

"뭐가?"

"왜, 왜, 왜 키, 키스를 하고 그래요?"

"네가 울려고 했잖아."

"내가 언제요?"

"방금!"

"아니거든요?"

"아니긴 뭐가 아니야. 눈에 눈물이 그렁그렁했구만. 누굴 속이려고 들어? 거짓말쟁이."

"안 운다고요. 그리고 내가 울려고 했다고 해도 그렇지. 대장은 누가 울면 키스를 해요?"

강한은 '웃!' 하는 표정을 지었다가 다시 뻔뻔하게 말했다.

"직원 한정 서비스야. 사대 보험이 없는 대신 다른 특혜가 있지. 다른 녀석들이 몸과 마음을 바쳐 이 심부름센터에서 일하는 이유가 뭐겠어?"

"그렇게까지 몸과 마음을 바치는 것 같진 않던데요. 그럼 대장은 형님이나 캡이나 구미호가 울어도 키스해 줄 거예요?"

"……물론!"

강한이 오만상을 찌푸렸다가, 한 박자 늦게 대답했다.

가을의 눈이 가늘어졌다.

"흐응, 그래요? 정말이죠?"

"정말이지. 난 너처럼 거짓말쟁이가 아니거든."

"알겠어요."

가을이 휙 돌아서서 심부름센터를 향해 걷기 시작했다.

강한은 불안해져서 가을의 손목을 잡았다.

"너, 못된 생각하고 있지?"

"내가 뭘 못된 생각을 해요? 대장, 내가 못된 생각을 할 만한 일을 했어요?"

"안 했어. 하지만 넌 지금 못된 생각을 하는 표정이야."

"아니거든요."

가을과 강한은 티격태격하며 심부름센터를 향해 걸어갔다.

그리고 마침 창문을 열고 그 모습을 내려다보던 동네 아저씨는 생각했다.

'사랑, 참 좋구먼.'

*　　*　　*

"캡, 나랑 얘기 좀 하자."

심부름센터에 들어가자마자 가을이 말했다.

연진과 지영은 주방에서 라면을 끓여 먹는 중이었다.

"무슨 얘기요? 아, 누나도 라면 드실래요?"

"응, 그럴까?"

"왜 나한테는 안 물어봐?"

가을의 뒤를 따라 들어오던 강한이 퉁명스럽게 물었다.

"대장은 몸에 안 좋다고 라면 안 드시잖아요."

"그래, 맞아."

"그런데 왜 꼬장이람."

지영이 그릇에 라면을 덜어 가며 중얼거렸다.

"꼬장이라니. 넌 계집애 말투가 왜 항상 그따위야?"

"내 말투 지적하기 전에 본인 말투나 어떻게 하지 그래?"

강한과 지영이 투닥거리는 동안, 가을은 연진의 옆에 앉아 작은 목소리로 속삭였다.

"연진아, 있잖아. 너, 우는 연기 잘해?"

"우는 연기요? 연기 쪽은 재능이……."

"거기! 뭘 그렇게 속닥거려?"

강한이 날카롭게 물었다.

"캡이랑 할 얘기가 있어서요."

"하지 마."

"네?"

"하지 말라고."

강한은 가을이 못된 짓을 꾸미는 것만 같아 불안했다.

가을은 눈을 가늘게 뜨고 강한을 쏘아보다가 지영에게 말했다.

"미호야, 있잖아."

"하지 말랬지."

"미호랑 얘기하는 것도 안 돼요?"

"안 돼."

"왜요?"

"오늘 심부름센터에서는 인간 대 인간의 대화가 금지되어 있으니까."

"대체 언제부터?"

지영이 어이없다는 듯 물었다.

"바로 지금부터."

"그러는 대장은 왜 계속 얘기하는데?"

"나는 대장이니까."

"제발 쓸데없는 짓 좀 안 하면 안 돼? 대장, 요새 좀 맛 간 것처럼 보이는 거 알아?"

"구미호, 말 예쁘게 하랬지?"

"대장이나 좀 예쁘게 굴어 봐."

"하여간 이놈의 집구석은 조용한 날이 없어!"

"대장이 제일 시끄럽거든?"

또 지영과 강한이 투닥거렸다.

가을이 무슨 말만 하려고 하면, 강한이 저지를 했기에 가을은 목적을 달성할 수가 없었다.

그렇다고 포기하고 싶진 않았다.

괜한 오기가 생겨 기회만 노리고 있을 때, 조사를 끝낸 성희가 심부름센터로 들어왔다.

"조사 끝났다. 별로 어렵지……."

"형님!"

가을의 부름에 성희가 "어?" 하고 돌아봤다.

"나 지금 슬퍼요. 같이 울어 주세요!"

강한이 말릴 새도 없었다.

성희는 놀란 눈으로 가을을 응시하다가 피식 웃으며 고개를 끄덕였다.

"그래, 같이 울어 줄게."

말이 끝나기가 무섭게, 성희의 눈에서 주르륵 눈물이 흘러내렸다.

강한의 얼굴에서 핏기가 가셨다.

가을은 회심의 미소를 지으며 강한을 돌아봤다.

"자요, 대장. 형님이 우네요."

"그, 그래서?"

강한이 전에 없이 당황하는 모습을, 연진과 지영은 흥미진진하게 지켜봤다.

"하셔야죠, 키스."

"뭐, 뭐?"

"키스?"

"으잉?"

연진과 지영은 놀랐고, 성희까지도 눈물을 멈추고 가을을 쳐다봤다.

"대장이 그러더라고요. 울 때 키스를 해 주는 게, 가을 심부름센터 직원에게 주는 특혜라고."

가을의 설명에, 연진과 지영, 성희가 강한을 향해 비난의 시선을 던졌다.

강한은 그동안의 고자세를 버리고 슬그머니 시선을 피했다.

직원들은 같은 눈빛을 하고 있었다.

'멍청한 놈. 그런 바보 같은 이유를 붙여서 키스를 했단 말이야?'

강한은 그 눈빛의 의미를 모를 만큼 바보가 아니었다.

속이 부글부글 끓지만, 그렇다고 해서, '나는 최가을을 사랑해! 사랑해서 키스를 한 거야!'라고 부르짖을 수도 없는 노릇이었다.

"형님도 여기 직원이니까 특혜를 주셔야 하는 거 아니에요?"

그제야 가을이 하는 말의 의미를 깨달은 성희가 뒷걸음질을 쳤다.

강한이 곤란해하는 모습을 보는 건 즐겁지만, 강한과 키스를 하는 것만큼은 사양이었다. 죽었다가 깨어나도 저놈과는 키스를 하고 싶지 않다.

"괜찮아, 나는."

성희가 말했다.

"나는 원래 특혜받는 걸 좋아하지 않아."

"그래, 원래 형님은 그런 걸 좋아하지 않았어!"

강한이 제 편을 만난 듯 외쳤다.

그런 강한이 얄미워서, 성희는 순간 키스를 해 달라고 할까 고민했지만 곧 그 생각을 지웠다.

우강한과의 키스라니.

꿈에 나올까 두렵다.

"하지만 이건 직원 특혜잖아요. 회사에 입사를 하면 사대 보험을 들기 싫다고 안 들 수 없는 것처럼, 이것도 싫다고 거부할 수는 없는 거 아니에요?"

가을의 말에 강한이 콧등을 찡그렸다.

"넌 뭐 그렇게 똑 부러지게 말해? 똑순이야?"

"그런 바보 같은 농담은 됐고요."

"바보 같다니……."

"얼른 하세요, 직원 특혜. 키스."

"……."

"얼른요."

"가을아."

성희가 심각하게 가을을 불렀다.

"네?"

"너, 내 입장은 생각 안 하는 거냐?"

"아, 형님 입장."

가을은 입술을 비쭉 내밀었다가 생긋 웃었다.

"하지만 이건 직원 특혜인걸요. 사대 보험처럼. 대장이 그렇게 말했어요, 아까."

"대장이? 그렇게? 아까? 키스를 하면서?"

지영이 한 단어, 한 단어 띄엄띄엄 물어보며 강한을 쏘아봤다.

강한은 시선을 아래로 떨어뜨리고 말했다.

"그럼 최가을이 울려고 하는데 그냥 놔둬, 그걸?"

강한이 작은 목소리로 투덜거리는 걸, 연진과 지영은 똑똑히 들었다.

연진도 지영도 사랑에 빠지는 바보를 보는 게 즐거웠기 때문에, 별수 없다는 듯 어깨를 으쓱했다.

"뭐, 이젠 어쩔 수 없지. 사대 보험 같은 거니까."

"그러게요. 형님이 키스를 받는 수밖에 없겠네요."

성희가 '믿었던 너희마저!'라는 눈으로 연진과 지영을 노려봤다.

연진은 성희의 간절한 시선을 똑똑히 마주했고, 다시 한 번 분명한 목소리로 말했다.

"자, 그럼 시작합시다. 키스."

그리하여.

가을 심부름센터에서는 사대 보험과도 같은 키스식이 거행되었다.

언제나 그렇듯 오만상을 찌푸린 강한과 평소와 달리 오만상을 찌푸린 성희가 거실에서 서로를 마주 보고 서 있었다.

장신의 두 남자가 가까이에서 서로를 응시하는 모습은 장관이었다.

지영과 연진은 그저 즐거운 듯 "키스해! 키스해!"를 외치고 있었다.

주먹을 꽉 쥐고 있던 강한이 지영과 연진을 돌아보며 외쳤다.

"니들은 좀 조용히 해! 무슨 구경났어?"

"그럼 구경났지. 이런 진귀한 구경거리가 어디에 있어?"

"맞아요, 세상에 두 번 없을 구경거리죠. 돈 주고도 못 볼 구경거리."

강한이 가을에게 원망스러운 시선을 던졌지만, 가을은 똘이를 쓰다듬으며 강한과 성희가 움직이기를 기다리고 있었다.

강한이 성희를 돌아보며 말했다.

"한다."

"하지 마."

성희가 말했다.

"어쩔 수 없다."

"그냥 네 마음을 밝혀."

"그건 안 되지."

강한이 성희의 얼굴 가까이로 자신의 얼굴을 들이밀었다.

성희가 저도 모르게 뒷걸음질을 쳤다.

"잠깐, 잠깐. 진정해, 우강한."

"난 충분히 진정하고 있어."

"아니, 흥분 상태야."

"사내놈을 상대로 흥분하진 않아."

"사내놈을 상대로 키스도 하지 않는 건 어때?"

"누군 하고 싶어서 하는 줄 알아?"

"난 무슨 죄냐?"

"최가을 한마디에 같이 울어 준 죄."

성희는 할 말이 없었다.

소곤소곤 대화를 나누는 강한과 성희를 보며, 가을은 이제 슬슬 장난을 끝내야겠다는 생각을 하고 있었다.

강한이 키스를 한 이유 따위는 아무래도 좋았다.

그저 강한과의 키스에 나는 이토록 두근거리고 어쩔 줄을 몰라 하는데, 뻔뻔한 강한이 얄미워서 조금 곯려 줄 생각이었다.

게다가.

'내가 울어 달라고 한마디 했더니, 형님이 진짜로 울어 줬어.'

그냥 한번 해 본 말이었다.

그런데도 성희는 아무것도 묻지 않고 울어 주었다.

아까는 강한을 놀려 줄 생각만 가득해서 의식하지 못했는데, 정신을 차리고 나니 그게 얼마나 고마운 일인지 알게 되었다.

내게는, 울고 싶다고 할 때에 함께 울어 주는 사람이 있다. 그것이 거짓이든, 진심이든.

'아, 어떡하지?'

가을은 고개를 숙였다.

'너무 좋아.'

가을 심부름센터 직원들이 좋았다.

'정말 너무 좋아.'

이런 기분을, 아주 어릴 적에도 느낀 적이 있었다.

아빠가 깜짝 선물을 사 들고 왔을 때, 엄마가 핫케이크를 구워 주었을 때, 동생이 환하게 웃으며 처음으로 '누나'라는 말을 하게 되었을 때.

너무 좋은데, 눈물이 날 정도로 좋은데.

그렇게 허무하게 불길에 휩싸여 사라질 줄은 몰랐다.

좋아한 만큼, 잃었을 때의 상실감은 컸다.

가슴이 죄여 왔다.

어느 날 갑자기 이곳에 불이 나면 어쩌지? 그래서 시뻘건 화염이 이 좋은 사람들을 집어삼키면 어쩌지? 결국 옛날처럼 또다시 나 혼자 남으면 어쩌지?

호흡 곤란이 일어나려고 했다.

그때였다.

"잘 봐!"

강한이 외쳤다.

"한다!"

고개를 들자, 강한이 성희의 넓은 어깨를 양손으로 꽉 잡고 있는 모습이 보였다.

성희는 질린 표정으로 뒷걸음질을 치고 있었지만, 결국 벽에 막히고 말았다.

성희의 가을을 향해 '제발! 도와줘!'라는 눈빛을 보냈다.

그 눈빛이 좋아서, 이 모든 상황이 참으로 사랑스러워서.

주르륵—

깨달을 새도 없이 눈물이 흘러내렸다.

"미안."

가을은 손등으로 눈물을 닦았다.

"아, 미안해요. 울려고 한 게 아닌데."

"할게, 그럼."

가을의 눈물을 본 성희가 각오한 듯 말했다.

"키스할 테니까 울지 마."

"그래, 까짓것. 하면 되지!"

강한이 말했다.

"아니요. 그런 게 아니라."

가을이 고개를 저었다.

"장난친 거예요. 그냥 장난이었어요. 미안해요, 진짜로 울려는 게 아닌데. 미안해요."

"뭐가 미안해요, 누나. 울 수도 있지."

"맞아, 우는 게 어때서 그래?"

"대장은 허구한 날 악을 쓰잖아요. 그것보다는 차라리 우는 게 낫죠."

"그래, 게다가 가을이는 귀여우니까."

"맞아요. 뭘 해도 용서받죠."

따스한 말에 눈물이 더 난다는 걸, 왜 이 사람들은 모를까.

가을은 고개를 숙였다.

민망하고 창피하고 미안했다.

참 좋은 사람들인데 이런 모습밖에 못 보여 주는 자신이 한심했다.

"갈게요. 내일은 웃으면서 올게요."

"웃지 마."

도망치듯 떠나려는 가을의 손목을, 강한이 잡았다.

"억지로 웃지 마. 말했잖아, 거짓말쟁이는 싫어한다고. 웃으려고 노력할 거 없어. 눈물이 날 때 억지로 참을 필요도 없어. 이 빌어먹게 먹고 살기 힘든 세상, 눈물도 웃음도 내 마음대로 못하면, 살 이유가 뭐가 있겠어? 안 그래?"

"하지만 다들…… 다들 참고 있잖아요."

"뭘?"

"울고 싶은데도 참고 있잖아요, 다들."

"대체 누가 울고 싶은데 참는데? 네가 말하는 다들이 누구야? 여기 울고 싶은 사람 또 있어?"

강한이 직원들을 돌아보며 물었다.

"하지만…… 대장이 시한부인데……."

"엉?"

강한이 어리둥절한 표정으로 가을을 내려다봤다.

"대장도 그렇고 다들…… 그거 내색 안 하려고 웃으면서 평소처럼 지내잖아요."

"시한부라니…… 뭔 소리야?"

강한이 직원들을 돌아봤다.

직원들이 움찔하며 시선을 피했다.

"니들, 얘한테 뭔 소리를 한 거야?"

"우린 별로."

"아, 맞다. 정원 청소해야지."

"저도요. 꽃에 물 줘야 돼요."

"난 담배 좀."

직원들이 더듬더듬 말하며 후다닥 밖으로 도망을 쳐 버렸다.

가을은 코를 훌쩍거리며 당황한 눈으로 직원들이 나간 문만 쳐다보고 있었다.

강한은 그런 가을의 양 볼을 두 손으로 감싸 자신을 보게 만들었다.

"날 봐, 최가을."

"보고 있어요."

착각일까?

순간 강한의 얼굴에 미소가 떠오르는 것만 같았다.

물론 곧 평소처럼 찡그린 표정으로 돌아왔지만.

"난 시한부가 아니야, 최가을."

"하지만……."

"쟤들이 뭐라고 헛소리를 했는지 모르겠는데, 난 시한부 아니야. 그리고 난."

강한이 허리를 굽혔다.

가을은 그가 또 키스를 하려는 줄 알고 눈을 감았다.

하지만 입술이 닿는 대신, 가을의 이마에 그의 이마가 닿았다.

그렇게 이마를 맞댄 채로 강한이 말했다.

"널 놔두고 안 죽어."

가을은 눈을 떴다.

그의 눈이 아주 가까운 곳에 있었다.

"네가 살아 있는 한, 나도 살아 있을 거야. 하늘이 무너지고 땅이 흔들려도, 네가 살아 있으면 그 옆엔 항상 내가 있어."

생각지도 못한 말에 가슴이 콱 죄여 왔다.

그러나 평소와 같은 아픈 죄임은 아니었다.

그것과는 조금 다른, 분홍빛 달콤함을 띤 기분 좋은 통증이 심장에서부터 퍼져 나갔다.

가을은 숨도 쉬지 못하고 멍하니 강한을 응시했다.

뭐지?

지금 이게 무슨 뜻이지?

"그러니까 최가을. 울고 싶을 때 울고 웃고 싶을 땐 웃어. 누군가 사라질 걸 두려워하지 말고 오늘 하루를, 또 내일을 즐겨. 네 곁에 누군가 사라지더라도, 나는 항상 네 옆에서 네가 우는 모습을 지켜 봐 줄 테니까."

"……왜요? 왜 그렇게까지 해 주려는 거예요? 왜 이런 말을 해 요?"

"왜냐하면."

강한은 눈을 감았다.

말해도 될까?

사랑한다고. 널 사랑하기 때문이라고.

솔직하게 이 마음을 말해도 되는 걸까?

'아니, 안 돼.'

강한은 아직은 아니라고 생각했다.

가을은 사랑을 할 준비가 되어 있지 않았고, 설령 되어 있다고 해 도 강한보다 더 나은 남자와 하는 것이 나았다.

'나는 누구도 행복하게 해 줄 수 없는 놈이니까.'

강한은 쓴 침을 삼키고 나서 말했다.

"왜냐하면 너는 우리 가을 심부름센터의 귀여운 마스코트니까."

*　　　*　　　*

가을은 침대에 누워 멍하니 천장을 응시했다.

이건 뭘까?

아까부터 허공에 붕 떠 있는 기분이 들었다.

폭신한 구름 속을 둥둥 떠다니는 듯한 느낌이었다.

강한과의 대화가 끝난 후, 다시 들어온 심부름센터 직원들과 이런저런 이야기를 했다.

성희가 꼬마 고객님에 대해 조사를 해 왔고, 사실은 어머니가 돌아가시지 않았다는 이야기도 했다.

하지만 아무것도 생각이 나지 않았다.

가을은 내내 둥둥 떠다니고 있었다.

그렇게 부유하던 정신이 집에 돌아오고 나서야 조금씩 제자리를 찾아 내려앉았다.

가을은 이마에 손을 얹었다.

강한과 맞닿았던 이마.

입맞춤을 했을 때보다 더 강렬하게 남는 이유는 무엇일까.

'대장이 한 말들 때문이야.'

그의 말은 결코 짧지 않았는데도, 한 자 한 자 전부 기억이 났다.

그의 음성이 귓가에 또렷하게 남아 있었다.

─네가 살아 있는 한, 나도 살아 있을 거야. 하늘이 무너지고 땅
이 흔들려도, 네가 살아 있으면 그 옆엔 항상 내가 있어.

참 좋은 말인데, 떠오를 때마다 까닭 없이 눈물이 나려고 했다.

─네가 살아 있으면 그 옆엔 항상 내가 있어.

　진부한 말일지도 모르지만, 강한이 한 그 말은 진부하게 들리지 않았다. 정말로 그래 줄 거란 확신이 생겼다.

　그 어떤 일이 있어도, 이 옆에는 우강한이라는 사람이 있으리라는 확신.

　'왜일까? 왜 나는 대장의 말을 이렇게까지 신뢰하는 거지? 그리고 대장은 왜 나한테 그렇게 잘해 주는 거지?'

　이유를 알 수가 없었다.

　'나는 정식 직원도 아닌데.'

　하지만 지금은 그 이유를 알려는 생각들로, 이 기분을 망치고 싶지 않았다.

　심장이 살랑살랑 벚꽃처럼 흔들리는 이 느낌이, 가을은 참으로 좋았다.

＊　　＊　　＊

　은성은 가을 심부름센터 대문 앞에 입을 꾹 다물고 서 있었다.

　빨간 문이 유독 새빨갛게 보여서, 차마 초인종을 누를 수가 없었다.

　어제도 그랬다.

　이곳에 찾아오기까지 정말로 고민을 많이 했고, 30분 넘게 망설인 끝에 초인종을 눌렀었다.

오늘 찾아온 이유는 점심시간 때 걸려 온 전화 때문이었다.

[고객님, 의뢰 건으로 드릴 말씀이 있으니 오늘 심부름센터에 한 번 방문해 주세요.]

어제 만난 무서운 표정의 '대장'이란 사람에게 걸려 온 전화였다.

"여기서 뭐 해요?"

뒤에서 귀에 익은 목소리가 들려왔다.

은성은 흠칫 놀라며 돌아봤다.

가을이 무거워 보이는 검은색 가방을 어깨에 메고 서 있었다.

은성의 시선이 가방으로 향하는 걸 느꼈는지, 가을이 생긋 웃으며 설명했다.

"카메라 가방이에요. 내가 포토그래퍼거든요."

"그거, 본 적 있어요."

"아, 그래요?"

"네. 아빠가……."

아빠가 생각나자 왈칵 눈물이 나려고 했다.

작년에 이런 가방에 담긴 카메라를 사 온 아빠의 모습이 떠올랐다.

　　―올여름에 바다에 가면 우리 은성이랑 엄마랑 사진 찍어 주려
　고 샀지.

아빠를 미워하는 게 아니었다.

엄마도 밉지 않았다.

그저.

"괜찮아요?"

은성이 말을 하다가 멈추자 가을이 걱정스러운 듯 쭈그리고 앉아 은성의 얼굴을 들여다봤다.

동그란 눈이 참 귀여운 누나라는 생각이 들었다.

"네, 괜찮아요."

"그럼 들어갈까요?"

"네."

문 앞에서 만난 사람이 가을이라서 다행이었다.

심부름센터 직원들은 나쁜 사람들 같진 않지만, 어딘지 모르게 무서운 느낌이 들었다.

"저 왔어요."

가을이 먼저 안으로 들어가고, 은성이 그 뒤를 따랐다.

똘이가 가장 먼저 나와 가을을 반겨 주었다.

가을이 똘이를 안아 들고 더 안쪽으로 들어갔다.

거실 소파에 강한과 지영, 성희가 앉아 있었다.

"뭐하고들 있어요?"

"고객님 기다려."

"아, 고객님 오셨는데."

가을이 뒤를 돌아봤다.

은성이 신발장 앞에 불안한 표정으로 서 있었다.

그러고 보니 아까 대문 앞에서도 저런 표정이었다.

'어제 무슨 얘기를 했더라. 꼬마 고객님이 거짓말을 했다는 말을 했던 것 같은데.'

가을은 어제의 대화가 잘 기억나지 않았다.

'대장은 거짓말하는 걸 싫어하는데. 큰일이네.'

그래서 은성이 저런 표정인 모양이다.

"고객님. 들어오세요."

가을이 부드러운 목소리로 은성을 불렀다.

신발 끝을 내려다보고 있던 은성이 흠칫하며 고개를 들었다.

가을의 다정한 미소에 용기를 얻은 듯, 은성이 안으로 들어와 소파 맞은편에 앉았다.

가을은 어쩔까 고민하고 있었는데, 지영이 강한의 허벅지를 툭툭 치며 말했다.

"가을아, 넌 여기 앉아."

"뭔 소리야?"

강한이 인상을 찌푸렸다.

"왜, 좋잖아. 가을이 무릎에 앉아 놓고 똘이 쓰다듬듯이 쓰다듬고 있으면 되지."

"호오. 그거 나쁘지 않군."

"나쁘지 않긴 뭐가 나쁘지 않아요? 난 여기 서 있을게요."

가을이 기겁을 하며 소파 뒤에 섰다.

뒤에 선 가을은 못 봤지만, 지영과 연진은 아쉬움 가득한 강한의 얼굴을 보며 속으로 웃었다.

잠시 침묵이 흐른 뒤, 강한이 입을 열었다.

"고객님. 저는 거짓말쟁이를 싫어합니다."

은성의 어깨가 움찔했다.

"어머님이 계시더군요."

"저는!"

"제 말, 아직 안 끝났습니다. 어머님도 계시고, 아버님의 일도 그리 바쁘지 않으시더군요. 어머님은 가정주부, 아버님은 공무원. 6시 30분에는 항상 집으로 귀가를 하시던데요."

은성의 표정이 일그러졌다.

금방이라도 울음을 터뜨릴 것 같아서 불안했는데, 은성은 두 손으로 바지를 꽉 움켜쥐고 울음을 참았다.

"부모님 참관 수업은 부모님께 부탁하세요. 의뢰는 거절하겠……."

"창피하단 말이에요!"

은성이 빽 외쳤다.

"창피하다고요! 우리 엄마랑 아빠, 너무 늙어서 창피해요!"

은성의 외침에, 가을은 자신의 일이 아닌데도 가슴이 욱신 아파왔다.

창피하다니.

"우리 엄마랑 아빠는 나이가 너무 많아요. 작년에도 참관 수업 때 친구들이 놀렸어요. 할아버지 할머니가 오신 거냐고…… 그래서…… 그래서 나는 그냥 할머니 할아버지라고 말했어요. 엄마랑 아빠가 바빠서 할머니 할아버지가 오신 거라고. 친구들은 가끔 자기네 집에 초대해서 노는데, 우리 집으로는 초대도 못 해요. 올해도 또 할머니 할아버지냐는 소리를 듣고 싶지 않아요. 부탁이에요. 이

번 한 번만 엄마, 아빠 대신해서 와 주세요. 나도 멋지고 예쁜 엄마랑 아빠를 갖고 싶단 말이에요."

은성의 눈에는 눈물이 그렁그렁했다.

아이들은 참으로 잔혹하다고, 가을은 생각했다.

　　─재네 엄마랑 아빠랑 불타서 죽었대.

　　─재, 팔 봤어? 엄청 징그러워.

가을만 보면 수군거리던 아이들의 속삭임이, 바로 어제의 일처럼 들려오는 듯했다.

가을은 주먹을 꽉 쥐었다.

"잔인해……."

저도 모르게 마음속의 말을 입 밖으로 흘리고 말았다.

"최가을, 그만둬."

강한이 단호하게 말했다.

하지만 가을은 멈출 수가 없었다.

"정말 잔인하다, 너."

"최가을!"

"왜요, 대장? 정말 너무하잖아요. 부모님이 학대를 한 것도 아닌데, 단지 나이가 좀 많다는 이유만으로 창피해하다니."

"최가을."

"나는…… 나는 그런 부모님이라도 갖고 싶은데……."

"데리고 나가."

강한이 성희에게 눈짓을 했다.

성희가 일어나 가을의 어깨에 손을 얹었다.

가을은 그 손을 뿌리치고 강한의 뒤통수를 노려봤다.

"왜요? 내가 틀린 말 했어요? 아무리 어려도 그렇지, 어떻게 저런 생각을……."

"형님, 얼른 데리고 나가."

강한이 뒤도 돌아보지 않고 으르렁거리듯 말했다.

"미안하다, 가을아."

성희가 가을을 번쩍 안아 들었다.

"내려 줘요! 왜, 왜 나한테만 그래요? 왜 저런 애를 보호하는 건데요? 나한테는…… 나한테는 못 믿겠다고 정보 하나 안 알려 주면서, 왜 저 애는……!"

부르짖는 가을을, 성희가 데리고 나갔다.

은성은 더는 참기 힘든 듯 훌쩍거리고 있었다.

강한은 팔짱을 끼고 은성을 노려봤다.

지영이 망설이다가 강한의 팔에 손을 얹었다.

"대장."

"최가을이 7살 때, 집에 큰불이 났어. 그래서 엄마와 아빠, 그리고 귀여운 동생이 죽었지."

은성이 고개를 번쩍 들었다.

눈물 젖은 은성의 얼굴을 똑바로 노려보며, 강한은 담담하게 말을 이어갔다.

"돈 한 푼 없는 7살짜리 어린아이는 갈 곳이 없어서, 친척들 집을 전전하면서 살았어. 친척들은 최가을을 성가셔했고, 사촌들은 최가을을 무시하고 미워했지. 자기들의 부모를 뺏길 것 같다는 기분 때문에. 어린아이들은 참 잔인해. 최가을이 무엇 하나 잘못한 게 없는데도, 최가을을 놀리고 욕하고…… 그거 알아? 최가을 팔에는 화상 흉터가 있어. 최가을의 사촌들은, 그리고 그 사촌들의 친구들은, 학교 학생들은, 최가을의 팔을 징그럽다고, 역겹다고 욕해댔지. 최가을은 잘못한 게 하나도 없는데."

"……."

"그리고 너도 그렇지. 네 부모님은 잘못한 게 하나도 없는데, 단지 나이가 많다는 이유만으로 부모님을 부끄러워하고 있어."

"하지만……."

"초등학교 4학년. 어린 나이 아니야. 네가 거짓말을 했다는 건, 그게 해서는 안 될 짓이라는 걸 알기 때문이겠지. 그만 돌아가. 나는 네 말도 안 되는 바보 같은 의뢰를 받아 줄 생각 없으니까."

아무리 졸라도 통하지 않으리라는 걸, 은성은 깨달았다.

부끄러운 한편, 가을 때문에 모든 걸 망쳤다는 생각이 들어서 원망스럽기도 했다.

떠나는 은성을 배웅해 주는 사람은 아무도 없었다.

*   *   *

"대장은 날 정말 싫어하나 봐요."

가을이 코를 훌쩍거리며 말했다.

뒷마당에서, 가을과 성희는 건물에 등을 기대고 나란히 앉아 있었다.

"왜 그렇게 생각해?"

"그 애도 거짓말을 했는데, 유독 나한테만 심하게 굴잖아요. 나한테는 소년 A의 정보를 알려 주지도 않고, 신뢰하기 전까지는 여기서 일하라고 하고. 거기다…… 호흡 곤란이 생길 때마다 키스를 해 대서 사람 심란하게 만들고."

성희는 어떻게 그 키스를 그런 식으로 받아들일 수 있는지 의문이 생겼다.

'얘도 진짜 둔하구나.'

"방금도…… 걔가 잘못한 거 맞잖아요. 걔가 잔인한 거 맞잖아요. 그런데도 걔만 감싸 주고."

"강한이는 걔를 감싸 준 게 아니야. 널 감싸 준 거지."

"말도 안 돼. 날 쫓아냈는데요?"

"너는 참 착하잖아."

성희가 가을을 돌아봤다.

"속도 깊고 착하지. 그런 사람들은 순간의 실수로 타인을 상처 입히게 되면, 오랫동안 후회를 하곤 해. 네가 거기서 그대로 그 아이한테 퍼부었더라면, 며칠간 후회가 돼서 잠을 못 잤을 거야."

"나는 후회 안 해요. 걔가 잘못한 거 맞잖아요."

"아니, 넌 후회할 거야."

가을은 무릎을 세워 그 사이에 얼굴을 묻었다.

침묵이 흘렀다.

옹송그리고 있어서 평소보다 작아진 가을이 안쓰러웠다.

성희는 가을의 어깨를 보듬어 줄까 하다가 관뒀다. 그건 강한의 몫이었다.

"한심해요."

한참 뒤 가을이 한숨을 토해 내듯 말했다.

"벌써 20년이나 지난 일인데, 그 일에서 벗어나지 못하고 휘둘리는 내가 한심해."

"안 한심해."

위에서 들려온 목소리는 성희가 아닌 강한의 것이었다.

가을은 번쩍 고개를 들었다.

언제부터 와 있었던 걸까?

옆에 있었던 성희는 사라지고, 대신에 강한이 가을의 앞에 서 있었다.

"뭐예요?"

"뭐긴 뭐야? 대장이지."

"대장이랑은 할 말 없어요."

"그럼 말하지 마."

"가요."

"싫어."

"가라고요."

"싫어. 내 집이야. 내가 하고 싶은 대로 할 거야."

"……그럼 내가 갈게요."

가을이 벌떡 일어나 가려고 하는데, 강한이 가을의 손목을 잡아 벽으로 밀었다.

가을을 가두는 듯한 자세로, 강한은 그녀를 내려다보며 말했다.

"삐치지 마."

"삐친 거 아니에요. 화난 거지."

"그럼 화내지 마."

"내 기분 같은 거, 대장이랑은 아무 상관없잖아요. 신경 꺼요."

"못 꺼."

"끄시라고요, 좀."

"못 끈다고."

"나 좀 가만 내버려 두면 안 돼요?"

"안 돼."

가을은 아랫입술을 잘근 깨물었다.

지금은 강한과 장난치고 싶은 기분이 아니었다.

"대장이 미워요."

"그래? 그럼 어떻게 해야 안 미워하겠어?"

강한이 농담을 하는 줄 알았는데, 가을을 응시하는 그의 눈동자는 진지했다.

왜일까?

강한이 평소와는 다르게 느껴졌다.

그의 검은 눈동자 안에 담긴 묵직한 감정이, 가을의 심장을 요동치게 만들었다.

가을은 자신의 심장 소리가 강한의 귀에도 들릴까 봐 걱정이 됐다.

'왜 이렇게 심장이 뛰지?'

이해할 수가 없었다.

"비켜 줘요."

우선은 강한과 벽 사이에서 벗어나야겠다.

"싫어. 날 안 미워할 방법을 알려 주고 가."

"몰라요, 그런 거."

"네가 모르면 어떻게 해?"

"바보 멍청이에 거짓말쟁이가 뭘 알겠어요?"

"왜 그렇게 화가 난 거야?"

"대장한테 화난 게 아니에요."

"그럼?"

"내가…… 내가 한심해서 화가 나요."

"말했잖아. 넌 한심하지 않아."

"한심해요."

"안 한심해."

"한심해요. 20년이나 지났는데, 그 일에서 조금도 벗어나지 못했
잖아요. 20년이나 지났는데 여전히 그 일을 떠올리면 호흡 곤란이
오고 심장이 아프잖아요. 20년이나 지났는데……."

"네가 죽으면."

강한이 가을의 말을 끊었다.

그의 눈동자는 여전히 가을을 똑바로 향해 있었다.

"나는 20년이 지나도, 30년이 지나도, 언젠가 실버타운에 들어가
고, 벽에 똥칠을 하는 순간이 오더라도. 벗어나지 못하고 심장이 아

플 거야."

가을의 눈동자가 일렁 흔들렸다.

"잠을 자려고 누울 때도, 자는 순간에도, 네 죽음을 떠올리며 아
파할 거야. 그건 당연한 거야. 네 소중한 가족의 죽음이 매일, 매일
어제의 일처럼 따라다니는 건 당연한 거야. 한심한 게 아니야."

"정말 그렇게 생각해요?"

"그래. 나는 거짓말쟁이가 아니잖아."

"나도 거짓말쟁이 아니거든요."

"그래, 알겠어."

강한이 가을의 앞머리를 뒤로 쓸어 넘겼다.

"넌 거짓말쟁이 아니야. 그저 밉살맞지만 예쁜, 우리 가을 심부름
센터의 마스코트지."

*　　*　　*

"봐요, 이거."

연진이 지영과 성희에게 자기 팔뚝을 보여 줬다.

연진의 팔뚝에는 소름이 오소소 돋아 있었다.

"나, 아직도 소름이 안 가서요."

"나도 그래."

지영이 질 수 없다는 듯 자신의 팔을 보여 줬다.

지영의 팔에도 마찬가지로 소름이 돋아 있었다.

"형님은 어때?"

"난 사색을 할 거다. 꿈에 나올까 봐 무서우니까 마인드컨트롤을 해야지."

심부름센터 직원들은, 가을과 강한을 데리러 마당에 나왔다가 두 사람의 대화를 듣고 말았다.

다른 건 다 견딜 만했지만.

—그저 밉살맞지만 예쁜, 우리 가을 심부름센터의 마스코트지.

강한이 내뱉은 이 말만큼은 수월하게 견뎌 낼 수가 없었다.

오만상을 찌푸리고 달콤한 언어를 만들어 내는 강한은 상상만 해도…….

"징그러!"

지영이 버럭 외쳤다.

"징그러, 징그러, 징그럽다고! 대체 가을이가 무슨 죄야?"

"그러게 말이에요. 전 당분간 심부름센터를 떠나 있을까 해요. 대장 얼굴을 볼 수가 없어요."

"나도 그래야겠어. 형님은 어쩔 거야?"

"난 이민을 갈까 하는데……."

"뭐야, 형님만 내빼고! 나도 데려가!"

직원들이 거실에서 옥신각신하고 있을 때, 강한이 돌아왔다.

수선스러운 그들의 모습에, 강한이 미간을 좁혔다.

"뭣들 해?"

"웩!"

"야, 구미호. 넌 사람 얼굴 보자마자 구역질하는 매너는 어디서 배워 왔어?"

"몰라, 대장은…… 웩."

"야, 애 왜 이래?"

"그게요, 대장…… 우웩."

"캡, 넌 또 왜 그러는데? 형님, 애들 식중독 걸렸어?"

"뭐, 비슷한 거지."

그나마 비위가 강한 성희가 정상적으로 대답했다.

하지만 아직은 강한의 얼굴을 똑바로 보기 힘든지 시선을 옆으로 피하고 있었다.

강한은 그들을 한 번 노려본 후, 소파에 앉아 다리를 꼬았다.

괴로운 과거를 잊지 못하는 건 한심하지 않다. 그저 안타까울 뿐.

여전히 그때를 떠올리며 괴로워하는 그녀를 위해, 아무것도 해 줄 수 없는 자신이 더 한심했다.

그녀의 아픔을 대신 느껴 주는 것이 가능하다면, 전부 다 가지고 와 대신 아프고 싶었다.

호흡 곤란도, 악몽도, 전부 대신해 주고 싶었다.

어째서 인간은 고통의 매매가 불가능한 것일까.

사 올 수 있다면 사 오고 싶은데. 단 한순간이라도 가을이 괴로움에서 벗어나 행복만을 오롯이 느끼게 해 주고 싶은데.

'소년 A가 문제야.'

가을은 소년 A에게서 벗어나지 못했다.

소년 A를 떨쳐 내지 않는 한, 가을은 평생 악몽과 호흡 곤란에 시달리게 될 것이다.

그러나.

'알려 줘도 될까? 이런 불안한 상황에서?'

판단할 수가 없었다.

알려 주는 순간, 소년 A가 얼마나 많은 사랑을 받으며 행복하게 지내는지 알게 되는 순간, 가을이 목숨을 끊을 것만 같아서 두려웠다.

가을을 잃고 싶지 않았다.

나의 가을을.

'아니, 내 가을은 아니지.'

가을은 영원했으면 했다.

지구 온난화다, 어떻다 떠들어대도, 이 나라의 사계절이 계속 유지되고, 해마다 가을이 찾아오는 것처럼. 최가을 역시 계속 살아갔으면 했다.

가을이 사라지는 순간, 사계절에서 가을이 사라지는 것만큼이나 큰 충격이 강한의 심장에 일어나리라는 것은, 이제 부정할 수 없는 진실이었다.

그녀를 사랑한다.

삐쳐서 입을 삐죽거리는 그녀도, 억지로 미소를 짓는 그녀도, 똘이에게 사랑을 받는 그녀도, 화를 내는 그녀도, 눈물을 흘리는 그녀도, 밉살맞게 구는 그녀도.

무엇 하나 빼놓을 것 없이 사랑하고 있다.

때문에 강한은 결정을 내리기가 힘들었다.

차라리 낯선 타인이라면 판단을 하는 것이 수월했을지도 모르겠다.

하지만 가을은 이제 강한에게 있어서 '낯선 타인'도, '제3자'도 아니었다.

삶의 일부가 되어 버렸다. 사계절이, 그리하여 해마다 찾아오는 가을이 삶의 일부인 것처럼.

한 발자국 뒤로 떨어져서 생각하기가 쉽지 않았다.

'마음이라는 게 정말…… 계획대로 움직여 주질 않는군.'

*   *   *

집으로 돌아와 씻고 나온 가을은, 침대에 누워 눈을 감았다.

─그저 밉살맞지만 예쁜, 우리 가을 심부름센터의 마스코트지.

그 말을 할 때 강한은 가을을 똑바로 응시하고 있었다.

그의 흔들림 없는 눈동자를 보자 위로가 되었다. 그럴 리는 없다고 생각하면서도, 그가 나를 소중하게 여기고 있다는 기분이 들었다.

'내가 가을 심부름센터의 마스코트라는 말은, 날 정말로 직원으로 받아 줬다는 말일까?'

그래 봐야 사대 보험도 없는 직장인데 왜 이렇게나 정직원 자리가 탐나는 걸까?

'따뜻해서 그래.'

20년 전 가족을 잃은 후, 갖고 싶어도 가질 수 없었던 따스함과 다정함이 가을 심부름센터에는 있었다.

가을이 그곳에 들어갈 때면 항상 맞아 주는 사람이 있고, 가을이 그곳을 떠날 때면 배웅해 주는 사람이 있다. 가을에게 연락이 없거나 가을의 표정이 안 좋으면 걱정해 주는 사람이 있고, 가을에게 좋은 일이 생기면 함께 기뻐해 주는 사람이 있다.

그래서 욕심이 나는 것이리라.

내가 갖고 싶지만 가질 수 없었던, 그리하여 소망조차 품을 수 없었던 가족과도 같은 다정한 온기가 그곳에 있기에.

마음이 가라앉고 나니 은성에게 너무 날카롭게 굴었다는 생각이 들었다.

은성은 고작해야 11살이었다.

그 또래의 아이라면 자신의 행동에 부모님이 입을 상처까지는 생각이 미치지 못할 수 있었다.

'만약 나였더라도 그랬을 거야. 내가 평범하게 부모님이 살아 계셨더라면, 그런 생각을 했을지도 모르지. 가끔은.'

어릴 때는 잘 모르니까. 부모님의 소중함도, 부모님의 고충도, 부모님의 마음도.

어릴 때는 잘 모르니까. 부모님에게도 나와 같은 시절이 있었다는 것을.

'그 애와 부모님을 위해서 뭔가 해 줄 수 있는 게 없을까?'

그런 생각을 하다가 쓰게 웃었다.

'난 진짜 오지랖도 넓구나. 내 문제도 제대로 해결하지 못하면서.'

＊　　＊　　＊

조만간 대하드라마에 출연이 확정된 리성은, 잡지 인터뷰용 촬영을 위해 카페에 방문했다.

"진리성 씨는 정말 한결같아요. 이 정도로 유명한데도 늘 인터뷰 시간보다 일찍 오고. 말도 없이 늦는 사람들이 태반인데. 심지어 요새는 신인 애들도 지들이 뭐나 된 것처럼 늦는다니까요."

전에도 리성과 인터뷰를 한 적이 있는 잡지 기자가 호의 담긴 목소리로 말했다.

리성이 원래 시간 약속을 잘 지키기는 하지만, 오늘따라 유독 일찍 온 이유는 인터뷰용 촬영의 포토그래퍼가 가을이기 때문이었다.

몇 분이라도 더 가을을 보고 싶은 욕심 때문이라고 말하면, 잡지 기자는 어떤 표정을 지을까?

"시간 약속은 당연히 지켜야죠. 기자님도 바쁘실 텐데."

기자의 말에 대답하며 카페 안을 둘러봤다.

인터뷰를 위해 청담동의 예쁜 카페를 몇 시간 빌린 터라, 가게 안에는 매니저와 기자, 스텝 외엔 아무도 없었다.

"가을 씨가 늦네."

기자가 시간을 확인하며 말했다.

"아니요. 아직 약속 시간도 안 된 걸요. 시간 맞춰서 오시겠죠."

리성이 얼른 가을의 편을 들었다.

기다렸다는 듯 카페의 문이 열리고 가을이 들어왔다.

청바지에 흰색 긴팔 셔츠를 입은 가을은 눈부시게 아름다웠다. 물론 리성의 눈에만.

가을을 볼 때마다 느끼는 건데, 가을은 자신의 이름답게 가을 같은 여자였다.

가을하늘처럼 맑은데, 가을 공기처럼 쓸쓸하다.

가을을 볼 때마다 느끼는 감정이 딱 그랬다.

"안녕하세요."

가을이 꾸벅 인사를 하며 안으로 들어왔다.

"가을 씨, 너무 늦었어. 진리성 씨는 벌써 와서 기다리는데."

"아, 괜찮아요. 제가 너무 일찍 온 거죠."

기자가 가을을 채근하는 말에, 리성이 얼른 끼어들었다.

괜한 소리를 하는 기자가 원망스러웠다. 가을에게 미움받고 싶지 않은데.

가을은 언제나처럼 싫은 소리를 들어도 기분 나쁜 기색을 하지 않았다. 옅은 미소를 지으며, "죄송합니다."라고 말한 후에, 카메라 장비 가방을 테이블 위에 올려놨다.

"인터뷰 전에 몇 장 찍고, 인터뷰 도중에 몇 장 찍으려고 해요. 대하드라마 촬영 앞두고 하는 인터뷰니까, 너무 가벼운 느낌이 나지 않으면서도 진리성 씨 특유의 장난스러움을 살려서, 너무 무겁지 않게 찍어 줘요. 너무 소년틱 하진 않아도 너무 늙어 보이지도 않게."

기자가 요청의 말을 술술 내뱉었다.

'뭐라는 거야, 진짜?'

리성은 어이가 없었지만, 이런 식의 두루뭉술한 요구는 이쪽 업계에서 비일비재했다.

가볍지 않으면서도 무겁지 않게, 어려 보이지 않으면서도 늙어 보이지 않게.

결국 기자 마음에 드는 사진을 찍어 달라는 거였다.

어려운 요청임에도 가을은 싱긋 웃으며 말했다.

"네, 예쁘게 찍어 줄게요."

리성의 화보를 찍는 건 편한 일에 속했다.

리성은 프로답게, 가을이 요구하지 않아도 알아서 자세를 취하고 표정을 지었다.

카페 테이블에 팔꿈치를 올리고 싱긋 웃는 리성을, 카메라 렌즈를 통해 응시했다.

'그러고 보니, 나 얘한테 고백받았지.'

그 후로 여러 가지 일─특히 강한과의─이 있어서, 새까맣게 잊고 있었다.

'얘는 왜 나를 좋아하는 걸까?'

원하면 어느 여자든 만날 수 있을 만큼 능력이 있었다. 설령 능력이 없다고 해도 저 정도의 외모라면, 좋다고 하는 여자들이 줄을 설 것이다.

실제로 동료 가수나 배우들 중에, 리성에게 관심을 보이는 여자들이 꽤 있었다.

'그런데 왜 하필이면 나일까?'

이해할 수가 없었다.

딱히 예쁘지도 않고, 돈을 많이 버는 것도 아니고, 팔에는 징그러운 흉터까지 있다. 싹싹한 성격도 아니고, 유명한 것도 아니다.

리성을 좋아하는 여자들과 비교했을 때, 나은 점이 있기는커녕 부족한 점이 훨씬 많았다.

그런 가을을 좋아한다며 애절한 시선을 보내는 리성이 도통 이해가 되지 않았고, 이해가 되지 않아서 버거웠다.

잠시 촬영을 멈추고 촬영한 사진을 점검했다.

"와, 나 되게 잘 나왔다. 역시 가을이 누나가 찍어 주는 게 제일 예쁘게 나와."

기자가 잔소리를 하기 전 리성이 선수를 쳤다.

가을에게 한소리 할 생각이었던 기자는 입맛을 다시며, "진리성 씨가 마음에 들면 됐죠, 뭐."라고 중얼거렸다.

인터뷰하는 장면을 몇 장 찍고, 인터뷰 후 촬영까지 하고 났더니 몇 시간이 훌쩍 지나갔다.

촬영한 사진 관련해서 기자와 조율을 하는 동안, 리성은 의자에 앉아 가을의 일이 끝나기를 기다렸다. 카페 구석에 서 있던 리성의 매니저 정훈이 못마땅한 표정으로 시간을 확인했다.

"왜 안 가고 있었어?"

기자가 돌아간 후, 가을도 장비를 챙기며 리성에게 물었다.

"요새 누나랑 만나기 힘들잖아. 오랜만에 느긋하게 얘기 좀 하려고."

"별로 느긋하진 않은 것 같은데."

이 와중에도 계속 시간을 확인하는 정훈을 흘끗 보며, 가을이 말했다.

"괜찮아, 괜찮아. 길만 안 막히면 시간은 충분해. 누나 요새 잘 지냈지?"

"응. 너는?"

"난 드라마 때문에 좀 정신없어. 조만간 리딩이라서, 대본 연습하는 중이야."

"넌 잘할 거야. 대하드라마라니, 멋지다."

"정말 멋져?"

"응, 멋지지. 연기력을 인정받은 거잖아."

리성이 칭찬받은 강아지처럼 기쁜 표정을 지었다.

"좋다. 열심히 해야겠다."

"응, 드라마 나오면 챙겨 볼게."

장비를 다 챙겼다.

"그만 가 봐야겠다."

"아, 데려다줄게."

"아냐, 괜찮아."

"그래도……."

거기까지 말했을 때, 카페 문이 열리고 의외의, 그러나 가만히 생각해 보면 그렇게 의외도 아닌 인물이 안으로 들어왔다.

강한이었다.

한쪽 주머니에 손을 찔러 넣고 건들건들 들어오는 강한을, 정훈이 막아섰다.

"지금은 영업 중 아닙니다."

"아아, 그래요? 그런데 어쩌나? 커피를 마시러 온 게 아니라, 저 걸 가지러 온 건데."

강한이 가을과 리성을 향해 턱짓을 했다.

강한의 턱이 리성을 향해 있다고 오해한 정훈이 주먹을 꽉 쥐었다.

분위기가 묘하게 흘러가는 것 같아서, 가을이 얼른 나섰다.

"왔어요, 대장?"

"그래, 왔다."

"왜 왔어요?"

"내 맴."

"……."

가을은 강한이 일터에 불쑥불쑥 찾아오는 일에 슬슬 익숙해지고 있었다.

강한과 가을이 지인이라는 걸 확인한 정훈이 경계를 풀었다. 하지만 리성은 그러지 않았다. 긴장된 눈으로 강한을 노려보고 있었다.

리성의 적개심 어린 시선이 꽂히는 걸 느꼈지만, 강한은 모르는 척 가을의 어깨에 손을 얹었다.

가을은 이 남자가 왜 이렇게 스킨십을 해댈까 싶었지만, 딱히 뿌리치지는 않았다.

리성의 호감이 버거운 이때에, 강한의 행동은 오히려 고마웠다. 이걸로 리성이 조금씩 마음을 접어 주었으면 좋겠다.

"가을이랑 사귀지 않는다는 걸 알고 있어요."

리성이, 돌아선 강한과 가을의 뒤에 대고 말했다.

가을은 움찔했고, 강한은 뒤를 돌아봤다.

"그래서?"

그런 반응을 예상하지 못했는지 리성은 대꾸를 하지 못했다.

강한은 리성을 물끄러미 응시하다가 말했다.

"나는 최가을이랑 사귀지 않지만, 그래도 최가을은 나의 소중한 마스코트야."

"마스코트?"

리성이 인상을 찌푸렸다.

"나는 누군가 내 마스코트에 손을 대는 걸 좋아하지 않아. 할 수만 있다면 요걸 조그맣게 만들어서 호주머니에 넣고 다니고 싶은데, 내가 아무리 재능이 많대도 그런 일이 가능하진 않거든. 그래서 일단은 풀어놓은 거야."

"그게 무슨……."

"만인의 마스코트는 그 자리에서 그냥 모두의 마스코트 노릇이나 해. 내 하나뿐인 마스코트를 건드릴 생각하지 말고."

"난……."

"너와 최가을은 일 때문에 만나는 공적인 관계일 뿐. 그 이상으로 다가와서 내 마스코트를 더럽히면, 그때는 나도 가만히 있지 않을 거야."

강한의 음성은 차갑고 묵직하게 가라앉아 있었다.

가을은 평소와 다른 그의 목소리에 당황했다.

강한이 왜 이러는 걸까?

강한의 말을 협박이라고 받아들인 정훈이 다시 주먹을 쥐고 앞으로 나섰다.

강한은 누가 봐도 '난 격투가.'라는 어깨를 뽐내는 정훈을 앞에 두고도 두려운 기색이 없었다.

"어이구야, 무서워라. 때리게?"

"필요하다면."

"형, 그러지 마."

리성이 당황해서 정훈을 말렸다.

옛날부터 생각하는 거지만, 정훈은 이상할 정도로 리성의 일에는 예민해졌다.

"주인이 그러지 말래. 개는 개답게, 주인 명령이나 잘 따르도록 해. 이빨 드러내지 말고."

정훈이 콧등을 찡그렸다.

당장이라도 주먹을 날리고 싶은 듯했지만 꾹 참는 기색이 역력했다.

여기서 문제를 일으켜 봐야 리성의 이미지에 좋을 것이 없기 때문이었다.

가을은 강한이 왜 그답지 않게 이토록 날카롭게 구는 건지 이해할 수가 없었지만, 그 와중에도 어깨에 놓인 그의 손이 참 좋았다.

리성은 더 이상 둘을 붙잡지 않았고, 강한과 가을은 방해 없이 카페를 빠져나왔다.

카페 밖으로 나왔는데도, 강한은 여전히 가을의 어깨에 손을 얹고 있었다.

가을은 그가 손을 내리지 않고 계속 이대로 있었으면 좋겠다고 생각하다가, 왜 이런 생각을 하고 있는지 의문이 생겼다.

누군가 내 몸에 손을 대는 걸 좋아하지 않는다.

그런데 어째서 강한의 스킨십은 부담스럽지 않은 걸까?

"최가을."

묵묵히 걷던 강한이 입을 열었다.

"너, 포토그래퍼 그만둘 생각 없냐?"

생각지도 못한 말에 가을이 걸음을 멈췄다.

강한도 멈춰 서서 가을을 돌아봤다.

농담을 하는 줄 알았는데 강한의 눈빛은 진지했다.

"갑자기 왜요?"

"연예계에서 자기 잘난 줄 알고 콧대 높은 연예인들 상대하는 거, 힘들잖아. 스트레스를 받으면 한숨이 늘고, 한숨을 많이 쉬면 일찍 죽어."

"엥? 그거 너무 비과학적인 말 아니에요?"

"그렇게 꼬치꼬치 따지지 마. 넌 참 과학적이라서 좋겠다."

"아니, 과학적이라서 좋은 게 아니라…… 대장이 지금 이상한 제안을 하고 있으니까 그렇죠. 갑자기 직장을 그만두라면서 바보 같은 이유를 대고 있잖아요."

"이게 뭐가 바보 같은 이유야? 한숨을 많이 쉰다는 건 스트레스가 많다는 거고, 스트레스는 건강에 좋지 않잖아."

"왜 갑자기 그렇게 내 건강에 신경을 쓰는데요?"

강한은 잠시 입을 다물었다가 말했다.

"그거야 네가 마스코트니까. 우리 가을 심부름센터의."

"난 거기 정직원도 아니잖아요."

"정직원, 그거 시켜 줄게."

"왜요, 갑자기?"

"넌 '왜?'라는 말 빼고는 대화가 안 돼? 이유를 꼭 그렇게 알아야 되겠어?"

"당연하죠. 이건 직업에 관한 문제잖아요. 대장이나 다른 사람들은 어떨지 모르겠지만, 난 할 줄 아는 게 사진 찍는 것밖에 없어요. 심부름센터가 돈을 많이 버는 것도 아니고, 그 일만 하면서 어떻게 살아요?"

"그럼 사진 찍는 거 말고 다른 일을 좀 찾아봐도 되잖아."

"할 줄 아는 게 사진 찍는 것밖에 없다니까요."

"꼭 기술이 필요해? 회사 경리를 해도 되고, 마트 알바를 해도 되잖아. 지금 이 일이 그렇게까지 돈을 많이 버는 것도 아닐 텐데."

직업을 무시당해서 기분이 나쁘다는 생각보다는, 강한이 절박해 보이는 게 신경 쓰였다.

강한은 기행을 일삼는 사람이지만, 억지를 부리는 사람은 아니었다.

강한이 억지를 부릴 때는 반드시 이유가 있었다.

그렇다면.

'내가 이 일을 하면 안 되는 이유라도 있는 걸까?'

가을은 반박하는 걸 멈추고 강한을 빤히 응시했다.

강한은 미간을 좁히고 가을의 시선을 마주하다가, 작게 한숨을 쉬고는 다시 걸음을 옮겼다.

가을은 그의 뒤를 따라갔다.

"대장, 전요. 이 일, 계속할 거예요."

"그러든가."

"제가 이 일을 하는 건 단지 돈을 벌기 위해서가 아니에요."

"그럼?"

"내 사진으로 누군가를 행복하게 해 주고 싶어서예요."

"하? 사진 따위가 타인의 감정을 좌지우지할 수 있다고 믿는 거야?"

"네, 믿어요. 왜냐하면…… 옛날에 그런 적이 있거든요."

"어떤 적?"

"죽으려고 했었어요. 이렇게 사느니 차라리 죽어야겠다, 엄마도, 아빠도, 하을이도 없는데, 그냥 죽는 게 낫겠다. 난 그때 초등학교 졸업을 하고 집에 돌아가는 길이었는데요."

온 사람이 없었다.

다른 아이들은 가족들이 와서 꽃다발을 안겨 주고, 함께 사진을 찍는데, 가을에게는 아무도 없었다.

그 당시 가을을 맡아 주고 있었던 가을의 큰 이모는, "일이 바빠서 못 갈 것 같아. 이걸로 자장면 사 먹고 들어와."라며 가을에게 5천 원을 주었다.

졸업식 내내, 가을은 주머니 속의 5천 원을 꽉 쥐고 눈물을 참았다.

아무도 오지 않은 게 괜찮은 척, 가족들이 없어도 행복한 척, 억지로 미소를 짓고 있었다.

> —저 애는 왜 혼자야?
> —쟤네 가족 다 죽었대.
> —어머, 그래? 그럼 와서 같이 사진 좀 찍자고 해.
> —됐어. 친하지도 않은데, 뭐.

졸업식이 끝나고 삼삼오오 모여 사진을 찍을 때, 반 아이가 가족들과 나누는 대화를 들었다.

그때, 생각했다.

아, 그래. 죽자. 죽으면 되는구나. 그러면 이런 소리를 듣지 않아도 되고, 이런 기분을 느끼지 않아도 되는데. 왜 그 생각을 못 했을까? 그냥 죽으면 되는 건데. 그러면 편해질 텐데.

5천 원을 꼭 쥐고 학교에서 나와, 죽을 방법을 고민하며 천천히 걸었다.

"멀리 가서 죽어야, 큰 이모한테 폐를 끼치지 않겠다는 생각이 들었어요. 내가 죽어도 아무도 발견하지 못하게, 아무도 없는 곳에 가서 죽을 생각이었어요. 그래서 버스 정류장에 서서 버스를 기다리다가, 정류장 옆에 붙어 있는 포스터를 봤어요."

천재 포토그래퍼 W의 개인전.

"포스터에 그 포토그래퍼의 사진이 한 장 실려 있었어요. 나비가 날아오르는 걸 찍은 사진인데, 어쩐지 참 예뻐서 그 사진전을 보러 가고 싶어졌어요."

어느새 강한은 걸음을 멈추고 가을의 이야기를 듣고 있었다.

"그 사진전을 보고 나서 죽어야겠다고 생각했죠. 5천 원이 있으니까. 초등학생은 반값이니까. 그래서 갔죠. 걸어서 갔어요. 걸어서 한 시간 넘게 걸리는 거리지만 상관없었어요. 날 기다리는 사람은 아무도 없으니까."

그렇게 도착한 전시회관에서, 가을은 보았다.

"나비가 날아오르는 그 사진보다는, 다른 사진이 더 눈에 들어왔어요. 아마 그 작가의 대표작이었나 봐요. 설산의 정경을 찍은 사진인데, 그게 얼마나 아름다운지. 얼마나 성스러운지."

보는 순간 생각했다.

"아아, 이런 사진을 찍어 보고 싶다. 언젠가 저 산에 가서 이런 광경을 담아 보고 싶다. 나는 언젠가 죽을 테지만, 여전히 외롭고 고독하지만, 이런 사진 하나 남긴다면 나중에 죽어서 내 가족들을 만났을 때에 자랑할 거리 하나쯤은 남지 않을까?"

그래서 죽음을 조금 나중으로 미뤘다.

"정말로 멋진 사진이었어요, 그건. 그걸 봤을 때, 나는 우리 아빠가 사진 찍는 걸 참 좋아했다는 걸 떠올렸어요. 물론 아마추어였지만, 항상 가족들 사진을 찍고 싶어 했죠. 잊고 있던 그때의 기억이 떠올라, 나는 조금 행복해졌어요."

"정말로 행복해졌어? 그 사진을 보고서?"

"네, 정말로요."

가을은 빙그레 웃으며 고개를 들었다가, 강한의 표정을 보고 깜짝 놀랐다.

강한은 금방이라도 울음을 터뜨릴 것 같은 표정을 짓고 있었다.

"대장?"

"어?"

"왜…… 왜 울어요?"

"울긴 누가 울어? 난 피도 눈물도 없는 남자야!"

강한이 버럭 외쳤다.

강한의 표정은 곧 평소대로 돌아왔지만, 가을은 방금 전에 본 것이 착각이 아니라고 생각했다.

"대장, 내 얘기가 그렇게 슬펐어요?"

"그래, 슬퍼. 아주 슬퍼 죽겠다! 아주 비극적이야."

"아, 비아냥거리지 좀 말아요. 난 진짜로 가족도 없고, 고독하다고요."

"그래서 아주 슬프고 비극적이라고 해 주잖아! 뭐가 문제야?"

"아니, 대장이…… 에이씨!"

"할 말 없지? 할 말 없으면 욕하는 버릇 좀 고쳐."

"에이씨가 뭐가 욕이에요?"

"아주 말대꾸 따박따박 하는 것 좀 봐."

"난 말할 자유도 없어요?"

강한과 말다툼을 하다가 깨달았다.

가족의 이야기를 하면서도, 내게 벌어진 비극에 대해 이야기하면서도 호흡 곤란 증세가 나타나지 않았다는 걸.

"아무튼 대장이 아무리 뭐라고 해도, 나는 그런 사진 찍을 때까지
는 포토그래퍼 그만두지 않을 거예요."

"그럼 죽지도 않을 거야? 그런 사진 찍을 때까지?"

강한의 질문에 가을은 빙그레 웃었다.

"네, 안 죽어요. 나 죽으면 대장이 곤란해진다면서요."

10장

"아주 날 들었다 났다 해. 악마야, 악마. 악마가 따로 없어."

강한이 밥을 먹는 똘이의 옆에 쭈그리고 앉아 말했다.

묵묵히 밥을 먹던 똘이는 성가신 듯 꼬리를 탁탁 치고 있었다.

"아주 쪼끄만 게 못됐다니까. 심장이 덜컥 내려앉게 하다가도 벌렁벌렁 뛰게 만들고. 정말 귀여워 죽겠어. 귀여워서 쪼물쪼물해 주고 싶어 미치겠다."

"그럼 쪼물쪼물해 주면 되잖아."

소파에 다리를 꼬고 앉아 신문을 읽던 성희가 똘이 대신 대꾸했다.

강한은 여전히 똘이에게 시선을 향한 채로 말했다.

"미쳤어? 그러면 안 되지. 이 마음은 아무한테도 들켜선 안 돼."

"그러기엔 너무 많은 사람이 알고 있는데."

"그래 봐야 똘이랑 형님, 둘뿐이잖아."

"흐음."

"안 돼. 난 누구도 행복하게 해 줄 수 없어."

"과연 그럴까? 가을이는 네가 있어서 꽤 행복한 것 같은데."

"아냐. 나한테 더 가까이 다가오면 알게 될 거야. 내가 어떤 놈인지."

"이미 알 만큼 알걸."

"몰라, 걔는. 나는……."

강한은 깊은 한숨을 내쉬었다.

　　—설산의 정경을 찍은 사진인데, 그게 얼마나 아름다운지. 얼마
　나 성스러운지.

그 말을 하던 가을의 표정이 생생하게 떠올랐다.

가을의 눈동자는 생기를 머금고 반짝반짝 빛나고 있었다.

"최가을이 그 사진을 봤대."

성희가 신문을 내려놓고 몸을 돌려, 똘이의 옆에 쭈그리고 앉아 있는 강한의 등을 응시했다.

"그 사진을 봤대?"

"응."

"어땠대?"

"좋았대."

"그렇다면."

"안 돼, 그래도. 최가을은 그냥 보는 눈이 없는 거야."

"하지만 나도 그 사진 좋았어."

"형님도 보는 눈 없잖아. 아주 최가을이랑 죽이 딱딱 맞네. 결혼하면 되겠어!"

"진지한 얘기하다가 꼬장 좀 부리지 마."

"형님."

강한이 일어나 성희의 옆에 가서 앉았다.

강한은 성희를 똑바로 응시하며 손가락 네 개를 펼쳐 보였다.

"네 명이야. 내가 죽인 사람의 숫자가."

"강한아, 그건……."

"나는 네 명을 죽였어. 그 사실은 변하지 않아. 나는 최가을을 사랑하지만 행복하게 만들어 주진 못할 거야."

*   *   *

리성이 촬영을 하는 동안, 정훈은 차에 앉아 생각에 잠겨 있었다.

'그놈은 대체 뭐지?'

가을을 데리러 온 잘생긴 남자의 정체가 궁금한 이유는, 그가 보인 살기 때문이었다.

'왜 그런 눈으로 날 노려본 거지?'

단지 앞을 막아서기에 쏘아보는 눈빛이 아니었다. 그 눈 안에는 다른 무언가가 있었다.

'뭔가 불길한데. 기우인가?'

정훈은 리성의 일에는 예민해질 수밖에 없었다.

그의 부모에게 큰돈을 받고 있기도 했지만, 그보다는 리성이 이제 정훈의 친동생과 같은 존재가 되었기 때문이었다.

'벌써 9년인가? 내년이면 10년이 되겠군.'

9년 전, 리성이 데뷔하기 직전.

리성의 부모가 정훈이 일하는 경호 업체로 찾아왔다.

리성이 곧 데뷔를 할 텐데, 매니저 겸 경호원을 찾는다고 했다.

경호 업체에서는 리성과 비슷한 나이인 정훈에게 일을 맡겼고, 그때만 해도 정훈은 왜 리성에게 경호원까지 필요한지 알 수 없었다.

'참 잘해 주셨지.'

리성의 부모는 정훈을 고용인이 아닌 아들처럼 대했다.

아버지가 없는 정훈에게, 그들의 배려와 애정은 큰 감동이었다.

게다가 리성은 성격이 싹싹해서 정훈을 '형.'이라고 부르며 잘 따랐다.

그들이 정말 가족처럼 느껴지기 시작할 무렵, 리성의 부모는 정훈에게 놀라운 진실을 알려 주었다.

리성이 어릴 적 불장난을 하다가 옆집을 태운 '소년 A'이고, 리성에게는 그때의 기억이 조금도 남아 있지 않다는 이야기를 들었다.

당황하긴 했지만 더욱 책임감이 생겼다.

그 일은 어린 아이라면 충분히 저지를 수 있는 실수일 뿐이었다.

그런 일로 리성에게 책임을 지우는 것은 너무 가혹했다.

리성은 마음이 여려, 그 일을 기억하게 되면 큰 충격을 받게 될 것이다.

'진우의 죄가 아니야.'

리성의 본명은 최진우였다.

처음엔 왜 부모와 성도 다르게 개명을 했는지 알 수 없었는데, 이 제는 안다. 혹시라도 그때 살아남은 아이가 리성을 찾아내지 못하 게 하기 위함이었다.

그 진실을 알게 된 후, 정훈은 더욱더 리성을 보호하기 위해 노력 했다.

리성에게, "형, 나도 남자야. 뭘 그렇게까지 조심스럽게 행동해?" 라는 말을 들을 만큼, 리성을 소중하게 대했다.

만약 리성이 구제불능 멍청이였다면, 그 진실을 알게 되었을 때 조금 다른 감정이 들었을지 모르겠다.

하지만 리성의 부모는 좋은 사람들이었고, 리성 또한 아주 바르 게 잘 자랐다. 번 돈의 일부는 항상 기부를 하고, 시간이 날 때는 봉 사 활동도 다닌다.

늘 리성과 붙어 있기에, 그 모든 것이 가식이 아닌 리성의 올바른 성격 때문이라는 걸 알고 있었다.

그러니까 리성에게는 과거의 끔찍한 기억을 잊고 잘 살아갈 자 격이 있다.

그런 생각을 하고 있을 때, 휴대폰이 울렸다.

리성의 아버지에게서 온 전화였다.

"대표님."

[잘 지내고 있나?]

"네. 진우도 건강하게 잘 지내고 있습니다. 조만간 드라마 촬영이 있어서, 많이 바빠 찾아뵐질 못했습니다."

[다들 바쁠 텐데 자주 찾아오지 않아도 돼. 진우한테 별일은 없고?]

"별일은 없는데…… 진우가 사랑에 빠졌습니다."

[응? 하하하하하. 그래? 아무랑도 안 사귀기에 걱정이었는데, 거참 잘됐네. 상대는 누군가? 연예인인가?]

"아니요. 사진작가인데……."

[오, 그래? 어때? 며느릿감으로 손색이 없겠는가?]

"그게…… 진우, 짝사랑입니다."

[뭐? 으하하하하하. 첫사랑이 짝사랑이라니, 그거 참 안됐구만.]

리성의 아버지는 꽤 큰 회사의 대표답지 않게 소탈했다.

[대단한 여자인가 보이. 우리 진우를 거부할 정도라니. 그래도 곧 마음이 열리겠지. 누가 우리 진우를 끝까지 밀어내겠나?]

"그렇죠. 혹시 모르니 조사를 좀 해 볼까요?"

[그게 좋겠지. 나는 진우가 좋다면 다 좋지만, 그쪽 집안에 범죄자가 있으면 곤란하니까.]

*　　*　　*

가을은 아무래도 은성의 일이 마음에 걸렸다.

어떻게 해야 좋을지 고민하다가 괜찮은 방법을 생각해 냈지만, 심부름센터 직원들의 도움 없이는 해내기 힘들 것 같았다.

그래서 모두에게 계획을 설명했더니, 의외로 다들 반대하지 않았다.

"사진을 구하는 게 문제인데."

"훔치면 되지."

성희의 말에 지영이 대수롭지 않게 대꾸했다.

"우리 심부름센터에서 범죄는 금지야, 구미호. 격 떨어지게 굴지 마."

"내 격은 걱정 마시고, 허구한 날 동네에서 소리 지르는 대장이나 격 좀 챙기시지 그래?"

"너는 꼭 그렇게……."

"편집은 제가 할게요."

연진이 강한의 말을 끊었다.

강한은 이 심부름센터에 말할 자유도 없다며 투덜거렸지만, 아무도 강한을 신경 쓰지 않았다.

"음악도 좀 깔고 그러면 괜찮을 것 같은데. 사진은 정말 어떻게 구하죠?"

가을이 말했다.

"고객으로서 의뢰를 한다면, 사진쯤은 내가 구해다 주지."

"아, 대장은 뭐 이런 일에도 돈을 받으려고 해요? 쪼잔하게."

"이게 왜 쪼잔해? 응당 노력에 대한 대가는 제대로 지불해야 하는 법. 공으로 먹으려는 게 더 쪼잔한 거 아냐?"

"알겠어요, 그럼. 제가 낼게요. 얼마 내면 돼요?"

가을의 말에, 강한은 손가락으로 턱을 톡톡 치며 계산을 해 본 후 말했다.

"앞으로 일주일간, 나랑 같이 점심 먹어."

"네? 왜요?"

"왜 또 이유를 물어? 난 호기심 많은 어린이는 싫어해."

"난 어린이가 아니잖아요."

"아니긴 뭐가 아니야. 쪼끄매 가지고."

"뭘 쪼끄매요. 이 정도면 여자 키로는 평균이죠."

"그래, 평균이라고 믿고 싶겠지."

"비아냥거리지 마요. 때리고 싶으니까."

"때려 봐. 깽값이나 받게."

아웅다웅하는 강한과 가을을 보며, 심부름센터 직원들은 같은 생각을 했다.

'대장도 대장이지만, 저래도 눈치를 못 채는 최가을도 참 멍청하긴 매한가지구나.'

"불쾌한 씨가 어쩐 일로 행차하셨나 했더니…… 당황스럽네요. 부모님 어린 시절 사진이라니."

B 초등학교 4학년 2반 담임이 난처하다는 듯 말했다.

"하지만 이유를 들으시면 선생님께서도 이해하실 겁니다."

강한은 찾아온 이유를 설명하면서, 머릿속으로는 다른 생각을 하고 있었다.

'내가 미쳤지.'

사진을 요구한 대가로, 가을에게는 돈을 받을 생각이었다.

아무리 사랑을 하더라도, 돈 관계만큼은 깔끔해야만 했다.

노력을 무상으로 제공하지 않겠다는 것이, 강한의 인생철학이었고, 머릿속으로 합당한 금액인 3만 원을 생각해 두기까지 했다.

'3만 원.'이라고 대답을 하려고 했는데, 입에서 나온 말은 점심을 같이 먹자는 말이었다.

자신의 입으로 말했으면서도 강한은 당황하고 말았다.

물론 가을과 함께 하는 점심은 기분이 좋을 것이다. 오물오물 밥을 먹는 가을을 보는 건 즐거우니까.

'하지만 3만 원이라고! 먼 훗날 내가 실버타운에 들어갈 때에 보탬이 될 돈이란 말이야!'

강한은 비명을 지르고 싶어졌다.

육체가 뇌의 지배를 벗어나 제멋대로 움직이기 시작했다.

언제나 계획적으로 강한의 생각에 따라 움직여 왔던 육체를, 가을은 노력 없이 멋대로 휘둘렀다.

요물이다.

"그런 일이 있었군요."

담임의 말에 강한은 상념에서 벗어났다.

"좋습니다. 그런 일이라면 규칙에서 좀 벗어나더라도 상관없겠지요. 제가 가정 통신문을 써 드리도록 하겠습니다."

'수업에 필요하니 부모님 어린 시절의 사진을 여러 장 보내주세요.'라는 취지의 가정 통신문이었다.

강한은 담임이 건네준 가정 통신문을 받아 들었다.

"같이 셀카도 몇 장 찍읍시다, 선생님."

"셀카요?"

"제가 사진을 받으러 갈 텐데, 부모님이 믿지 않으실 수도 있으니까요."

"아, 그렇군요."

그래서 담임은 강한과 다정한 포즈로 사진도 찍었다.

"오, 사진이 정말 잘 나왔네요. 저도 한 장 보내 주세요."

강한은 담임에게 셀카를 전송해 준 후에야 교무실에서 나올 수 있었다.

*　　*　　*

엄마 아빠가 싫은 건 아니었다.

하지만 창피했다.

엄마와 손을 잡고 시장에 가면, 사람들은 '손자'냐고 물었다. 어릴 때는 그게 무슨 뜻인지 몰랐지만, 이제는 안다.

엄마 아빠는 너무 늙었다.

친구 재찬의 엄마는 누나처럼 보일 정도로 젊고 예뻤다. 친구들은 "너네 엄마 되게 예쁘다."라며 재찬을 부러워했다.

'우리 엄마 아빠도 젊고 멋있으면 좋을 텐데.'

다 늙어서 임신을 한 엄마가 원망스럽기까지 했다.

이럴 거면 그냥 낳지 말지. 이런 소리 듣게 할 거면 낳지 말지.

가을도 미웠다.

가을만 아니었으면 심부름센터 직원들을 졸라서 어떻게든 엄마 아빠 대역을 맡길 수 있었을지도 모른다.

'내일모레면 참관 수업인데 어쩌지?'

은성은 아직도 부모님에게 아직도 참관 수업 통지서를 주지 않았다. 할머니 할아버지로 보이는 부모님이 오느니, 차라리 아무도 안 오는 게 나을 것 같았다.

분명 친구들이 놀릴 것이다.

오늘은 친구들과 놀 기분도 들지 않아 혼자서 터벅터벅 집으로 돌아가는데, 누군가 뒤에서 은성을 불렀다.

"은성아."

뒤를 돌아보니 가을이 서 있었다.

이런 곳에서 가을을 보게 될 줄은 몰랐다.

참 예쁜 누나라고 생각했었는데, 이제는 예뻐 보이지도 않는다.

"왜요?"

"바빠?"

"그건 알아서 뭐하게요?"

"얘기를 좀 하고 싶어서."

"잔소리를 할 거라면……."

"잔소리가 아냐. 너한테 보여 주고 싶은 게 있어. 같이 심부름센터에 가지 않을래?"

"……심부름센터예요?"

혹시 의뢰를 받아 주려는 걸까?

은성은 가을이 미웠지만, 혹시나 하는 생각이 들어 고개를 끄덕이고는 가을의 뒤를 따라갔다.

심부름센터에는 똘이만 있었다.

은성은 직원들이 다들 있을 줄 알았기 때문에, 조용한 집 안의 분위기에 당황했다.

괜히 따라왔다고 후회하고 있는데, 가을이 똘이를 들어서 은성에게 안겼다. 똘이는 귀찮은 듯했지만 은성의 품에 가만히 안겨 있었다.

"영화를 한 편 보여 주려고 해."

가을이 은성을 방으로 안내하며 말했다.

방에는 의자가 두 개 있었고, 책상 위에 컴퓨터와 커다란 모니터가 놓여 있었다.

"여기 앉아."

가을이 의자 하나를 가리키며 말했다.

은성은 가을이 뭘 하려는 건지 알 수 없었지만, 조금씩 흥미가 생기기 시작했다.

하라는 대로 앉아서 기다리는 동안, 가을은 컴퓨터를 조작해 영상 파일을 열었다.

가을이 방의 불을 껐다.

창문은 커튼을 쳐 놔서, 어두운 방에 존재하는 빛은 모니터에서 나오는 빛뿐이었다.

느릿하고 고즈넉한 음악과 함께 영상이 시작되었다.

영화라고 했는데 모니터에 나오는 건 사진이었다.

모니터 중앙을 중심으로 반씩 나뉘어, 갓난아기의 사진이 비치고 있었다. 한 명은 돌잡이를 하고 있고, 또 한 명은 엄마로 보이는 사람의 품에 안긴 사진이었다.

"저게 누구예요?"

은성의 질문에 가을이 은성의 옆에 앉으며 대답했다.

"쭉 보면 알 거야."

영상 아래에 문구가 떠올랐다.

20XX년 어느 날,
축복 속에서 태어난 두 사람이 있습니다.

사진이 몇 번 바뀌었다.

갓난아기에서 점점 성장하는 사진이었다.

두 명의 아기들은 아이가 되고, 어느새 은성과 비슷한 또래의 소년과 소녀가 되었다.

두 아이는 평범한 가족들 사이에서 평범하게 성장해 갔
습니다. 한 아이는 의사가, 또 한 아이는 선생님이 되는 것이
꿈이었습니다. 친구를 사귀고.

두 명의 아이가 각자의 친구들과 노는 사진, 나란히 서서 씩 웃는 사진 등. 여러 사람과 어울리는 사진들이 나왔다.

**싸우기도 하고, 부모님께 혼나기도 하며,
아이들은 계속 자라났습니다.**

소년과 소녀는 어느새 중학생이 되었다.

**중학교에 입학하고, 공부를 하고, 친구들과 어울리고,
졸업을 하고, 고등학교에 입학하고, 공부를 하고,
친구들과 어울리고, 또 졸업을 했습니다.**

소년과 소녀의 사진이 계속 바뀌어, 이제는 성인 남녀가 되었다.

그쯤 되어서야, 은성은 그들이 누군지 알 수 있었다.

엄마와 아빠였다.

"엄마, 아빠……."

콧등이 시큰해지는 이유는 왜일까.

엄마와 아빠도 갓난아기로 태어나 어린 시절이 있을 거란 생각을 해 본 적이 없었다.

엄마 아빠는 그저 나의 엄마 아빠일 뿐, 소년과 소녀의 시절이, 친구들이, 학창 시절이 있을 거라고는 생각하지 못했다.

형, 누나라고 불러도 될 만큼 젊었던 엄마, 아빠는 점점 나이가 들어가기 시작했다.

**청년과 처녀는 대학교 미팅을 하는 자리에서 처음으로 만
나게 되었고, 사랑에 빠졌습니다. 둘이서 만나 영화를 보고,**

식사를 하고, 그렇게 데이트를 하며 사랑을 키워가던 어느 날.
둘은 많은 이들의 축하 속에서 행복한 결혼식을 올렸습니다.

엄마 아빠가 결혼하는 사진이 보였다.
환하게 웃는 엄마 아빠의 모습이 은성의 가슴에 새겨졌다.
흰머리가 하나도 없는 엄마 아빠는 예쁘고 멋있었다.

두 사람은 빨리 아이를 낳고 싶었지만 1년이 지나도, 2년
이 지나도 아이가 생기지 않았습니다. 매일 병원을 다니고,
때로는 아이가 생기지 않아 울기도 했습니다.
그렇게 10년이 넘게 흐른 어느 날.
둘에게 이 세상에서 가장 행복한 기적이 일어났습니다.

엄마의 배가 크게 부푼 사진이 있었다.
엄마는 두 손으로 소중하게 배를 감싸고 다정한 미소를 짓고 있
었다.
젊은 시절의 모습이 거의 다 사라지고, 세련되지 않은 차림이었
지만, 미소 짓는 엄마는 연예인보다도 예뻤다.

그토록 원하던 아이가 두 사람의 품에 안기게 되던 날.
둘은 행복하게 해 주겠다고, 사랑한다고,
몇 번이나 아이에게 속삭였습니다.

은성으로 보이는 갓난아기가 엄마의 품에 안겨 있었다.

그리하여 20XX년 아기가 태어난 두 사람은,
매일매일 기적의 나날을 보내게 되었습니다.

엄마와 아빠, 그리고 어린 은성이 식탁에 앉아 웃는 사진을 마지막으로, 영상이 끝났다.

은성은 코를 훌쩍거리고 있었다.

가을은 은성이 눈물을 멈출 때까지 잠시 기다리다가 입을 열었다.

"너희 부모님은 아이를 갖기 위해 정말 오랫동안 노력하셨어. 불임 치료라는 말을 알고 있니? 임신이 되지 않을 때 병원을 다니면서 치료를 하는 건데, 그게 돈도 많이 들지만 몸도 마음도 많이 아프고 힘든 일이야. 몇 년간 그런 치료를 하면서 아이를 원했고, 그렇게 널 갖게 되신 거야. 네 부모님은 어린 시절의 꿈은 이루지 못했지만, 두 분이 만나서 결혼을 하며 꿨던 꿈은 이루셨지."

가을이 은성의 손에 손을 얹었다.

"너는 네 부모님의 꿈이고 희망이야."

"엄마랑 아빠도…… 저랑 똑같았어요."

"응, 맞아. 그분들도 너와 같은 시기를 보내셨지. 아마 시험을 못 봐서 부모님께 혼나기도 하고, 설거지 잘했다고 칭찬을 받기도 하고. 그런 경험들을 해 오셨을 거야. 있잖아, 은성아. 자식은 부모님을 이해하지 못해. 아니, 이해하려고 하지 않아. 그래서 때로 부모님을 원망하기도 하고, 창피해하기도 하고, 그러나 봐."

"누나도 그래요?"

은성의 질문에 가을은 미소를 지었지만, 은성은 왜인지 가을이 우는 것처럼 보였다.

"나는, 부모님이 안 계셔."

"아……."

"우리 부모님은 내가 아주 어릴 때 돌아가셨어. 나는 우리 엄마 아빠가 제일 좋아, 라고 생각하던 시기에 부모님을 잃어서, 그날 너한테 화를 냈어. 널 이해할 수가 없었거든."

"……."

"나였다면 엄마 아빠가 아무리 늙었더라도, 설령 몸에 장애가 있더라도, 살아만 계시면 좋을 텐데. 언제나 날 세상에서 제일 사랑해 주고, 내가 무슨 짓을 하든 내 편인 우리 엄마 아빠가 살아 계시면, 나는 더 바랄 게 없을 텐데. 그런 생각을 했어."

은성의 눈에, 멎은 줄 알았던 눈물이 다시 글썽거렸다.

"그래서 널 이해할 수 없었고, 네게 화를 냈지만…… 그래, 사람마다 상황이 다르니까, 다른 감정을 품을 수 있겠지. 너는 나쁘지 않아. 하지만 단지 이런 일로 부모님을 창피해하면, 언젠가 네가 크게 후회하지 않을까 싶어서 이런 영상을 준비했어."

"죄송해요, 누나."

"응? 뭐가?"

"누나 부모님……."

"그건 네 탓이 아닌걸. 나는 그저 너도, 너의 부모님도 상처를 받지 않았으면 좋겠어."

은성은 가을의 배웅을 받고 심부름센터에서 나왔다.

아까 본 사진들이 머릿속에서 떠나질 않았다.

정말로 몰랐다. 엄마와 아빠에게도 그러한 시절이 있다는 걸. 있는 게 당연한데, 그런 생각 자체를 해 본 적이 없었다.

엄마와 아빠도 나와 똑같았다.

집으로 돌아가는 걸음이 점점 빨라지기 시작했다.

엄마 아빠를 보고 싶었다.

하늘은 이미 어두워져 있었다.

어두운 길을 달려가 집으로 들어가자, "이제 왔니?", "친구들이랑 놀다 왔어?"라고 말하며 엄마 아빠가 은성을 맞아 주었다.

엄마 아빠는 여전히 머리카락이 희끗하고 주름이 많았지만.

"엄마, 아빠."

은성은 달려가 엄마 아빠에게 안겼다.

"죄송해요. 죄송해요."

전해지는 엄마와 아빠의 체온이 따뜻해서, 엄마 아빠를 창피하게 여긴 자신이 부끄러워서, 은성은 부모님의 품에 안겨 펑펑 울었다.

그리고 부모 참관 수업이 있던 날, 친구들 중 한 명이, "너는 할머니 할아버지가 온 거야?"라고 물어왔을 때, 은성은 당당하게 대답했다.

"아니, 우리 엄마 아빠야. 되게 멋지지?"

＊　　　＊　　　＊

카메라 쪽 일이 없는 날이라서, 오랜만에 일찍 심부름센터로 향했다.

연진은 아직 학교에 있을 시간이었고, 지영은 오늘도 데이트를 하러 나가서 심부름센터에는 강한과 성희뿐이었다.

똘이와 좀 놀아 주다 보니 금방 점심시간이 됐다.

"점심 먹자."

강한이 말했다.

"네, 뭐 먹을까요?"

"글쎄. 나가서 생각해 보자."

"오늘은 외식이에요?"

"응."

먼저 나가는 강한의 뒤를 따라가려는데, 성희는 여전히 소파에 앉아서 책을 읽고 있었다.

"형님은 안 가요?"

"응, 난 안 가."

"왜요?"

"일주일간 너랑 대장이랑 둘이 밥 먹기로 한 거잖아."

"아."

새까맣게 잊고 있었다.

"지불을 잊고 계셨던 겁니까, 고객님?"

아니나 다를까.

강한이 눈을 날카롭게 빛내며 뼈 있는 질문을 던졌다.

"그럴 리가요. 오늘 아침에 눈을 떴을 때부터 대장이랑 점심 먹을 생각뿐이었는걸요."

가을이 어색하게 웃으며 대답했다.

"난 거짓말쟁이를 싫어해."

"에이, 거짓말이라뇨. 그런 거 아니에요. 기대된다. 대장, 우리 뭐 먹어요?"

재잘재잘 질문하는 가을이 귀여워서, 강한은 점심 약속을 잊은 가을의 만행을 봐주기로 했다.

가을과 함께 나가는 강한을 보며, 성희는 피식 웃었다.

오늘 아침에 눈을 떴을 때부터 점심 먹을 생각뿐이었던 것은 강한 쪽이었다.

가을이 오기 전까지 강한은 계속, "점심은 뭐가 좋을까? 보쌈? 아니, 점심부터 고기는 좀 그런가? 된장찌개 백반? 아니, 너무 간소한가? 파스타? 너무 격식을 따지는 느낌인가?" 하며 점심 메뉴를 고민하고 있었다.

가을은 꿈에도 모르겠지.

'만약 강한이가 그러는 걸 알면, 가을이는 어떤 표정을 지으려나?'

몹시도 궁금했다.

'둔하니까 그게 왜요, 하고 넘어가려나?'

그럴 가능성이 컸다.

그렇다면 강한이 가을을 사랑한다는 걸 알게 되었을 때는 어떨까?

무척 궁금했지만 성희가 끼어들 문제는 아니었다.

'우강한, 짝사랑 한번 절절하게 하는군.'

*   *   *

강한은 바지 주머니에 손을 찔러 넣고 걸었다.

가을은 열심히 강한을 따라가며 말했다.

"하늘이 참 새파래요."

"그럼 파랗지, 빨갛겠냐?"

"왜 또 시비예요?"

"내가 언제? 사실을 알려 준 거잖아, 사실."

"난 그냥 하늘이 파랗다고 얘기한 거죠. 하늘이 빨갛다고 생각했
는데 의외로 파란 게 놀라워서 말한 게 아니잖아요."

"넌 요새 나한테 따박따박 말대꾸하더라?"

"대장이야말로 요새 나한테 따박따박 시비 걸잖아요."

"넌 정말 밉상이야."

"대장도요."

강한은 흘긋 가을의 얼굴을 훔쳐봤다.

가을은 입술을 비쭉 내밀고 삐친 기분을 얼굴에 고스란히 드러
내고 있었다.

가을이 따박따박 말대꾸를 하는 것도, 삐쳐서 입술을 내미는 것
도, 사랑스러워서 견딜 수가 없었다.

입가의 근육이 자꾸만 실룩거린다.

참 귀엽다, 최가을이라는 여자는.

"뭐 먹고 싶은 거 있어?"

"랍스타요."

생각해 낸 비싼 요리가 랍스타인가 보다.

강한을 궁지에 빠뜨리기 위해 고민했을 가을이 귀여웠다.

"그래, 그럼. 랍스타 먹자."

"엑? 정말요?"

"응, 정말."

"왜요?"

"또 '왜?'야? 이번엔 좀 심했어. 네가 먹고 싶다고 했으면서 왜요, 라고 묻는 건 심하지."

"아뇨, 나는 그냥……."

강한을 난처하게 만들기 위해서 비쌀 것 같은 메뉴를 말한 건데, 강한이 너무 쉽게 받아들이니 이번에는 가을이 곤란해졌다.

"아뇨, 나는…… 먹고 싶은 걸 말한 거지, 오늘 점심때 먹고 싶은 걸 말한 게 아니거든요."

"언제든 먹으면 되지. 가자, 랍스타."

"싫어요."

"왜, 또? 랍스타 먹고 싶다며?"

"아뇨, 전 그냥 우동 먹고 싶어요. 우동!"

"이랬다가 저랬다가. 진짜 갈대 같은 여자로구만!"

"갈대, 좋잖아요. 가을 되면 갈대밭으로 사진도 찍으러 가는데."

"하긴, 갈대 좋지."

"그러고 보니 난 하늘 공원에 가 본 적도 없어요. 대장은 가 본 적 있어요?"

"작년에 커플들이 놀러 가는데 사진 찍어 달라는 의뢰를 받아서 가 봤어. 어찌나 이런저런 요구를 많이 하는지, 갈대를 싹 다 뽑아 버리고 싶더라! 빌어먹을 갈대! 빌어먹을 커플!"

"그렇게까지 갈대를 증오하시면, 대장이랑은 갈대밭에 못 가겠네요."

"가."

"네?"

"가자고, 갈대밭이든 지옥이든."

"아니, 갈대밭 가는 게 지옥이랑 비교될 만큼 각오해야 하는 일이에요? 됐어요. 그냥 구미호나 형님이랑……."

"나랑 가. 내가 사진 찍어 줄 테니까."

그저 사진을 찍어 주겠다고 말하는 건데도, 가을의 심장이 얄큰하게 뛰었다.

최근에 이 심장이 조금 이상해져서, 강한이 내뱉는 아무것도 아닌 말에 두근두근 묘한 울림을 자아내곤 했다.

이상하긴 해도 나쁜 기분은 아니기에, 가을은 크게 신경 쓰지 않고 있었다.

"대장이 날 찍어 주면 정말 예쁘게 나오겠네요. 대장은 사진 진짜 잘 찍으니까. 아, 단풍 구경도 가고 싶다. 대장이 찍은 가을 산 정경을 보고 싶어요."

"단풍 구경은 가. 하지만 가을 산을 찍진 않을 거야."

"왜요?"

"알레르기가 있거든."

"가을 산 알레르기?"

"응. 난 가을 산을 찍으면 온몸에 두드러기가 나."

"찍기 싫으면 그냥 싫다고 하면 되지, 뭔 알레르기 타령까지 해요?"

"찍기 싫은 게 아니라 알레르기가 있는 거야, 난."

"어휴, 알겠어요. 그렇게 단호하고 진지하게 말하지 말아요. 정신병자 같으니까."

"이렇게 잘생긴 정신병자 봤어?"

"정신병자에 잘생기고 못생긴 게 어디 있어요? 맛탱이가 간 건다 똑같지."

"너, 말 좀 예쁘게 해라. 구미호한테 못된 것만 배우지 말고."

강한과 나누는 대화가 즐거웠다.

그러고 보니, 최근에는 즐겁다는 생각을 많이 하게 되는 것 같다.

'신기하다, 이런 기분.'

평생 즐겁다는 기분은 느끼지 못하고 살 줄 알았다.

낙엽만 굴러가도 웃음을 터뜨린다는 학창 시절. 친구들은 실제로 아무것도 아닌 일에 배를 잡고 웃음을 터뜨리곤 했다.

울기도 잘 울고, 웃기도 잘 웃는 친구들을 볼 때마다 신기했다.

어떻게 저렇게 감정 표현을 스스럼없이 할 수 있을까.

가을은 솔직하게 감정을 드러내는 것이 어려웠다.

어릴 때 가족들이 그리워서 울면, 듣는 말은 뻔했다.

"적당히 좀 해."

"언제까지 울 거니?"

"이제 잊을 때도 됐잖아."

그래서 울음을 참았고, 억지로 웃게 되었다.

아무리 슬퍼도 괴로워도, 내 감정을 타인이 공감하지 못한다는 것을 알기에 속으로 삼켰다.

어쩌면 그렇게 삼킨 감정들이 농밀하게 굳어, 호흡 곤란을 일으키게 됐는지도 모르겠다.

하지만 지금은 웃을 때 거짓으로 웃지 말라고 화를 내는 사람이 있다. 어떤 감정을 드러내든 대수롭지 않게 받아들이는 사람들이 있다.

그리고 호흡 곤란이 올 때마다…….

"키스는 좀 너무하잖아요."

입맞춤을 해서 깜짝 놀라 호흡 곤란이 쏙 들어가게 만들어 주는 사람이 있다.

"뭐야, 갑자기?"

가을이 중얼거린 말에, 강한이 인상을 찌푸렸다.

"아니, 호흡 곤란이 온다고 키스를 하는 건 진짜 너무하지 않아요? 이래 봬도 첫 키스는 소중하게 지켜 오고 있었다고요."

"말은 바로 해. 소중하게 지켜 온 게 아니라 못 한 거잖아. 심보가 고약해서."

"여기서 심보가 고약한 게 왜 나와요? 고약하기로 따지면 대장이 더 고약하지."

"내 심보는 아주 감미로워. 벌꿀처럼 달지."

"됐고요. 우리 저거 먹어요."

가을이 생선구이를 파는 가게를 가리켰다.

자신의 심보가 얼마나 감미로운지에 대해 더 이야기하고 싶었던 강한은 불만족스러운 표정이었지만, 가을의 뒤를 따라 식당으로 들어갔다.

갈치조림과 고등어구이로 점심을 먹고 심부름센터로 돌아왔다.

성희는 일이 생겼는지 나간 후였고, 똘이만 창문 앞에 앉아 볕을 쬐고 있었다.

가을은 식곤증 때문에 졸려서 똘이의 옆에 앉아 꾸벅꾸벅 졸았고, 강한은 소파에 다리를 꼬고 앉아 그 모습을 지켜보고 있었다.

가을이 고개를 뚝 떨어뜨렸다가 깜짝 놀라 깨어나는 모습에, 강한의 입가에 미소 비슷한 것이 묻어 나왔다가 사라졌다.

그렇게 할 일 없이 시간을 보내고 있을 때, 전화기가 울렸다.

"네, 고객님을 최고로 모시는 가을 심부름센터입니다."

강한이 전화를 받는 소리에, 거의 드러누워 있던 가을이 몸을 일으켰다.

"네, 만화책 반납과 아이스크림 말씀이시지요. 그럼요. 곧 가겠습니다, 고객님."

전화를 끊은 강한이 가을에게 말했다.

"출동이다."

"캡 동생 의뢰예요?"

"응."

가을이 미적미적 일어났다.

"얼마 받아오면 돼요?"

"3만 5천 원."

강한이 대답을 하면서 일어났다.

"나도 같이 갈 거야."

"아, 나 혼자 다녀와도 되는데."

"같이 가. 꼭 내가 와 달래."

"그럼 난 그냥 집에 있을게요."

"계속 말하게 만들지 마. 같이 가."

강한과 함께 보내는 시간이 즐거웠기에, 가을은 구태여 거절하지 않았다.

슈퍼에 들러 아이스크림을 사 들고, 연진의 집으로 향하며 말했다.

"이런 것까지 의뢰하는 거 보면 진짜 신기해요."

"소중한 고객님이야. 너무 신기하다는 눈빛을 보내지는 마. 마음 상하면 의뢰 안 할 수도 있으니까."

"네, 네. 당연하죠. 그런데 캡 동생이 이런 거 시키는 거, 대장한테 마음이 있어서 그런 거 아니에요?"

"그렇다면 더욱더 감사하지. 계속 이용해 주실 테니."

강한은 고객이 앞에 없을 때에도 정중한 표현을 사용했다.

"행여라도 쓸데없는 소리를 해서 고객님 마음 상하게 만들지 마."

"안 그럴 거예요. 잔소리 좀 그만하세요."

"다 너한테 피가 되고 살이 되는 말이야."

"피도, 살도 충분하거든요."

"충분하긴. 비쩍 말라서는. 넌 더 먹을 필요가 있어."

연진의 동생인 세연은 풀 메이크업을 하고 문을 열었다.

강한을 보고 함박 미소를 짓던 세연이, 강한의 옆에 서 있는 가을 보고는 미소를 지웠다.

"어? 오빠 혼자 올 줄 알았는데."

세연이 싫은 티를 내며 말했지만, 강한에게는 통하지 않았다.

강한은 아이스크림이 담긴 검은 봉지를 내밀며 말했다.

"여기 아이스크림입니다, 고객님. 반납해야 할 만화책과 3만 5천 원을 지불해 주시면 감사하겠습니다."

강한의 얼굴은 로봇처럼 무표정했지만 목소리만큼은 더없이 상냥했다.

그로테스크하다고 느낄 법도 한데, 세연은 익숙한지 신경 쓰지 않고 말했다.

"오빠, 나도 오빠네 심부름센터에서 일하고 싶어요. 이 여자도 직원으로 받아 줬으면서 왜 난 안 되는 거야?"

"단골 고객님께 궂은일을 시킬 수는 없지요."

"오빠, 나 궂은일도 잘한다니까요."

세연이 콧소리를 섞어 가며 말했다.

끼어들기도 애매한 상황이라, 가을은 묵묵히 강한의 옆에 서 있었다.

세연은 그런 가을의 태도가 마음에 안 들었다.

마치 '너 따위가 아무리 졸라대도 이 자리에 들어올 수는 없어.'라고 말하는 것처럼 여유로워 보였기 때문이다.

"저 여자보다는 내가 더 낫죠. 나는 가을 심부름센터를 내 가게처럼 생각한다고요."

"그건 좀 곤란합니다, 고객님. 가을 심부름센터의 대표는 전데요."

"아니, 말이 그렇다는 거지. 오빠, 내가 저 여자보다 못한 게 뭐예요?"

세연이 가을을 삿대질하며 물었다.

포토그래퍼 일을 하며 무수히 겪은 일이기에, 가을은 그다지 기분이 나쁘지도 않았다.

하지만 강한은 그렇지 않은지, 들고 온 아이스크림으로 세연의 손가락을 옆으로 밀어냈다.

"우리 심부름센터 직원을 이 여자, 저 여자라고 부르는 건 그만두시는 게 좋겠습니다, 고객님."

여전히 상냥한 음성이지만, 가을은 그 상냥함에 미묘한 변화가 있다는 걸 느꼈다. 부드러운 음성에 미미한 노기가 스며 있었다.

하지만 세연은 음성의 변화를 눈치채지 못했다.

"아, 뭔데. 오빠, 나는 예전부터 가을 심부름센터를 잘 알고 있었고, 우리 오빠도 거기서 일하고 있고. 왜 나는 안 받아 주고 저 여자는 받아 주는 건데?"

"귀여우니까요."

"응?"

"네?"

이때만큼은 가을도, 세연도 같은 표정으로 강한을 올려다봤다.

두 여자를 깜짝 놀라게 만든 강한은 여전히 무표정했다.

"우리 심부름센터 마스코트입니다, 고객님. 작게 만들어서 호주머니에 넣고 다니고 싶지만, 내가 마법까지 사용할 줄은 모르는지라 이렇게 데리고 다니고 있지요. 그러니까."

강한의 음성이 한 톤 낮아졌다.

"이 여자, 저 여자 하면서 내 마스코트를 삿대질하는 건 그만두시는 게 좋겠군요, 고객님."

이번에는 세연도 강한의 음성이 달라졌다는 걸 느꼈다.

지금껏 강한은 세연이 그 어떤 억지를 부려도 화를 낸 적이 없었다. 찡그린 얼굴이기는 하지만 그게 평소의 표정이라는 걸 알고 있었다.

하지만 지금 강한의 찡그린 표정은, 말 그대로 화가 난 표정이었다.

'내 마스코트라니.'

세연은 가을을 노려봤다.

저 여자는 알까? '우리' 마스코트에서 '내' 마스코트로 변했다는 걸?

바보라도 알 수 있을 것이다.

강한이 말하는 '내' 마스코트가 무엇을 의미하는지.

하지만 가을은 멍하니 강한을 올려다보고 있을 뿐, 고백 비슷한 걸 받은 여자의 표정을 짓고 있진 않았다.

"그럼 고객님, 얼른 반납할 만화책과 3만 5천 원을 가져다주시면 감사하겠습니다."

강한이 말했다.

세연은 아랫입술을 깨물고 꼼짝도 하지 않았다.

수모를 당한 기분이었다.

이렇게까지 졸라대는데도 저 여자 편이나 들다니.

그런 세연을 내려다보던 강한이 말했다.

"고객님, 삐치셨습니까?"

"안 삐쳤거든요!"

"그럼 얼른 만화책을……."

"안 갖다 줄 거야! 오빠가 나 심부름센터 직원 시켜 줄 때까지 안 갖다 줄 거야!"

"흐음. 그럼."

강한이 아이스크림을 세연의 발 앞에 내려놓고 똑바로 섰다.

강한은 세연을 향해 차가운 시선을 보내며 말했다.

"이제 넌 내 고객 아니야, 김세연. 두 번 다시는 심부름센터로 전화하지 말고, 내 마스코트에게 무례하게 대하지도 마. 내 고객이 아닌 타인이 내 마스코트를 삿대질하는 거, 유쾌하지 않으니까."

* * *

심부름센터로 돌아가는 길에는 바람이 불어왔다.

가을 향기를 머금은 바람이 가을의 머리칼을 스치고 지나갔다.

흘러내린 머리카락을 뒤로 넘기는 가을을, 강한은 슬쩍 쳐다봤다가 다시 시선을 정면으로 고정시켰다.

"대장. 왜 화가 난 거예요?"

"내가 뭘?"

"아까 세연 씨한테 화냈잖아요. 소중한 고객님인데."

"화 안 났어."

"났으면서."

"네가 내 감정을 어떻게 알아? 네가 나야?"

"내가 대장은 아니지만, 대장 감정은 좀 알 수 있는데요."

"호오. 그래? 그럼 지금 나는 어떤 감정일까?"

비아냥거리듯 묻는 강한의 손목을, 가을이 붙잡아 돌려세웠다.

강한과 가을이 서로를 마주 봤다.

가을이 까치발을 했지만 강한과 같은 눈높이가 되지는 않았다.

"대장, 허리 좀 굽혀 봐요."

"싫어."

"에이씨."

"너, 욕하지 말랬지."

"에이씨가 뭐가 욕이에요. 이리로 와 봐요."

가을이 강한의 얼굴을 향해 두 손을 뻗었다.

자그마한 두 손이 강한의 양 볼에 닿았고, 살짝 힘을 주어 가을 쪽으로 끌어당겼다.

강한은 버티려면 얼마든 버틸 수 있었지만, 어째서인지 몸에 힘이 들어가지 않아서 가을의 손이 이끄는 대로 그녀의 얼굴 높이로 허리를 굽혔다.

아주 가까운 곳에 가을의 얼굴이 있었다.

그녀의 반짝거리는 눈동자에, 잔뜩 찌푸린 강한의 얼굴이 비쳤다.

그녀의 숨결이 강한의 코끝에 닿았다. 달콤한 향기가 났다.

'너, 지금 네가 무슨 짓을 하고 있는지 알고는 있는 거야?'

강한은 그렇게 묻고 싶었다.

이런 행동이 상대의 가슴을 얼마나 설레게 하는지, 그녀는 알고
나 있을까?

당장이라도 그녀의 목덜미 뒤에 손을 대고, 그녀의 입술에 입을
맞추고 싶은 충동을 참기가 힘들었다.

욕망은 그렇게 예고도 없이 불쑥불쑥 찾아왔다.

"기분 좋아 보이는데요?"

이윽고 가을이 강한의 볼을 놔주며 말했다.

강한은 황급히 허리를 똑바로 폈다.

가을의 얼굴과 멀어졌는데도, "맞죠? 기분 좋은 거?"라고 생글생
글 웃으며 말하는 가을에게 입 맞추고 싶다는 욕심은 여전했다.

입을 맞추는 대신 주먹을 꽉 쥐었다.

"틀렸어."

"에이, 맞춘 거 다 알거든요."

"틀렸다고."

강한은 휙 돌아서서 걸음을 옮겼다.

그러지 않으면 가을에게 못 할 짓을 하게 될 것만 같았다.

"거짓말쟁이는 내가 아니라 대장이네요. 거짓말쟁이."

"세계 최고의 거짓말쟁이한테 그런 말을 들으니 몹시 난처하네."

"난 거짓말쟁이 아니라니까요."

가을이 재잘거리며 빠르게 걷는 강한의 뒤를 따라왔다.

'하아, 어떡하지?'

강한은 손으로 입가를 가렸다.

'진짜 귀여워 죽겠네.'

죽을 것만 같았다.

"난 아마 일찍 죽을 거다, 똘이야."

책장 속에 숨어 있는 똘이에게, 강한은 심각하게 말했다.

"역시 최가을은 요물이야, 요물. 아까는 나야말로 호흡 곤란을 일으킬 뻔했거든. 자꾸 그런 모습을 보다가는 일찍 죽겠지. 너도 조심해라. 최가을한테 낚이면 심장이 멎을 수도 있으니까."

똘이는 기묘한 자세로 자느라 강한의 말을 귓등으로도 듣지 않았다.

"그런데 더 웃기는 게 뭔지 알아? 곧 죽을 것 같은데도 벌써 최가을이 보고 싶다는 거야. 웃겨 죽겠다, 진짜."

강한은 조금도 웃기지 않다는 표정으로 말했다.

"똘이 좀 그만 괴롭히고, 그냥 나한테 얘기를 하지 그러냐?"

소파에 앉아 책을 읽던 성희가 보다 못해 끼어들었다.

"형님, 말이 되는 소리를 해. 이런 얘기를 어떻게 형님한테 해? 나는 수줍음이 많다고."

"……관두자, 그냥."

성희는 고개를 절레절레 흔들었다.

안 해 본 사람이 한 번 해 보면 더 무섭다고, 지금 강한이 딱 그랬다.

저렇게 하루 종일 가을 생각만 할 거라면, 차라리 좋아한다고 고백을 할 것이지.

오래전의 사건에 매여 그러지 못하는 강한이 안쓰럽기도 하고 답답하기도 했다.

'가을이도 답답한 건 마찬가지지.'

한쪽이 저러면 다른 한쪽이라도 눈치가 빨랐으면 좋겠는데, 가을은 둔해 빠졌다.

'다른 데는 눈치가 빠르면서 왜 저놈 마음은 눈치를 못 채는 거야?'

답은 금방 나왔다.

아마도 사내와의 사랑을 꿈꿔 본 적이 없어서, 누군가에게 아낌없는 사랑을 받게 될 날이 오리라는 걸 믿어 본 적이 없어서.

그래서이리라.

아낌없는 사랑을 주던 가족을 한순간의 화재로 잃은 후, 마음을 꽁꽁 닫아 강한의 감정을 눈치채지 않으려고 하는 것이 분명했다.

쾅—!

그때, 현관문이 거칠게 열렸다.

"아, 누나. 좀!"

연진이 신경질 내는 소리와, "가을이! 우리 가을이! 가을이 어디 있어?"라고 외치는 지영의 혀 꼬인 목소리가 들려왔다.

"가을이 집에 갔다."

"뭐야, 형님! 내가 올 때까지 붙잡아 뒀어야지."

"대체 왜? 가을이에게는 네 술주정을 목격하지 않을 권리가 있어."

"나 술주정뱅이 아니네요."

"술주정뱅이 맞아요."

연진이 한숨 섞인 목소리로 말했다.

술을 얼마나 마셨는지, 지영이 움직일 때마다 술 냄새가 풀풀 풍겼다.

"아, 가을이 보고 싶었는데. 어쩔 수 없지. 똘이라도 안을래."

말을 알아들은 걸까?

책장에 숨어 있던 똘이가 훌쩍 뛰어나와 부엌으로 도망쳤다.

지영이 "쳇!" 하고 혀를 차며 소파에 앉았다.

"어쩐 일로 구미호가 캡이랑 같이 들어와?"

성희의 질문에 연진이 말도 말라는 듯 고개를 저었다.

"이게 다 제 죕니다. 제 죄예요."

"무슨 죄를 그렇게 크게 지었냐?"

"공부하다가 배고파서 컵라면 하나 사 먹으려고 나왔거든요. 그러다가 딱 걸렸어요."

"나오지 말았어야지. 구미호 술 마시는 날에는 집에 콕 틀어박혀 있었어야지."

"아니, 누가 알았겠어요? 미호 누나가 편의점 앞에서 술을 들이 붓고 있을 줄이야."

"그게 어때서? 공부하다가 내 예쁜 얼굴 보면 힘도 나고, 머리도 좋아지고. 좋잖아!"

"시끄러!"

강한이 버럭 소리쳤다.

지영이 씩 웃었다.

"우리 대장. 왜 그렇게 심기가 불편하신가? 사랑이 생각처럼 안 돼서 그러신가? 우리 가을이가 대장 마음을 몰라 줘서 그러신가?"

다들 알면서도 모르는 척하는 중이었기에, 지영의 지적에 숨을 들이마셨다.

가장 놀란 사람은 당연히 강한이었다.

강한은 하늘이 조각나는 걸 목격한 사람처럼 눈을 휘둥그레 뜨고 지영을 노려봤다.

"너…… 너, 그걸 어떻게……?"

말도 제대로 잇지 못하는 강한을 보며 지영이 깔깔 웃었다.

"대장, 설마 아무도 모를 거라고 생각한 건 아니겠지? 다 알아. 나도 알고, 형님도 알고, 캡도 알고, 똘이도 알고, 동네 사람들도 알지. 아까는 버스에서 옆집 아주머니 만났는데, 불쾌한 씨 사랑은 잘 되어 가냐고 묻더라. 아하하하하."

지영이 이보다 더 재미있는 일은 없다는 듯 배를 잡고 뒹굴었다.

강한은 심기가 불편한 표정으로 지영을 노려보다가, 성희에게 진짜냐고 묻는 시선을 보냈다.

성희는 어쩔까 하다가 작게 한숨을 내쉬고 대답했다.

"응, 다 알지."

"가을이도?"

"아니, 가을이만 빼고."

"전 세계 사람들이 다 알아도 가을이 누나는 모를걸요. 가을이 누나, 눈치가 진짜 없어요."

연진이 덧붙인 말에 강한은 눈에 띄게 안도했다.

"뭐, 상관없어. 최가을만 모르면 돼."

"세상 사람 다 알아도?"

"그래, 구미호. 세상 사람 다 알아도."

"아니, 대체 왜? 그거 때문에 그래? 사진, 그거……."

"됐어."

강한이 지영의 말을 끊었다.

아무리 취했어도 분위기는 읽을 수 있는지라, 지영은 입을 다물고 콧등을 찡그렸다.

"사진이라뇨? 그게 뭔데요?"

사정을 모르는 연진이 의아한 듯 물었지만, 대답해 주는 사람은 없었다.

"하여간 이 수선스러운 계집애야. 술 좀 작작 마셔. 술이랑 원수졌냐?"

"에이, 대장. 술이랑 원수졌어? 술이랑 나는 사랑하는 사이. 그러니까 아무에게도 보여 주지 않은 내 은밀한 위장에 살포시 담아, 나의 속살과……."

"징그러운 소리 좀 하지 마요."

연진이 몸서리를 쳤다.

지영이 또 까르르 웃었다.

강한은 팔짱을 끼고 지영을 응시하며, '최가을도 저렇게 웃을 수 있으면 좋을 텐데.'라는 생각을 했다.

아무런 사심 없이, 고민 없이, 저렇게 웃게 만들어 주고 싶었다.

'하지만 나는 못 해.'

누군가를 행복하게 해 주는 일 따위, 나는 하지 못한다.

─당신 때문이야!

슬픔과 증오가 섞인 눈동자가 떠올랐다.

─당신 때문에 내 동생이 죽은 거야!

가차 없는 비난과 욕설도, 그 후에 이어진 흐느낌도 떠올랐다.

그때부터였다.

웃을 수가 없게 된 것은.

증오 가득한 눈동자가 가슴에 박혀, 강한은 도무지 웃을 수가 없었다.

"아무튼 대장! 어차피 다들 아는 거, 그냥 가을이한테 고백해 버려! 널 사랑한다, 평생 행복하게 해 주겠다, 그러니까 제발 나랑 만나 달라, 그렇게 애원해 버려!"

술에 취한 지영은 거침이 없었다.

"나는⋯⋯."

누군가를 행복하게 해 줄 수가 없어, 라는 말을 꿀꺽 삼키고 다른 말을 꺼냈다.

"가을 소풍을 갈 예정이다."

"응?"

"네?"

다들 놀라서 강한을 쳐다봤다.

가을 심부름센터가 생긴 이래로 '소풍'은커녕, 회식 한 번 해 본 적이 없었기 때문이다.

강한은 야유회도, 회식도 절대 하지 않았다. 돈을 아껴야 하니까.

그런 강한이 소풍을 제안하다니.

그 이유가 가을 때문이라는 건 안 봐도 뻔했지만, 지영은 놀려 주고 싶은 마음에 물었다.

"왜?"

"옳았냐?"

"뭐가?"

"최가을도 그렇게 '왜?' 타령을 하는데, 너도 왜 타령이 옳았냐? 간다면 가는 거지, 뭘 그렇게 이유를 따져?"

"안 그러던 사람이 갑자기 소풍을 가자니까 이상해서 그러지. 어디 아파? 죽을병 걸렸어?"

"다음 주 월요일 오전에 출발할 거야. 시간들 비워 놔."

강한이 지영의 말을 무시하고 말했다.

"저 시험 기간이에요, 대장."

연진이 말했다.

"시간 비워 놔. 불참하면 월급에서 깔 거야."

"아니, 왜요? 저 안 가면 비용도 적게 들고 더 좋잖아요. 오히려 저한테 돈을 주셔야 하는 거 아니에요?"

"계산 빠른 놈. 이래서 대학물 먹은 것들은 못 쓰겠어."

"하아. 대장도 대학 나왔으면서 왜 그래요, 대체. 남들이 들으면 초등학교도 졸업 못 한 줄 알겠네."

"하여간 월요일 오전 8시에 여기로 집합이다."

강한은 늘 그렇듯 제멋대로였고, 자신의 불리한 말에는 대답을 하지 않았다.

연진은 속으로 혀를 찼다.

강한이 사랑에 빠진 건 두 손 들고 환영할 일이지만, 그것 때문에 귀찮아지는 건 사양이었다.

순간 비슷한 생각을 하는 성희, 지영과 눈이 마주쳤고 그들은 눈빛만으로 대화를 주고받았다.

＊　　　＊　　　＊

의찬이 일 관련해서 하고 싶은 이야기가 있다고 했다.

가을은 약속 장소인 커피숍에 조금 일찍 도착했다.

커피숍 구석 자리에 앉아 창밖으로 시선을 보냈다.

거리를 걸어 다니는 사람들을 멍하니 응시하다가, 문득 깨달았다. 저들을 보면서 '부럽다.'는 생각을 하고 있지 않다는 걸.

한때는 평범하게 인생을 살아가는 사람들이 부러워서 견딜 수 없을 때가 있었다. 아니, 불과 얼마 전까지만 해도 그랬다.

지금 가을은 저들이 부러워하는 대신 강한을 생각하고 있었다.

'나는 왜 지금 대장 생각을 하는 거지?'

어제 강한과 함께 한 점심 식사가 자꾸만 생각났다.

—가자고, 갈대밭이든 지옥이든.

별 의미 없는 말이었을 것이다.

그런데 왜 자꾸 그 말이 떠올라 가슴을 촉촉하게 적시는 걸까.

강한이라면 정말로 지옥까지 따라와 줄 것 같았다.

그래서 지금 가을은, 편안했다.

'안심하고 있구나, 나.'

어디라도 함께해 줄 사람이 있기에, 어디라도 따라와 줄 사람이 있기에, 그 사람은 결코 가을을 혼자 두지 않을 것이기에.

'거리를 다니는 저 사람들이 부럽지 않은 거구나.'

신뢰라는 것은 만난 기간과 비례하지 않는다는 걸, 가을 심부름 센터 직원들을 통해 알게 되었다.

그들에 대해 아는 것이 아주 많은 것도 아니고, 만난 기간이 오래 되지도 않았지만, 신뢰가 조금씩 커지고 있었다.

그들도 나에 대해 그랬으면 좋겠다.

그런 생각을 하고 있을 때, 의찬이 도착했다.

"늦어서 미안하다."

"아니에요, 제가 일찍 나온 거죠."

커피를 하나씩 시키고, 의찬이 곧바로 본론으로 들어갔다.

"우리 엔터테인먼트 쪽에서 프리랜서 사진작가들한테 다른 일을 주려고 하거든. 요새 고용한 사진작가에 비해 일거리가 많이 안 들어와서."

"아, 그래요."

"너야 워낙 예쁘게 찍어서 불러 주는 곳이 많으니 다행이긴 한데, 신입 중에는 일이 아예 없는 애들도 있거든. 잘 분산해서 일을 주려고는 하는데, 저쪽에서 거절하면 그만이니까."

"그렇죠."

"그래서 따로 스튜디오 차리고 일반인들을 대상으로 웨딩 촬영이나 프로필 사진 같은 걸 진행하려고 한대."

"결국 사진관 하나 따로 내겠다, 그거네요."

"응, 그렇지. 그래서 간혹 일이 들어오면 너한테 맡길 수도 있는데 괜찮겠어?"

"네, 뭐. 일만 겹치지 않으면 상관없어요."

"계약서를 따로 작성해야 할 것 같은데."

"작성할게요."

"이거 한번 확인하고 문제되는 거 있으면 말해 줘."

계약서를 확인하는 동안, 의찬이 물었다.

"가을아. 너는 따로 사진관을 차릴 생각은 없는 거야?"

"사진관 차리려면 돈이 드는데, 그 돈 모을 때까지는 이렇게 일해야 할 것 같아요. 지원을 받을 수 있는 입장이 아니라서요."

"요새는 딱히 사진관을 차리지 않아도, 홈페이지만 있으면 일을 받을 수도 있던데."

"네, 그렇긴 한데…… 그래도 제 이름 걸고 일할 때는, 작아도 깨끗한 스튜디오 하나 마련해 놓고 시작하고 싶어요."

1년 단위의 계약이었다.

향후 1년간은 특별한 계획이 없기에, 가을은 계약서에 사인을 했다.

"아, 이번 주 주말에 드라마 홍보 촬영하러 오키나와에 가는데, 너도 같이 갈래? 겸사겸사 여행도 할 겸."

"언제 갔다가 언제 오는 거예요?"

"일요일에 출발하고, 화요일에 돌아올 거야. 회사에서 돈 다 대 준다니까, 이번 기회에 휴양하고 오는 거지."

"우와. 저 비행기 한 번도 안 타 봤는데. 좋아…… 아, 맞다. 저, 일이 있어요."

월요일에 가을 심부름센터 사람들과 가을 소풍을 가기로 했다.

내 돈을 들이지 않고 비행기를 탈 수 있는 좋은 기회였지만, 해외여행보다는 소풍이 더 기대가 되었다.

"그래? 사진 쪽 일?"

"아뇨. 저 소풍 가요."

"소풍?"

이 나이쯤 되면 들을 일 없는 '소풍'이란 말에, 의찬이 놀란 표정을 지었다.

"네, 소풍이요."

가을이 빙그레 웃으며 말하자, 의찬의 입가에도 미소가 떠올랐다.

"너, 요새 즐거워 보인다?"

"네, 즐거운 것 같아요. 아니, 즐거워요."

"그래, 잘됐네. 즐거운 일이 우선이지."

"챙겨 줘서 고마워요, 선배."

"에이, 뭘 이런 걸 가지고. 혹시라도 생각 바뀌면 이야기하고."

"네, 그럴게요."

의찬과 헤어져 돌아가는 길, 가을은 집에서 할 작업이 남아 있지만 심부름센터에 들렀다가 가기로 결심했다.

강한에게 '나, 오키나와 출장 제의받았지만, 소풍 때문에 거절했어요!'라고 말하면, 강한은 어떤 반응을 보일까?

'왜 그랬어? 오키나와를 갔어야지! 공짜잖아!'

아마도 강한은 그리 말할 것이다.

손바닥으로 이마를 짚고, '이 계산 느린 녀석.'이라고 말할 그를 떠올리니 저절로 웃음이 나왔다.

애를 쓰지 않아도 미소가 지어진다는 걸 깨닫고, 가을은 걸음을 멈췄다.

거리 한복판에서, 가을은 고개를 들었다.

시리도록 새파란 하늘에 뭉클하도록 예쁜 구름이 흘러가고 있었다.

'아, 그래.'

가을이 환하게 웃었다.

'나, 지금 정말 즐겁구나.'

                        *   *   *

우와, 불이다.

아름답다.

리성은 그렇게 생각했다.

거대한 집을 더 거대한 화마가 삼키는 장면은, 심장이 뛸 정도로 아름다웠다.

피해야 한다는 걸 알지만, 꼼짝도 하지 않고 서서 그 광경을 지켜봤다.

어두웠던 하늘이 붉게 물드는 광경을, 리성은 두 주먹을 꽉 쥐고 응시했다.

숨이 턱 막힐 정도로 찬란한 밤이었다.

그리고……

　　─아빠!

어린 소녀의 외침이 들려왔다.

"헉!"

리성은 번쩍 눈을 떴다.

여긴 어딜까?

방금 전까지만 해도 불타는 집 앞에 서 있었는데.

숨을 몰아쉬며 천장을 노려보다가, 이곳이 자신의 방이라는 걸 깨달았다.

놀랍도록 생생한 꿈이었다. 마치 직접 겪은 것처럼.

언젠가부터 가끔씩 이런 꿈을 꾸곤 했다.

아마도 몇 년 전부터인 것 같다.

자주는 아니지만 한 달에 한 번씩은 꼭 이 꿈을 꾼다. 어찌나 생생한지, 잠에서 깨어나면 꿈과 현실의 경계에서 허둥거리곤 했다.

이 꿈을 꾸고 나면 이상하게도 가을을 보고 싶어졌다.

봉긋한 이마와 가지런한 눈썹, 오뚝한 코와 붉은 입술. 인형 같은 그 얼굴이 사무치도록 그리웠다.

다른 때라면 이튿날 가을의 일정을 확인해 보고, 이유를 붙여서 가을이 일하는 곳으로 찾아갔을 것이다.

하지만 이제는 그게 쉽지 않았다.

얼마 전, 강한의 행동 때문이었다.

─최가을은 나의 소중한 마스코트야.

강한은 리성을 똑바로 응시하며 분명하게 말했다.

강한의 눈동자에는 심장이 덜컥 내려앉을 만큼 강렬한 소유욕이 자리 잡고 있었다.

가을이 눈치챘는지는 모르겠지만, 강한은 말하고 있었다.

이 여자는 내 여자야.

―만인의 마스코트는 그 자리에서 그냥 모두의 마스코트 노릇
이나 해.

그 말은 경고에 가까웠다.

내 여자 건드리지 마.

그 정도 수준의 경고가 아니었다.

다른 무언가가 존재했는데, 그것이 무엇인지 알 수 없어서 답답
했다.

'나도 가을이를 좋아해. 당신보다 먼저 가을이를 알게 됐고, 당신
보다 먼저 가을이를 좋아하게 됐어. 그 소유욕도, 내가 먼저야. 당
신한테 지지 않아.'

그런 말을 해 줬어야만 했다.

그런데 한 마디도 할 수 없었다.

강한의 눈에는 소유욕 외에도, 원인 모를 분노가 담겨 있었다.

연기를 할 때 대본에 써 있는 지시문 중 '기세에 밀리다.'라는 말
의 의미를, 그때 알게 되었다.

기세에 밀렸다.

머릿속에는 하고 싶은 수많은 말이 떠도는데, 한 마디도 내뱉지
못했다. 기세에 밀려서.

리성은 눈을 감았다.

강한의 옆에 서 있던 가을의 모습이 떠올랐다.

리성을 상대할 때와 달리, 강한의 옆에 있는 가을은 편안해 보였
다.

난처하지만 즐거워 보였다.

'어째서.'

리성은 이불을 꽉 움켜쥐었다.

'어째서 나한테는 그런 눈빛을 지어 주지 않는 거야?'

*　　*　　*

'아, 잠이 안 오네.'

가을은 침대에 누워 뒤척거렸다.

내일은 소풍을 가는 날이다.

일찍 일어나기 위해 일찍 잠자리에 누웠는데 도통 잠이 오지 않았다. 아마도 내일의 소풍이 기대되어서이리라.

소풍을 기대해 본 적은 한 번도 없었다.

어릴 적에 소풍을 가서 즐거워 본 적이 없었기 때문이다.

초등학교, 중학교 때 소풍을 가서 점심을 먹으면, 다들 엄마가 일찍 일어나서 정성스럽게 싸 준 도시락을 꺼냈다. 김밥이나 유부초밥, 볶음밥 등등. 메뉴도 다양했다.

맛이 있든, 없든 그 안에 담긴 정성이, 가을은 무척 부러웠다.

같이 먹자고 말해 주는 친구는 없었다.

가을은 사 가지고 간 빵을, 구석에 혼자 앉아 꺼내 먹곤 했다.

'같이 찍은 사진도 없지. 단체 사진 빼고는.'

고등학교 때도 상황은 나아지지 않았다.

고등학교 때 신세를 졌던 큰아버지 부부의 딸은, 가을과 동갑이었다.

그녀는 자기보다 예쁘고, 공부를 잘하는 가을을 몹시 미워했다. 가을에 대한 안 좋은 이야기를 만들어 내서, 가을이 친구를 사귈 수 없게 만들었다.

그런 것들을 일일이 변명하는 것도 지쳐 있는 상태였기에, 가을은 그러든지 말든지 내버려 두었다.

—아, 이거. 엄마가 싸 준 도시락이야.

1학년 소풍 때의 일이 떠올랐다.

사촌은 가을과 같은 학교이지만 다른 반이었는데, 가을의 반에 찾아와서 도시락을 내밀었다.

생각지도 못한 호의에, 가을은 깜짝 놀랐고 조금은 감동을 받았다. 하지만 도시락 뚜껑을 열었을 때, 그 생각이 바뀌었다.

흰쌀밥이었다.

반찬은 하나도 없이 밥만 들어 있는 쌀밥.

—도시락이라고?

—그래. 엄마가 너 생각해서 싸 준 건데…… 아, 모르고 반찬 통을 빼먹고 왔나 보다. 어쩌지? 그냥 그거라도 먹어.

반찬을 나누어 줄 친구는 없었다.

짓궂고, 생각이 어리기에 더욱 잔혹한 그 나이의 아이들은 키득 키득 웃으며 가을을 지켜봤다.

　　─너 먹어, 그냥.

가을은 그 도시락을 사촌에게 내밀었고, 사촌은 울먹이며 말했다.

　　─뭐야, 엄마가 새벽부터 네 생각해서 싸 준 건데. 성의를 무시
하는 거야?
　　─응, 난 부모가 없어서 못 배워먹었잖아. 그러니까 그냥 너 먹
어.

　가을은 피해자였지만, 학교에서는 늘 가해자였다.
　사촌은 가을이 얼마나 은혜를 모르는지, 가족들을 힘들게 하는
지, 집에서는 얼마나 다른지에 대해 떠들어대며 동정표를 모았다.
　그래서 가을은 항상 가해자였다.
　'그래도 참 신기해. 그렇게 날 괴롭혔던 애들이 인제 와서 내 친
구가 된 걸 보면.'
　고등학교 때 같은 반이지만 낯선 타인보다도 못했던 친구들은,
대학에 들어와서 생각이 바뀌었는지 가을에게 연락을 하고 사과를
해 왔다.
　그래서 지금은 그들과도 간간이 연락을 하고, 가끔은 집에 초대
해서 놀기도 하는 사이가 되었다.
　그렇게 관계가 변해 가는 것이 새삼 신기했다.

"으아. 잠이 안 오니까 별생각을 다 하는구나."

가을은 침대에서 내려왔다.

'잠도 안 오는데 편의점 가서 음료수랑 과자나 사 와야겠다.'

원래는 내일 심부름센터 가는 길에 사려고 했는데, 지금 사두는 게 나을 것 같다.

11장

 가을은 잠옷 위에 카디건을 하나 걸치고 집 밖으로 나왔다.

 아무 생각 없이 나왔다가 깜짝 놀란 이유는, 집 앞에 서 있는 남자의 형체 때문이었다.

 집 맞은편 가로등 아래에 누군가가 서서 이쪽을 지켜보고 있었다.

 어두워서 얼굴을 확인할 수가 없었기에, 수상한 사람인 줄 알고 심장이 철렁 내려앉았다.

 하지만 다음 순간, 그가 누군지 알아보았고 당황했다.

 "진리성?"

 얇은 점퍼를 입고 검은 모자를 푹 눌러쓴 남자는 리성이 분명했다. 저 점퍼를 본 기억이 있다.

가을의 부름에 리성이 움찔했다.

리성도 당황한 듯 보였다.

가을은 슬리퍼를 끌고 리성의 앞으로 걸어갔다.

"리성이, 맞지?"

모자 아래의 얼굴을 들여다봤다.

리성이 맞았다.

"어쩐 일이야?"

"그냥."

리성이 한 발 뒤로 물러서며 말했다.

"그냥 보고 싶어서."

"아……."

"미안해. 누나를 당황하게 할 생각은 아니었어. 그냥…… 그냥 잠깐 여기 와 있다가 돌아갈 생각이었어."

"그래……."

"견딜 수가 없어서…… 정말 오늘따라 너무 많이 보고 싶어서…… 미안해, 누나. 나, 진짜 스토커 같다. 하아."

간절하게, 더듬더듬 말하는 리성에게 화를 낼 수는 없었다.

복잡한 기분으로 그를 응시하다가 물었다.

"나, 편의점 갈 건데. 같이 갈래?"

＊　　＊　　＊

잠을 자기는 글렀다.

내일 소풍 때, 가을을 즐겁게 해 줄 만한 여러 가지 아이템들이 머릿속을 가득 채워 도무지 잘 수가 없었다.

그래서 강한은 자는 걸 포기하고 김밥을 만들기 위해 재료를 손질하는 중이었다.

흰 꼬들밥을 지으며 한창 햄을 길게 썰고 있는데, 전화가 걸려 왔다.

언제 어느 때든 고객을 위한 준비가 되어 있는 강한은, 얼른 손을 씻고 전화를 받으며 상냥하게 말했다.

"네, 뭐든 다 해 드리는……."

[불쾌한, 나다.]

"네, 고객님. 당연히 알고……."

[모르면서 아는 척하지 마, 인마. 어디서 사기를 쳐? 나야, 최성철이.]

"아, 성철이. 어쩐 일이냐?"

성철은 강한과 비슷하지만 좀 더 위험한 일을 하는 인물이었다.

고객이 아니라는 걸 확인하자마자 강한의 어투가 바뀌자, 성철은 재미있다는 듯 웃었다.

"나, 바빠. 실없이 웃을 거면 끊어."

[최가을.]

생각지 못한 이름이 나오는 바람에, 강한은 수화기를 꽉 움켜쥐었다.

"네가 그 이름을 어떻게 알아?"

[누가 뒷조사하고 있더라. 우리 쪽에 조사를 맡겼는데, 조사하다

보니 너네 심부름센터가 나오더라고. 너도 알고 있나 싶어서 연락해 봤다.]

"누군데?"

[고객님의 정보를 쉽게 팔아넘길 수는 없지. 비밀 보장, 신뢰 제일. 몰라?]

"얼마면 돼?"

[한 장.]

"곧 입금할게. 말해 봐."

[이정훈.]

"그렇군. 벌써 시작한 건가?"

[아는 놈이냐?]

"잘 알지. 아주 뜨거운 사이야, 우리."

[그래, 네놈이랑 뜨겁지 않은 놈이 어디 있겠냐?]

"최가을 조사는 어디까지 했어?"

[뭐, 옷장 안에 있는 속옷 개수까지……]

"속옷 개수는 넣어 둬. 변태야? 왜 남의 속옷 개수를 따지고 있어?"

[야, 왜 이렇게 예민하게 반응해? 말이 그렇다는 거지. 남들이 보면 네가 최가을 좋아하는 줄 알겠다.]

"됐고. 그래서 그 정보 넘기게?"

[한 장.]

"한 장이든, 두 장이든 보내 주지."

[왜 이래, 불쾌한? 미쳤어? 너, 죽을병 걸렸냐? 그런 거야?]

"왜 또?"

[아니, 넌 절대 주머니에 들어온 돈, 안 꺼내잖아. 한 장, 두 장이 왜 이렇게 쉬워졌어? 로또라도 당첨된 거야?]

"남의 주머니 사정은 신경 끄시고, 정보는 넘기지 마."

[뭐, 그러긴 할 텐데. 그 일이 우리 쪽만 들어온 건 아니란 말이지. 여기저기 조사를 맡긴 것 같던데.]

"그래? 그럼 한 장은 취소. 정보를 넘기든 말든 마음대로 해."

전화를 끊고, 강한은 소파에 다리를 꼬고 앉았다.

미간의 주름이 평소보다 깊어졌다.

강한은 검지로 턱을 톡톡 두드리며 생각에 잠겼다가, 차갑게 웃으며 일어나 다시 주방으로 향했다.

"그렇게 나온단 말이지?"

*　　*　　*

가을은 리성에게 잠시 편의점 앞 파라솔에 앉아 있으라고 한 후, 편의점으로 들어갔다.

음료와 과자를 고르며, 커다란 창문 너머로 보이는 리성의 모습을 훔쳐봤다.

리성은 모자를 푹 눌러쓴 채 구부정하게 앉아 있었다. 그에게서 쓸쓸함이 전해졌다.

'왜 하필이면 나일까?'

리성이 가을을 향한 마음을 내보일 때마다, 항상 드는 생각이었다.

원하면 어느 여자든 손에 넣을 수 있는 리성인데, 어째서 아무것도 없는 나일까?

좋아하게 되어 버린 마음을 어찌할 수는 없겠지만, 분명하게 거절을 했는데도 마음을 끊어 내지 못하는 리성을 이해할 수가 없었다.

눈만 조금 돌리면 수많은 여자들이 리성의 마음을 얻기 위해 노력하고 있는데, 그 대부분이 예쁘고 몸매도 좋고 인기도 많은 여자들인데, 왜 저 안쓰러운 마음을 거두지 못하는 걸까.

리성을 싫어하지 않았다. 오히려 리성에게는 고마운 점이 많았다.

만약 리성이 연예인이 아니었다면, 평범한 남자였다면 그의 고백을 받아 줬을까?

'아니, 그러진 않았을 거야.'

소중한 이를 잃는 두려움은, 여전히 가을의 마음 깊은 곳에 남아 있었다.

이 세상에 소중한 존재를 만들고 싶지 않았다.

내가 죽었을 때에, 혹은 상대가 죽었을 때에. 남게 된 사람의 고독과 슬픔을, 그 길고 긴 통증을, 가을은 시릴 정도로 잘 알고 있었다.

과자와 음료를 되는대로 고르고, 리성과 마실 맥주 두 캔과 마른 안주를 사서 편의점을 나왔다.

맥주 한 캔을 건넸지만 리성은 받지 않았고, 가을은 그 앞에 맥주를 내려놨다.

"다시 한 번 미안해, 누나."

리성이 말했다.

"아냐, 됐어. 아까 충분히 사과했잖아."

"나, 진짜 스토커 같지?"

리성이 쓰게 웃었다.

"너는 그렇게 웃는 것도 멋지지만, 그래도 역시 환하게 웃는 게 더 나은 것 같아."

가을의 말에 리성의 눈썹 끝이 내려갔다.

"아, 누나. 그런 말 하지 마. 나는 그런 말 들으면 설레니까."

"멋지다는 말, 자주 듣잖아. 이제 면역된 거 아니었어?"

"누나한테 듣는 건 달라. 정말로 달라."

"그럼 무슨 말을 할까?"

"그냥. 얘기하지 않아도 돼. 조금만 같이 있어 줘."

"그래, 그럼."

가을은 맥주를 홀짝거리며 리성을 물끄러미 응시했다.

모자를 깊이 눌러써서 리성이 고개를 들지 않으면 얼굴이 잘 보이지 않았다.

그게 차라리 편했다.

강아지 같은 리성의 얼굴을 보면 마음이 약해졌기 때문이다.

'하을이가 죽지 않았다면 저런 느낌으로 컸을까?'

문득 떠오른 생각에, 가슴이 욱신 아파 왔다.

호흡 곤란이 올 것만 같아, 가을은 두 손으로 맥주 캔을 꽉 쥐고 고개를 숙였다.

'안 돼, 리성이 앞에서는.'

심장이 뻐근했고, 그 아픔이 폐를 까맣게 물들였다.

—누나, *까까! 내 까까 죠!*

하을은 기분이 좋으면 혀 짧은 소리를 내곤 했다.

가을의 손에 들린 과자를 가리키며 까까를 외쳐댔던 그 모습이, 너무도 선명히 떠올랐다.

간혹 잊고 있던 기억이 불쑥 떠오를 때마다, 그 행복한 광경은 차가운 칼날이 되어 가을의 심장을 찔렀다.

'안 돼, 안 돼.'

호흡이 가빠졌다.

'안 돼, 최가을. 어서 숨을 제대로 쉬어.'

쉽지 않았다.

—*앞으로 호흡 곤란이 오면 이걸 생각해.*

리성 앞에서 큰일이다 싶을 때, 강한의 음성이 떠올랐다.

그리고 입가에 내려앉았던 따스한 체온도.

그와 동시에 호흡 곤란 대신 새로운 것이 가슴을 채웠다.

마치 그때로 돌아간 듯, 심장이 두근, 두근, 두근 묘한 울림을 자아냈다.

그저 그때의 일을 떠올린 것뿐인데, 주위가 분홍빛으로 물들었다.

꿈이었던 것처럼, 호흡 곤란 증상이 사라졌다.

'우와, 이게 진짜 되는구나.'

그 키스를 생각한다고 해서 정말로 호흡 곤란이 사라질 줄은 몰랐다.

'심장 엄청 빨리 뛰네. 호흡 곤란 대신 심장 마비가 오는 거 아냐?'

어쨌든 이 사실은 강한에겐 비밀이다.

말해 주면 우쭐해하면서 돈을 요구할지도 모른다.

"내 입술은 100만 원짜리지만, 직원이니까 10프로는 할인해 주지."라고 말할 강한의 모습이 그려져 웃음이 나왔다.

"누나."

리성의 음성에 정신을 차렸다.

"응?"

"나, 연예인 그만둘까?"

"어?"

팬들이 들으면 큰일 날 소리를, 리성은 아무렇지도 않게 내뱉었다.

"갑자기 왜? 안 좋은 일이라도 있어?"

"그냥. 그냥 그러면 어떨까 싶어서."

미간을 모으고 리성의 얼굴을 빤히 응시했다.

가을의 시선을 견디기 힘든 듯, 리성이 고개를 숙였다.

"나 때문이야?"

"아니, 그냥. 꼭 누나 때문은 아니고……."

리성이 말끝을 흐렸다.

잠시 흐른 침묵을 끊고, 가을이 말했다.

"리성아. 이건 네가 연예인이라서의 문제가 아니야."

"그럼?"

리성이 고개를 들어 가을을 응시했다.

"그럼 뭐가 문제인데?"

"그건……."

리성은 가을의 사정을 알지 못했다.

어두운 과거를 타인에게 떠벌떠벌 늘어놓고 싶지 않았다.

"왜 나는 안 돼? 그 사람은 되면서."

"그 사람이 되다니? 불쾌한 씨, 아니, 그, 우강한 씨를 말하는 거야?"

"응."

"여기서 왜 그 사람 얘기가 나오는지 모르겠네. 그 사람은 그냥…… 뭐라고 해야 할까?"

내가 일하는 심부름센터의 대표.

그렇게 표현하면 그만이지만, 어째서인지 적당한 표현이 아니라는 생각이 들었다.

그런 간단한 말로 설명하기에는 부족하다는 생각이 들었고, 그런 생각이 드는 게 이상했다.

"리성아, 나는 누군가를 사랑하고, 사랑받을 마음의 여유가 없어."

가을은 이상하다는 생각을 지우며 말했다.

"네가 연예인인 건 관계없어. 네가 일반인이었어도 마찬가지였을 거야. 이건 네 문제가 아냐. 내 문제지."

"그럼 그 사람은? 그 우강한 씨는 괜찮은 거야?"

"아니, 그러니까. 왜 그 사람 얘기가 나오는지 모르겠어. 우강한 씨는 그저…… 고마운 사람이야."

"고마운 사람?"

"응. 나한테는…… 병이 있어."

"병? 누나, 어디 많이 아파?"

눈을 휘둥그레 뜬 리성이 귀여워서, 가을은 조금 웃었다.

"아니, 그런 게 아니라…… 그냥 심리적인 병. 마음의 병이라고 하지. 그런 게 있거든. 그런데 우강한 씨가 그걸 조금씩 치료해 주고 있어."

가을의 입가에 묻은 미소가 짙어지는 것을, 리성은 물끄러미 응시했다.

마음의 병이라니.

가을에게 그런 것이 있을 줄은 몰랐다.

미소를 지을 때마다 어딘지 모르게 쓸쓸한 느낌이 들었던 것은 그런 이유였던 것일까.

이유를 묻고 싶지만, 리성은 자신의 호기심 때문에 가을의 아픔을 끄집어내선 안 된다고 생각했다.

"이상한 사람이야, 우강한 씨는. 자기 이름 부르는 걸 싫어하고, 버럭버럭 소리를 치고, 괜히 화를 내고, 돈을 엄청 밝히고, 이상한 고집을 부리고."

가을의 설명만 들어서는 최악의 남자였다.

"그런데 그게 정말 재미있어서."

강한을 떠올리는 듯, 가을의 눈이 가늘어졌다.

"그래서 나도 모르게 웃고, 나도 모르게 울고. 그렇게 내 감정을 표현하게 돼."

지금껏 가을이 저런 표정을 짓는 걸 본 적이 한 번도 없었다.

그제야 리성은 자신이 보아 온 가을의 미소가 거짓이었다는 것을 깨달았다.

지금 짓는 저 미소가, 주위를 해사하게 밝히는 저 찬란한 미소가, 가을의 진짜 미소였다.

그리고 그 미소는, 우강한이 만들어 냈다.

'그런가.'

짐작은 하고 있었다.

'가을이 누나도 마찬가지구나.'

강한이 가을을 좋아한다는 건 누가 봐도 알 수 있었다.

남자는 관심 없는 여자를 '내 마스코트'라고 표현하지 않는다. 작게 만들어서 호주머니에 넣고 다니고 싶다는 말은, 아무에게나 할 수 있는 말이 아니다.

강한 혼자만의 감정이었다면 파고들 틈이 있었을 텐데, 일방통행이 아니라는 걸 깨달았다.

가을의 마음도 강한에게로 향하고 있었다.

그저 그를 떠올리는 것만으로도 저렇게 예쁜 미소를 지을 수 있을 만큼.

"그래서 우강한 씨는 나한테 참 고마운 사람이야."

부드럽게 웃으며 말하는 가을을, 리성은 하염없이 응시했다.

가을은 누군가를 사랑하고, 사랑받을 마음의 여유가 없다고 했다. 어쩌면 그녀는 자신이 강한을 사랑하게 되었다는 걸 모르고 있을 수도 있었다.

그렇다면 알려 주고 싶지 않았다.

당신은 이미 그 사람을 사랑하게 되었다고, 사랑을 받고 있다고, 말해 주기 싫었다.

내 마음을 받아 주지 않더라도, 가을이 어느 누구도 사랑하지 않으며 솔로로 지냈으면 좋겠다.

그러면 언젠가 강한을 향한 사랑이 희미해질 수도 있으니까. 내게도 기회가 생길 수도 있으니까.

하지만.

'비참하고 치졸하다, 나.'

리성은 시선을 아래로 떨궜다.

'이런 걸 두고 찌질하다고 하는 거겠지.'

가을을 사랑하는 마음은 진심이었다.

그녀가 행복해졌으면 좋겠다.

가을의 마음의 병이 무엇에서 비롯된 것인지는 모르겠지만, 사랑하지 않고 사랑받지 않겠다고 말할 정도라면 깊고 아픈 이유임이 분명했다.

사랑하는 여자가 그것을 떨치고 일어설 수 있는 기회를, 그저 그녀를 뺏기고 싶지 않다는 이유만으로 박탈하려고 하다니.

'드라마 주연을 백날 하면 뭐해. 실제로는 조연의 마음가짐도 아닌데.'

울고 싶었다.

언젠가 사랑을 하게 된다면 당연히 상대가 내 사랑을 받아 줄 것이라고 생각해 왔다. 그 부분은 믿어 의심치 않았다.

이렇게 치졸한 짝사랑을 하게 될 줄은 몰랐다.

'멋없네, 진짜.'

가슴이 아팠다.

리성은 시선을 들어 가을과 눈을 맞췄다.

"누나는 그 사람을 좋아하는구나."

"응, 좋아해."

가을이 웃으며 말했다.

아마도 좋아한다는 의미를 다르게 해석한 것이리라.

나는 할 만큼 했다. 이쯤에서 그냥 입을 다물자. 모르는 척 넘어가자. 가을이 자기 마음을 눈치채든, 말든, 그건 내가 개입할 문제가 아니다.

"아니, 그런 의미로 말고."

속으로 다짐했지만, 입이 멋대로 움직였다.

리성의 머릿속이 어떤 생각을 하든, 리성의 육체는 원하고 있었다. 가을의 거짓 없는 미소를 계속 볼 수 있기를. 가을의 해사한 표정을 앞으로도 볼 수 있기를.

"남자로서."

"어?"

"누나는 우강한이라는 사람을, 남자로서 사랑하고 있구나."

*　　·　*　　　*

"진리성, 너 이 시간에 혼자 어딜 다녀온 거야? 날 데리고 갔어야지."

잔소리를 하는 정훈을 무시하고 방에 들어가 문을 잠갔다.

눈을 감자, 가을의 얼굴이 떠올랐다.

강한을 남자로서 사랑하는 거라고 말해 주었을 때, 가을은 눈을 휘둥그레 뜨고 멍하니 리성을 응시했다. 아주 오랫동안 그렇게 리성을 보다가, 고개를 휘휘 저었다.

　─아니야. 그런 거. 무슨 소리야. 아하하하하. 내가 우강한 씨를
　사랑한다니. 아하하하하.

어색하기 그지없는 웃음을 보여 준 가을은, 앞에 리성이 있다는 것도 잊었는지, 간다는 말도 없이 일어나서 홀쩍 가 버렸다.

봉지에 든 과자와 음료도 놔두고 갔기에, 리성은 그걸 들고 휘청휘청 걷는 가을의 뒤를 따라가 문 앞에 봉지를 걸어 주고 돌아왔다.

눈물이 눈가를 타고 흘러내렸다.

'아, 진짜.'

내가 사랑하는 여자는 내가 아닌 다른 남자를 사랑한다.

그리고 그 다른 남자 또한 내가 사랑하는 여자를 사랑한다.

그렇다면 나는.

'방해물인가?'

쓴웃음이 나왔다.

'아, 그냥 말해 주지 말걸.'

하지만 역시, 강한을 떠올리며 짓던 가을의 해사한 미소는 계속 보고 싶었다.

무슨 정신으로 집에 돌아왔는지도 모르겠다.

정신을 차리니 아침이었고, 소풍을 갈 시간이었고, 그래서 씻었다.

밖으로 나왔더니 문손잡이에 어제 산 편의점 봉지가 걸려 있기에, 그걸 집어 들고 가을 심부름센터를 향해 걸었다.

부스럭— 부스럭—

걸을 때마다 봉지가 바지에 스쳐 시끄러운 소리를 냈지만, 그조차도 들리지 않았다.

─누나는 우강한이라는 사람을, 남자로서 사랑하고 있구나.

엉망진창으로 흐트러진 머릿속에, 어젯밤 들었던 리성의 목소리만 또렷하게 웅웅 울렸다.

─누나는 우강한이라는 사람을, 남자로서 사랑하고 있구나.

그 말에 대해 뭐라 생각할 여유도 없었다.

머릿속이 너무 엉망으로 뒤섞여, 어디서부터 생각의 갈피를 잡아야 좋을지도 알지 못했다.

그렇게 휘적휘적 걸어가, 가을 심부름센터에 도착했다.

대문을 열고 들어가 마당에 난 길을 따라 걸었고, 현관문을 열고 들어가자마자 뛰어나온 똘이를 쓰다듬어 주었다.

그리고 신발을 벗고 들어가, 부엌에서 도시락을 싸는 강한을 발견하는 순간.

'내가 이 남자를 사랑한다고?'

쿠웅―!

심장이 어마어마한 소리를 내며 내려앉았다.

"왔냐?"

강한이 가을을 돌아봤다.

"어, 네? 어, 네."

"뭐야, 그 반응은? 아침부터 잘생긴 얼굴 보니까 감당이 안 돼?"

"아, 네? 아, 네에."

가을의 수상쩍은 행동에, 강한은 미간을 찌푸렸다가 턱으로 소파를 가리켰다.

"애들은 아직 안 왔다. 김밥만 담으면 되니까, 저기 가서 앉아 있어."

"어, 네에."

가을은 비틀거리며 소파에 가서 앉았다.

소파 위로 올라온 똘이를 쓰다듬으며 부엌에 서 있는 강한을 훔쳐봤다.

'내가 대장을 사랑한다고? 어제 리성이가 그런 말을 한 거 맞지? 잘못 들은 거 아니지?'

강한은 아주 능숙하게 김밥을 썰고 있었다.

'내가 대장을 사랑한단 말이야? 아니, 그럴 리가 없어. 절대 그럴리 없어. 저런 남자가 뭐가 좋다고. 성질이나 내고, 자기 얼굴 잘생긴 거 자랑이나 하는 남자인데.'

그러다가 문득 가슴이 따스해진 이유는, 강한이 도시락을 싸고 있기 때문이었다.

누구도 가을을 위해 도시락을 싸 주지 않았다.

지금껏 소풍은 용돈 몇 푼 들고 편의점에 가서 적당한 빵 하나, 음료 하나 사 들고 가야 하는, 즐겁지 않은 이벤트일 뿐이었다.

그런데 이제 한 남자가 새벽부터 일어나 정성껏 김밥을 싸고 있다. 가을과 함께 먹기 위해.

눈가가 시큰해질 정도로 사랑스러운 광경인지라, 가을은 잠시 리성의 말을 잊고 코를 훌쩍거렸다.

"감기 걸렸냐?"

강한이 돌아보지도 않고 물었고.

쿵—!

그의 음성을 듣는 순간, 다시 리성의 말이 떠올라 심장이 내려앉았다.

"아, 네? 아, 저기. 아니요."

"너, 진짜 이상하다."

강한이 칼을 내려 두고 손을 씻더니, 가을에게로 성큼성큼 다가왔다.

그가 가까워질수록 심장이, 쿵, 쿵, 쿵, 아프도록 세게 뛰었다.

앞으로 온 강한이 허리를 굽히고 가을의 얼굴을 빤히 들여다봤다.

쿵— 쿵— 쿵—

심장이 뛰는 소리가 강한에게 들릴 것 같아서 걱정이었다.

눈을 질끈 감으면 저 얼굴이 안 보이겠지만, 그조차도 할 수 없었다. 지금 가을은 숨을 쉬는 방법조차 잊은 것만 같았다.

"어디 아픈 거 아냐?"

강한이 손을 뻗었고.

탁—!

가을은 저도 모르게 그 손을 뿌리치고 말았다.

강한이 놀란 듯 눈을 크게 떴다.

"아, 저기. 저, 화장실. 그래요, 화장실! 아침에 화장실을 못 갔어요!"

주절주절 변명했다.

"그래, 화장실! 배변 활동은 언제나 중요하지. 소풍을 간다고 해서 빼먹으면 안 되는 게 배변 활동이야. 승리하고 돌아와라!"

강한의 응원을 받으며 화장실로 도망쳤다.

똘이가 따라 들어왔다.

"야, 똘! 넌 거길 왜 들어가? 남이 쌀 때 구경하는 거 아냐!"

닫힌 문 너머로 강한의 외침이 들려왔다.

강한은 평소와 다름이 없었지만, 그의 행동 하나하나가 가을의 심장을 쿵, 쿵, 쿵, 아프도록 뛰게 만들었다.

가을은 변기 뚜껑에 앉아 똘이를 꼭 끌어안았다.

'심장이 왜 이러지? 아파 죽겠네. 아, 진짜. 왜 이래? 내가 대장을 사랑할 리가 없잖아. 나는 그럴 여유 없어. 나는 이 세상에 소중한 사람을 만들지 않을 거야.'

하지만 이미 소중한 사람들이 생겨 버렸다.

심지어 지금 안고 있는 똘이까지도, 가을에게는 소중했다.

'아, 어떡해.'

가을은 눈물이 날 것만 같았다.

리성의 말 때문에 머릿속이 뒤죽박죽이다.

리성이 이런 걸 노리고 한 말일지도 모른다.

'내가 사랑 같은 걸 할 리 없어.'

그러나 강한의 행동에 심장이 뛰는 연유는 무엇인가.

그러고 보니, 간혹 이럴 때가 있었다.

강한의 언행 때문에 심장이 평소와 다른 속도로 뛸 때가 몇 번 있었다는 게 기억났다.

'아냐, 그건 그냥…… 내가 그런 친절을 받아 본 적이 없으니까 감동해서 심장이 뛴 거야.'

하지만 가을 심부름센터의 다른 사람들이 베푸는 친절에는 그런 식으로 심장이 뛰지 않았다.

'아냐, 아냐. 사랑일 리 없어. 나는 그냥…… 그래, 대장이 무서운 거야!'

그렇게 결론을 내렸다.

'대장은 화를 잘 내고 인상을 찌푸리고 있으니까, 대장이 무서워서 그래. 언제 폭발할지 모르는 사람이잖아.'

그러나 강한이 진짜로 화를 내는 경우는 없다는 걸 알고 있다.

'알긴 뭘 알아? 내가 대장이랑 알고 지낸 지가 얼마나 됐다고. 내가 모르는 대장이 존재할 거고, 그것 때문에 난 그냥 무서운 거야. 그래, 공포에 질린 거지. 무서우니까 심장이 뛰는 거고.'

그렇게 억지로 결론을 내렸더니 마음이 한결 편해졌다.

'그래, 무서워하는 거야. 무서워, 대장. 나는 대장이 아주 무서워.'

심장이 서서히 제 속도를 되찾았다.

가을은 화장실 문을 열고 나갔다.

강한은 도시락을 다 싸고, 누군가에게 전화를 거는 중이었다.

"어, 시원하냐?"

그의 목소리를 듣는 순간, 다시 심장이 뛰었다.

'아, 무서워.'

가을은 자신을 세뇌시켰다.

"네, 시원하네요."

"그래, 앉아 있어. 애들이 늦어서 전화 좀 해 보게. 이제부터 지각비를 좀 거둬야겠어. 분당 만 원씩."

"아, 네에."

평소라면, '분당 만 원은 심하죠. 좀 줄여 줘요.'라고 말했겠지만, 오늘은 강한이 무서우니까 입을 꾹 다물고 소파에 앉아 있기로 했다.

"전화를 안 받는데? 최가을, 너도 좀 해 봐라."

"네, 네."

가을은 시키는 대로 휴대폰을 들어 지영에게 전화를 걸었다.

아무리 신호음이 가도, 지영은 전화를 받지 않았다.

"지영이, 전화 안 받는데요?"

"형님이랑 캡도 안 받네."

가을과 강한이 다시 전화를 걸려고 할 때, 메시지가 들어왔다.

[나, 오늘 못 가. 감기 걸림.]

[대장, 저 오늘 학교에서 모임 있어요.]

[일이 있어서 못 가겠다.]

동시에 들어온 문자가 수상쩍었다.

"대장, 이거……."

이상하지 않아요, 라고 물어보려는데 강한이 먼저 말했다.

"다들 일이 있나 보네. 우리 둘이 가야겠다, 소풍."

*　　*　　*

지영이 휴대폰을 내려놓고, 성희와 연진을 돌아봤다.

"가을이한테는 좀 미안하지만 어쩔 수 없지."

성희와 연진도 메시지를 보내고 휴대폰을 내려놓는 중이었다.

"대장은 좋아하고 있겠죠. 가을이 누나랑 단둘이 데이트를 할 수 있으니까."

"정말 귀찮은 놈이야."

성희가 깊은 한숨을 쉬었다.

그들은 이른 아침부터 패스트푸드점에서 만나 햄버거를 먹고 있었다. 지영과 성희, 연진이 심부름센터가 아닌 다른 장소에서 약속을 잡고 만나는 건 처음 있는 일이었다.

이렇게 일찍 나올 거였다면, 못 이기는 척 강한의 고집대로 소풍을 가 주는 것도 괜찮았을 것이다.

하지만 연진은, "장기적으로 생각해야 돼요. 잘 생각해 봐요. 지금 대장의 고집을 받아 주면, 우린 평생 대장한테 끌려다녀야 한다니까요. 가을이 누나가 대장을 받아 줄지, 안 받아 줄지도 모르는 상황에서, 대장 짝사랑 뒤치다꺼리를 평생 하고 싶어요?"라며 선견지명을 내보였고, 지영과 성희는 평생 하게 될 뒤치다꺼리를 떠올리며 부르르 떨었다.

그리하여 결국 '가을에게는 미안하지만, 그 두 사람만 소풍을 보내자.'라고 뜻을 모은 터였다.

조폭이라고 해도 이상하지 않을 성희와 모델처럼 늘씬한 지영, 모자를 푹 눌러써서 얼굴을 볼 수가 없는 연진. 아침부터 모여 앉아 있는 특이한 조합의 세 사람을, 알바생들이 흘끗흘끗 쳐다봤다.

이 두 사람과 다니면 항상 받는 시선이기에, 지영은 신경 쓰지 않고 감자칩을 하나 집어 들며 중얼거렸다.

"날씨 참 좋다. 가을이 마음도 저 하늘처럼 맑으면 좋을 텐데."

　　　　*　　　*　　　*

　가을 하늘은 시릴 정도로 푸르고 맑았지만, 가을의 정신은 그리
맑지 않았다.

　　—누나는 우강한이라는 사람을, 남자로서 사랑하고 있구나.

　가을의 머릿속에는 여전히 리성의 음성이 울려 퍼지고 있었다.

　강한과 터미널에 가서 버스를 타고 이동하는 내내, 그 생각에서
벗어날 수가 없었다. 그래서 강한이 하는 말과 행동에, 일일이 어색
한 반응을 보이고 말았다.

　강한과 버스에 나란히 앉아야 하는 상황도, 가을을 난처하게 만
들었다.

　좌석이 넓지 않아서, 나란히 앉으면 허벅지나 팔이 닿았는데, 가
을은 그럴 때마다 움찔움찔 몸을 움츠렸다.

　강한이 버스 밖으로 흘러가는 풍경을 보며 여러 가지 말을 한 것
같은데, 하나도 기억이 나지 않았다.

　중간에 한 번 휴게소에 들렀을 때, "휴게소는 핫바지!"라며, 강
한이 핫바 하나를 사서 가을의 입에 억지로 밀어 넣은 것만 기억났
다.

　역에 도착해서 내렸을 때 가을은 산을 오르지도 않았는데 녹초
가 되어 있었다.

　설악산에는 평일인데도 단풍을 구경하러 온 관광객들이 꽤 많았

다. 대부분 단체로 온, 아주머니 여행객들이었다.

아주머니 몇 명이 강한을 보고, "어휴, 참 잘생긴 총각이네.", "우리 사위 삼으면 딱 좋겠어.", "여자 친구 있나?"라며 관심을 보였다.

그런 관심이 익숙한지, 강한은 여유롭게 대응하며 품에서 명함을 꺼내 내밀었다.

"곗돈 떼어먹은 사람이 있을 땐 언제든 연락 주세요. 이 잘생긴 얼굴을 들고 찾아갑니다."

이 와중에도 호객 행위를 하는 강한을 보며, 참으로 한결같은 남자라고 생각하는데 또다시 리성의 음성이 떠올랐다.

—누나는 우강한이라는 사람을, 남자로서 사랑하고 있구나.

가을은 비명을 지르고 싶어졌다.
'아, 진짜 미치겠네!'

설악산 초입을 들어서기 전부터, 울긋불긋하게 물든 가을 산을 볼 수 있었다.

새파란 하늘을 등지고 오색 옷을 입은 가을 산은 무척이나 찬란하고 아름다웠다.

다른 때였다면 그 광경을 보며, "우와! 멋있다!"라는 감탄사 하나쯤은 내뱉었을 가을이었다.

그러나 지금 가을의 눈에는 파란 하늘도, 하얀 구름도, 울긋불긋한 가을 산의 정경도 눈에 들어오지 않았다.

가을의 눈에 보이는 건 조금 앞서서 걷는 강한의 뒷모습, 그거 하나뿐이었다.

마치 이 세상에 단둘만 남은 것처럼, 강한 이외의 다른 것들을 볼 수가 없었다.

아는지 모르는지 강한은 배낭을 멘 채로 저벅저벅 걷고 있었고, 가을은 차라리 그게 고맙다는 생각이 들었다. 강한이 가을을 배려한답시고 속도를 늦추면, 지금 짓는 이 표정과 이 생각들을 강한에게 들킬지도 모르기 때문이었다.

'그러고 보니, 나는 지금 어떤 표정을 짓고 있을까?'

문득 궁금해져서 휴대폰을 들어 올리는 것과 동시에, 강한이 걸음을 멈추고 가을을 돌아봤다.

"최가을, 힘들지는 않냐?"

"어? 아, 네. 뭐, 네. 안 힘들어요. 아하하하."

가을이 어색하게 웃었다.

'나, 지금 진짜 이상한 표정이겠지.'

아니나 다를까.

강한이 미간을 모았다.

"너, 왜 그래?"

"네?"

"너 오늘 진짜 이상하다?"

"아뇨, 그냥 좀…… 음, 조금 힘들어서."

"얼마나 걸었다고? 운동 부족이야?"

"네, 그런가 봐요."

"현대인들의 문제야, 그게. 다들 운동 부족이야. 집에 틀어박혀서 컴퓨터나 해대니까 그렇지."

"그러게요."

"하지만 네 문제는 거짓말을 한다는 거야."

"거, 거짓말이라뇨. 아하하하. 나는 그런 거 안 해요."

"뭐가 문제야?"

'진리성이 그러는데, 내가 대장을 남자로 보고 있대요. 내가 대장을 사랑하고 있대요. 그게 문제예요! 그럴 리가 없잖아요, 안 그래요?'

그런 말을 할 수는 없어서 입술만 달싹이다가 주먹을 꽉 쥐었다.

그런 가을의 모습을 지켜보던 강한이 한숨을 쉬었다.

"부담스럽냐?"

"네?"

"나랑 단둘이 이런 곳에 온 게 부담스러워?"

왜일까.

그 순간 강한이 짓는 표정은 불쾌한 표정이 아니라, 쓸쓸하고 미안하다는 표정이었다.

그래서 가을은 아차 싶었다.

이 소풍은, 가을 때문에 강한이 마련한 소풍이었다.

오롯이 가을이 지나가는 말처럼 '단풍 구경을 하고 싶다.'고 말해서 가게 된 소풍. 강한이 일부러 시간을 내고, 도시락까지 싸서 준비한 소풍이었다.

'그런데 지금 나는.'

리성의 한마디에 휘둘려, 강한의 기분을 생각하지 못하고 있었다.

"나랑 둘이 이런 곳에 온 게 그렇게 싫어?"

강한이 다시 한 번 덧붙인 질문에, 가을은 얼른 대답했다.

"싫긴요! 싫긴 왜 싫어요? 아주 좋아요! 대장은 어때요?"

"어? 나, 나도 좋지. 나도 아주 좋아!"

가을이 갑자기 태도를 바꿔 씩씩하게 말하자, 강한도 얼떨결에 씩씩하게 대답했다.

"그래요? 거참 잘됐네요!"

"그러게, 진짜 잘됐네. 우리 둘 다 좋아하니까. 그럼 우리, 아무 문제 없는 거지?"

"네, 없죠. 노 프라블럼!"

"발음 한 번 끝내주네! 아주 원어민 발음이야!"

"이걸 잘 알아듣는 대장이 더 대단하죠! 외국 물 좀 잡수셨나 봐요!"

걷다 말고 길 중간에 멈춰서 씩씩거리며 칭찬하는 두 사람을, 다른 관광객들이 황당하다는 듯 흘끗흘끗 훔쳐보며 지나갔다.

그러든가 말든가, 가을은 안도했다.

이제 괜찮아졌다.

리성의 목소리가 머릿속에서 사라지고, 평소처럼 강한을 대할 수가 있었다.

심장 박동도 제 속도를 되찾았다.

그러자 이제껏 보지 못한 가을 산의 정경이 두 눈에 넘치도록 들어왔다.

"단풍, 정말 예뻐요."

"그러게."

평소와 같은 가을의 목소리에, 강한은 안심한 듯 뒤를 돌아봤다.

"이래서 가을이 좋아요."

"응, 나도 가을이 좋아."

두근―

그저 계절인 가을이 좋다고 말한 것일 텐데, 가을은 그 말이 자신을 좋아한다는 말로 들려서 심장이 두근거렸다.

둘은 다시 걷기 시작했다.

"안으로 들어가면 케이블카가 있어. 그거 타고 위로 올라가도 되고, 아니면 이 근처에서 놀아도 되고."

"케이블카까지는 안 타도 될 것 같아요. 그냥 좀 걷다가 사진도 찍고 단풍도 보고 그래요."

"그래, 그럼. 배는 안 고프고?"

"조금요."

"저 위로 올라가면 앉을 만한 데가 있는데, 거기서 먹을까?"

"네."

위로 올라가다가 밥을 먹기 적당한 계곡을 발견했다.

강한은 배낭에서 돗자리를 꺼내 평평한 돌 위에 깔았고, 가을은 옆에 서서 그 모습을 지켜봤다.

가슴이 따스했다.

정말로 소풍을 왔다.

돗자리를 펴고, 도시락을 꺼내 먹는, 평범한 소풍.

이건 참 즐겁고 행복한 일인데, 콧등이 찡해졌다.

잊고 있던 추억 하나가 또 떠올랐다.

가을이 5살인가, 6살 때의 일이라 새까맣게 잊고 있던 기억.

"봄에요. 엄마가 하을이를 데리고 외할머니댁에 갔어요. 나는 유치원을 가야 해서 못 갔고요."

강한이 그새 편 돗자리를 가리키기에, 가을은 신발을 벗고 거기에 앉았다.

"그래서?"

"아빠랑 둘이 있었는데, 아빠가 우리 둘이 비밀 하나 만들자고 하더라고요. 나는 비밀이라는 게 뭔지 몰랐는데, 왠지 재미있을 것 같았어요. 그 비밀이라는 게, 유치원 빼먹고 아빠랑 놀러 가는 거였어요."

강한은 배낭에서 도시락을 꺼내며 묵묵히 가을의 이야기를 듣고 있었다.

"지금 생각하면 딸을 위해 회사에 휴가도 내고 그러는 거 쉽지 않았을 텐데, 아빠는 그걸 해 준 거예요. 아빠 차를 타고 어딘가에 갔어요. 어디였는지는 모르겠는데, 아마도 이런 곳이었던 것 같아요. 거기서 돗자리를 펴고, 아빠가 새벽부터 만든 김밥을 먹었어요. 진짜로."

가을은 미소를 지었다.

"진짜로 맛없었어요. 옆구리는 다 터지고, 간도 엉망이고. 그런데요. 그래도 그 김밥을 다 먹었어요. 아빠랑 나랑 둘이서. 벚꽃을 보면서."

강한이 도시락 뚜껑을 열었다.

깜짝 놀랄 정도로 예쁜 도시락이었다.

김밥과 유부초밥, 문어 모양으로 만든 비엔나소시지와 계란말이가 들어 있었다.

다른 통에는 후식으로 먹을 과일도 가지런히 들어가 있었다.

"아, 예쁘다."

가을이 도시락을 보며 저도 모르게 중얼거렸다.

"네가 더……."

강한이 작게 속삭였다.

"네?"

가을은 계곡에서 물 흐르는 소리 때문에, 강한의 목소리를 제대로 듣지 못했다.

"맛있을 거라고."

강한이 말했다.

"네 아버지가 만든 것보다는 맛없겠지만."

"아뇨, 그것보다 맛있을 것 같은데요."

"그래도 그 도시락엔 네 아버지의 사랑이 듬뿍 담겨 있잖아. 일하는 날, 휴가까지 내면서 널 위해 소풍을 준비한 아버지의 사랑."

강한의 부드러운 음성을 들으며, 가을은 말하고 싶었다.

이것도 마찬가지잖아요. 대장도 오늘 일하는 날인데 날 위해 일을 빼고, 도시락을 준비하고, 소풍을 왔잖아요.

이유가 뭐예요? 왜 이렇게 잘해 줘요? 내가 직원이라서? 내 과거가 안쓰러워서? 내가 불쌍해서?

아니, 이제 그런 이유는 아무래도 좋았다.

강한의 행동에 어떤 의미가 담겼든, 그의 자상한 행동이 가을의 가슴을 녹여 주고 있는 것은 사실이었다.

그래서 기억나면 아프고 외로워 가둬 뒀던 가족들과의 추억이 하나둘 떠오르기 시작했고, 그것이 떠올라도 호흡 곤란에 고통스럽지 않아졌다.

강한 덕분에.

오만상을 찌푸리고 김밥을 하나 집어 가을의 입 앞에 내미는 강한을, 가을은 물끄러미 응시했다.

"왜? 먹기 무섭냐? 독 들었을까 봐?"

"아뇨, 그냥요. 이 광경을 좀 기억해 두고 싶어서요."

강한이 미간을 좁혔다.

"고객님, 제 잘생긴 얼굴 저장은 연당 10만 원입니다."

정말이지, 분위기라고는 조금도 없는 남자다.

"아, 뭐가 그렇게 비싸요? 얼마나 대단한 얼굴이라고."

"얼마나 대단한 얼굴이긴. 아까 못 봤어? 아주머니들이 내 얼굴에 열광해서 실신하는 거?"

"실신까지는 안 했거든요. 좋을 대로 과장해서 말하지 좀 마세요. 거짓말쟁이는 내가 아니라 대장이야, 진짜."

가을이 투덜거리는 모습을 보던 강한이, 갑자기 옆에 놔두었던 카메라를 들어 찰칵 찍었다.

"아, 뭐에요?"

가을이 두 손으로 얼굴을 가렸다.

"말 좀 하고 찍어요. 내 얼굴도 초상권 있어요."

"우리 심부름센터에서 일하는 한, 그 초상권도 우리 거야."

"완전 노예 계약이네."

"뭐 얼마나 대단한 얼굴이라고."

가을의 말을 속에 담고 있던 강한이 똑같이 되돌려 줬다.

가을은 손가락 사이로 눈을 가늘게 뜨고 강한을 노려봤다.

"하여간 옹졸해서는."

"마음 넓어서 좋을 게 뭐가 있어? 좁아터진 마음에 내 사람만 꾹 꾹 집어넣고 사는 게 최고지."

찰칵―

강한이 또 셔터를 눌렀다.

"아, 대장. 나 예쁜 표정할 때 찍으라니까요."

"어떤 표정이든……."

찰칵―

"예뻐."

심장이 쿵―!

가을은 숨도 쉴 수가 없었다.

쿵―!

쿵―!

쿵―!

이제 괜찮아진 줄 알았던 심장이, 다시 격하게 뛰기 시작했다.

천천히 손을 내리고 멍하니 강한을 응시했다.

그 모든 과정을, 강한은 찰칵, 찰칵, 찰칵, 카메라에 담았다.

팔랑—

단풍잎 하나가 날아와 강한의 허벅지 위에 떨어졌다.

강한은 그것을 집어 들더니, 가을의 머리카락에 살짝 꽂아 주었다.

"드럽게 안 꼽히네."

마음먹은 대로 되지 않는지, 단풍잎을 꽂아 주려고 애쓰는 강한의 찡그린 얼굴이 아주 가까운 곳에 있었다.

가까이에서 보아도 짙은 눈썹과 깊은 눈은 무척이나 예뻤다.

그리고.

쿵—!

쿵—!

쿵—!

'아아, 그렇구나.'

가을은 인정할 수밖에 없었다.

'나는 이 사람을 사랑하는 거구나.'

*   *   *

"말도 안 돼."

조사 결과를 전해 들은 정훈이 침통하게 중얼거렸다.

"이렇게 가까운 곳에 있었는데 몰랐다니."

가을과 리성이 알고 지낸 몇 년간, 그녀가 20년 전의 그 소녀라는 것을 알지 못했다.

만약 그동안 가을이 리성과 사적인 대화를 나눌 만큼 친해져서, 과거의 사건에 대한 이야기를 했다면 위험할 뻔했다.

리성이 잊은 과거의 기억이 불쑥 떠올라, 리성의 여린 마음에 큰 상처를 입혔을 것이다.

등골이 서늘했다.

'알고 접근한 건가?'

가을이 리성의 정체를 알고, 무언가를 얻기 위해 접근했을 가능성을 따져 보았다.

'아니, 그렇진 않을 거야.'

리성의 과거를 아는 사람은 부모와 정훈, 몇몇 관계자들을 제외하고는 없었다. 그들 중에 가을에게 리성에 대해 말을 흘릴 만한 사람은 없다고 확신할 수 있었다.

게다가 리성과 가을의 만남은 일 때문에 만난 우연일 뿐. 거기에 가을이 개입하진 않았을 터였다.

'만약 최가을이 진우의 정체를 알았다면, 먼저 친해지려고 했겠지. 진우는 가을이를 좋아하기까지 하니까. 하지만 최가을은 진우가 접근하는 걸 부담스러워하고, 밀어내기까지 했어. 아니, 어쩌면…… 진우의 정체를 알기 때문에 진우의 마음을 거절한 것일지도 모르겠군.'

가을이 리성의 정체를 알고 있기에, 리성의 마음을 받아 주지 않을 가능성도 있었다.

따지고 보면 가족도, 제대로 된 일도 없는 가을에게, 리성 같은 남자의 관심은 두 손 들고 환영해야 마땅했다.

여자들은 신데렐라가 되기를 원하고, 리성은 가을을 신데렐라로 만들어 줄 수 있었다.

얼굴이며, 재능이며, 돈이며, 빠지는 게 없는 남자를 일언지하에 거절할 수 있는 여자는 많지 않다.

리성의 열렬한 표현에도 가을이 벽을 치는 이유는, 리성에 대해 알기 때문일 수도 있었다.

'그렇다고 최가을한테 대놓고 물어볼 수도 없는 일이고. 골치 아프게 됐군.'

혼자서 고민해 봐야 소용이 없었다.

리성의 아버지에게 보고를 한 후 그 판단에 맡기는 것이 옳았다.

최 대표에게 전화를 걸어 이 사실을 보고했더니, 최 대표는 침통한 목소리로 말했다.

[이런 악연이 있나.]

최 대표의 걱정도 정훈과 비슷했다.

둘의 대화는 가을이 리성의 정체를 알고 있느냐, 없느냐에 대한 것으로 이어졌다.

한동안 의견을 나눠 봤지만 답은 나오지 않았다. 가을의 속을 알 수가 없었기 때문이다.

결국 최 대표가 말했다.

[저쪽에서 행동을 하지 않는데 괜히 들쑤실 것은 없겠지. 우선은

모르는 척하고 지켜보게. 아, 우리 진우와 그 아이가 마주치는 일을 최소화하고. 과하게 제한하면 진우도 그렇고, 그 아이도 그렇고 수상하게 여길 수도 있으니까 적당히 알아서 벽을 치게 만들어.]

"네, 알겠습니다."

[그리고 만약……]

최 대표는 어려운 말을 하려는 듯 잠시 말을 끊었다.

정훈은 최 대표가 무슨 말을 하려는지 짐작할 수 있었다. 그래서 먼저 말했다.

"걱정 마십시오, 대표님. 여차하는 순간에, 저는 제 손을 더럽힐 준비가 언제든 되어 있습니다."

*　　*　　*

가을에서 겨울로 넘어가는 시기가 되어가고 있었다.

낮에는 더웠던 날씨가 어느새 쌀쌀한 바람이 불어오는 날씨로 바뀌었다.

가게마다 틀었던 에어컨을 끄고, 사람들은 겉옷을 하나씩 챙겨 다니기 시작했다.

그런 날, 어느 주말 저녁에, 가을은 오랜만에 고등학교 때 친구들을 만나고 있었다.

동생 결혼식 때문에 다이어트를 하는 중이지만, 삼겹살이 너무 먹고 싶다는 친구 때문에 고깃집에서 모였다.

치지직―

뜨거운 불판에 올라간 두툼한 삼겹살이 맛스러운 소리를 냈다.

점원이 올려 주고 간 삼겹살을 가을이 뒤집으려는데, 고기를 먹고 싶다던 친구 초희가 집게를 빼앗으며 말했다.

"내가 구울게. 삼겹살은 자주 뒤집으면 맛없어."

초희는 단호했다.

옆에 앉아 있던 성지가 웃었다.

"초희, 얘는 자기 고기 남이 절대 못 굽게 해."

"당연하지. 나는 남자친구가 고기 안 구워 준다고 투덜거리는 애들이 이해가 안 돼. 내 고기는 내 식대로 굽는 게 최고야. 내 고기를 딴 사람한테 맡길 순 없어."

초희의 고기 철학을 들으며, 가을은 강한이 떠올라서 웃었다.

지난주에 회식 자리에서 고기 구워 달라는 의뢰가 들어왔는데, 강한이 그 일을 하러 갔었다.

온몸에 고기 냄새를 묻히고 돌아온 강한은, "뭔 고기에 원수들을 졌나? 물먹는 하마도 그런 식으로 흡수하진 않겠다!"라며 분통을 터뜨렸다.

초희가 구운 고기는 정말로 맛있었다.

한동안 말없이 삼겹살을 먹다가 어느 정도 배가 찼을 때, 성지가 말했다.

"성미, 결혼한다더라."

오랜만에 듣는 이름이었다.

최성미.

가을이 고등학생 때 신세 진 큰아버지의 딸.

유독 가을을 미워하고, 가을을 고립시키기 위해 없는 이야기를 지어냈던 사촌.

"결혼, 하는구나."

고등학교 졸업과 동시에 그 집을 나온 후, 단 한 번도 그 집안과 연락을 하지 않았다.

하지만 성미의 소식은 친구들을 통해 간간이 전해 들었다.

졸업할 무렵, 사건이 하나 있었다.

그날의 일이 어제의 일처럼 떠올랐다.

수능이 끝나고 다들 갑자기 주어진 자유에 들떠 있을 때의 일이었다.

"아, 최가을! 생리대 잘 좀 접어서 버리라고 했잖아!"

가을보다 늦게 등교를 한 성미가, 교실에 들어오며 큰 목소리로 말했다.

비스듬히 앉아 책을 읽던 가을은 무슨 소리인가 싶어 눈을 휘둥 그레 뜨고 성미를 돌아봤다.

다른 아이들도 마찬가지였다.

"피 묻은 생리대 막 펼쳐서 버리고. 그거 치우느라고 늦었잖아. 괜히 내가 엄마한테 혼나고."

성미의 말에 반 아이들이 전부 가을을 쳐다봤다.

수치스러웠다.

남학생들도 있는 교실에서 저런 이야기를 하다니.

지금껏 가을이 하지 않은 일에 대해 성미가 꾸며 내도, 가을은 그에 대해 아무 대꾸도 하지 않았다. 그래서 어떤 말이든 꾸며 내도 된다고 생각한 건지, 성미의 거짓말은 점점 커져만 갔다.

이번 거짓말에 대해서도 대꾸하지 않을 생각이었다.

수치스럽지만 어차피 곧 졸업을 할 테고, 앞으로 볼일 없다. 소란을 피워 봐야 더욱더 각인될 뿐. 당장은 수치스럽더라도 조용히 넘어가면 이 일을 기억할 사람도 없을 것이다.

그렇게 판단하고 다시 책으로 시선을 돌리는데, 성미가 말했다.

"쟤네 엄마 일찍 죽어서 다행이지, 살아 계셨으면 쟤 때문에 속 좀 터졌을 거야."

'아, 그럼 안 돼.'

가을은 성미를 돌아봤다.

'그럼 안 돼, 성미야. 우리 부모님은 건드리면 안 돼.'

"왜? 왜 그렇게 보는데? 나한테 할 말 있어?"

싸우고 싶지 않았다. 싸움은 그럴 힘이 있는 사람이나 하는 일이다. 가을에게는 그럴 만한 열정도 남아 있지 않았다.

하지만 엄마는, 하지만 방금 저 말은.

"부모님이 일찍 돌아가신 게, 그렇게 큰 죄니?"

가을이 입을 열었다.

"어릴 때 집에 불이 나서, 엄마도, 아빠도, 내 동생도 타 죽은 게 그렇게 잘된 일이니? 내가 몹쓸 애니까?"

가을의 음성은 단조로웠지만, 그 안에 소용돌이치는 감정은 어린 학생들에게도 충분히 전해지고 있었다.

다들 숨을 죽이고 가을을 보고 있었다.

"내가 갈 곳이 없고 미성년자라서 너희 집에 신세를 지게 된 건 정말 미안해. 괜히 갈 곳 없는 군식구 하나 더 늘어서 귀찮아진 큰 아버지, 큰어머니 마음도, 네 마음도 다 이해해. 그래서 가끔 내 밥을 챙겨 주지 않는 것도, 상한 음식을 주는 것도, 내가 방에 있을 때 치킨을 시켜서 네 가족들끼리 먹는 것도, 그냥 모르는 척했어."

"우, 우리가 언제! 우리가 언제 그랬다고 그래? 너, 말은 똑바로 해야지!"

성미는 가을이 이런 식으로 나올 줄 몰랐다는 듯, 얼굴을 붉히고 외쳤다.

언성을 높이는 성미와 다르게, 가을의 목소리는 여전히 담담했다.

"네가 학교 애들한테 나에 대한 거짓말을 하는 것도 괜찮았어. 생리대, 그래. 나는 지금 생리를 하지도 않아. 그래도 그 처리 방식에 대해 거짓말하는 거, 그것도 괜찮아. 다 괜찮아."

"야, 너!"

"왜? 거짓말 아니야? 그럼 지금 내가 치마를 벗고 보여 줄까? 누가 거짓말을 한 건지?"

"아, 됐어! 너랑은 진짜 말이 안 통한다."

"나는 안 됐어. 네가 우리 엄마 일찍 죽어서 다행이라고 한 말, 그거 하면 안 되는 말이잖아. 내가 진짜 못된 계집애라도, 그런 말은 하면 안 되는 거잖아. 나는…… 그래, 나는 나쁜 애일 수 있고, 네 가족들에게 큰 짐일 수 있는데, 그래도. 그래도 우리 엄마, 그렇게 말하면 안 되는 거잖아."

"……아니, 그건…….."

"우리 엄마, 내 생일이면 내가 좋아하는 음식 잔뜩 만들어 주고, 우리 아빠, 내 생일이면 내가 가끔 갖고 싶다고 말하는 거 기억해서 사다 주고, 내 동생, 내 생일이면 뭐가 뭔지도 모르면서 케이크 먹을 생각에 그저 좋아하기만 하고. 나 7살 때까지만 해도 그렇게 지냈는데, 그때 이후로 그렇게 지내본 적이 없는데. 그런데 우리 엄마 죽어서 다행이라고, 나 이렇게 살아서 잘 됐고, 그렇게 말하는 건 정말로 아니잖아."

성미가 도움을 청하려는 듯 반 아이들을 돌아봤지만, 성미를 위해 나서 주는 아이는 아무도 없었다.

"나도 가족들이랑 같이 피자 먹고 싶어. 나도 성적 잘 받으면 부모님한테 칭찬받고 싶어. 나도 새 옷 사 달라고 조르고 싶고, 나도 성공해서 엄마, 아빠 행복하게 해 주겠다고 말하고 싶어. 나도, 나도, 하고 싶은 게 아주 많은데, 나는 이제 그런 거 하나도 못 해. 내가 아무리 소망하고, 원해도, 나는 네가 당연하게 하는 그 모든 일들을 하지 못해. 그게 그렇게 잘된 일이니? 너에게는?"

"저기……."

"나도."

울지 않으려고 했는데.

"나도 엄마 아빠가 보고 싶어. 정말로."

눈물이 흘렀다.

그러고 나서 그대로 학교를 나왔기 때문에, 그 이후의 상황은 나중에 친구들에게 들어서 알게 되었다.

반 아이들은 성미에게 가을의 말이 진짜냐고 물었고, 성미는 아니라고 했고, 반 아이들은 그 말을 믿지 않았고, 성미는 울면서 집으로 돌아갔다고 했다.

그날 가을은 학교를 나오자마자 곧장 집에 가서 짐을 챙겨, 쪽지를 남기고 그 집을 떠났다.

모아 둔 돈 약간을 가지고 찜질방과 PC방을 전전하며 아르바이트를 했고, 졸업할 때까지 학교에는 잠깐 얼굴만 비추고 나와서 성미와 제대로 대면할 일이 없었다.

졸업을 하고 얼마 지나, 반 아이들 중 몇 명이 사과를 하기 위해 연락했고, 몇 명은 만나기도 했다.

초희와 성지가 그 이후로도 꾸준히 연락하는 친구들 중 몇 명이었고, 성미가 대학에 들어가서 따돌림을 당했다는 이야기도 초희와 성지에게 전해 들었다.

성미가 들어간 대학에 같은 반이었던 친구 한 명도 함께 입학한 모양이었다. 같은 과는 아니었지만, 그 친구가 고등학교 때 성미가 한 짓에 대해 주위 사람들에게 이야기했고, 그 이야기는 성미와 같은 과 동기들 사이에도 퍼지기 시작했다.

입학한 지 2개월도 지나지 않아, 성미는 '사고로 가족을 잃은 사촌을 거짓말까지 해 가며 괴롭히고 따돌린 나쁜 년'이 되었다고 한다.

딱히 그런 결과를 바란 것은 아니지만, 전해 들었을 때 속이 시원해졌던 건 사실이었다. 하지만 친구들을 만날 때마다 성미의 소식을 듣는 건 달갑지 않았고, 속마음을 보인 이후로 그들 사이에서 성미의 이름은 오르내리지 않게 되었다.

그래서 성미의 이름을 듣는 건 참으로 오랜만이었다.

"그 못된 계집애 성격을 다 받아 줄 남자가 있다는 게 신기해."

초희가 말했다.

"뭐, 연기 잘하잖아. 같은 회사 사람이라는 걸 보니, 회사 들어가서 이미지 관리 철저히 했나 보지. 그 회사에는 그 사건을 아는 사람이 없었을 테니까."

"그래도 결혼식에 올 친구가 없어서 전전긍긍하는 것 같더라. 재경이한테 연락 왔었대. 결혼식 와 달라고."

"헐. 진짜 뻔뻔하네. 재경이는 뭐래? 간대?"

"아니, 안 간다던데. 내가 왜? 가을이한테 사과나 제대로 해. 뭐, 그런 식으로 대답했다더라."

"가을이 너한테는 연락 안 갔어?"

성지가 물었다.

"응, 나한테는 안 왔어. 그 이름도 잊고 있었는걸."

"그래, 걔도 염치가 있으면 연락 안 하겠지."

"지금 생각하면 성미 마음이 이해가 안 되는 것도 아니야."

가을의 말에 초희가 인상을 찌푸렸다.

"야, 최가을. 사람 좋은 것도 한계가 있지, 뭔 이해가 안 되는 것도 아니야? 난 여전히 이해 안 돼."

"그냥, 좀…… 뭐라고 해야 할까? 부모님 돌아가시고 나서 보험금이 조금 나왔었나 봐. 내가 너무 어렸을 때라 잘은 모르겠는데,

그 보험금을 날 제일 처음에 맡아 준 친척이 거의 다 사용을 해 버린 거야. 그렇게 한 집, 한 집 옮길 때마다 얼마 안 되는 보험금이 조금씩 사라졌고, 성미네 집에 들어갈 무렵에 나는 빈털터리였어. 빼앗긴다는 기분이 들지 않았을까? 성미에게 갈 돈의 일부를 내가 썼을 테니까."

"뭘 얼마나 썼다고. 너, 교복도 물려 입은 거고, 문제집도 물려받아서 썼잖아. 밥값, 그게 얼마나 되는데? 마음 약해지지 마, 최가을. 성미, 걔가 한 짓. 그거 사람이 할 짓이 아니었어."

"글쎄, 그런 걸까?"

새삼 자기 일처럼 분노해 주는 성지와 초희에게 고마웠다.

어느 순간부터인가, 가을은 누군가를 미워할 힘조차 없었다. 누군가를 증오하는 것은, 에너지 소모가 큰 행위였다.

"성미, 걔 얘기는 그만하자. 기분만 더러워지니까. 가을이 넌 어때? 요새 재미있는 일 좀 없어?"

"재미있는 일……."

재미있는 일이라면, 많고 많았다.

그동안 친구들을 만나면 할 이야기가 없었는데, 요 몇 달간 넘치도록 많은 일들이 있었다.

그중 가장 큰 사건은.

"있잖아."

가을은 잠깐 고개를 숙였다.

친구들에게 이런 말을 하는 날이 오게 될 줄은 몰랐다. 정말로 몰랐다.

그저 버겁기만 한 삶, 언제 숨이 멎을지 모르는 호흡 곤란을 안고 살아가며 죽음을 향해 한 걸음, 한 걸음 걷기만 했던 고독한 삶. 그런 삶이었기에, 정말로 몰랐다.

"나 말이야."

책장 사이에 꽂아 놓은 새빨간 단풍잎이 떠올랐다.

그의 입술만큼이나 붉었던 단풍잎. 그가 신중하게 내 머리에 꽂아 주었던, 그 좋은 가을 소풍의 흔적.

아주 오랫동안 기억될, 소중하고 달콤한 추억.

"사랑에 빠진 것 같아."

*　　*　　*

참으로 찬란하다고, 강한은 생각했다.

커다란 창문으로 들어오는 초겨울의 햇살이 찬란한 것이 아니었다.

찬란한 것은 가을이었다.

가을 소풍 때 찍은 사진을 인화한 지는 한참이 지났지만, 가을에게 그 사진을 건네주진 못했다.

그림에 화가의 감정이 담기는 것처럼, 사진 또한 그랬다. 저도 모르게 셔터를 눌러 찍어댄 사진 속에는, 강한의 마음이 넘치도록 들어 있었다.

그래서 더욱 찬란했다.

사진 속의 최가을이.

뾰로통한 표정도, 놀란 듯한 표정도, 전부 찬란했다. 그저 사진일 뿐인데 눈이 부셔서, 강한은 눈을 가늘게 떴다.

그녀의 찬란함에 눈이 시렸다.

"그렇게 보고 싶으면 그냥 가을이를 불러."

보다 못한 성희가 말했다.

강한은 검지를 들어 올렸다.

"셧업, 플리즈."

"왜? 가을이 얼굴 감상하는데 내 목소리 좀 끼어들면 분위기 깨지냐?"

"오브콜스."

"왜 갑자기 영어야? 영어 쓴다고 네 마음이 잘 감춰질 것 같냐?"

"너무 예쁘잖아, 최가을!"

강한이 사진을 팔랑팔랑 흔들며 말했다.

사진 속의 가을은, 귓가에 새빨간 단풍잎을 꽂고 새초롬하게 웃고 있었다.

확실히 예뻤다. 예쁘긴 하지만…… 성희도 그렇게 생각했지만…….

"넌 입만 열면 그 소리냐?"

저 소리를 가을 소풍 이후로 매일 몇 번씩 들었다.

"그러니까 그냥 영어를 쓰겠다고. 한국말을 쓰면 자꾸 이 말이 튀어나온다고. 언어 장애가 생겼나? 하, 너무 예쁘다."

친구가 사랑에 빠지는 건 좋은 일이지만, 저쯤 되면 병이 아닐까 싶다.

성희는 걱정스러운 마음으로 말했다.

"병원 좀 가 봐. 저번에 우리가 일 해결해 줬던 정신 병원 있지? 그거 선생, 실력 좋은 것 같더라."

"형님도 역시 그렇게 생각해? 이거 좀, 병이지?"

"좀이 아니라, 아주 많이 병이야. 너, 그러다 죽는다."

"내가 생각해도 그래. 나, 이러다 죽겠어. 심장이 멎어서. 아니, 말이 돼? 너무 예쁘잖아!"

강한이 또 사진을 팔랑거렸다.

뭐에 삐친 건지, 입술을 비쭉 내민 가을이 담긴 사진이었다.

"그렇게 예쁘면 그냥 가을이한테 말을 해. 예쁘다고."

성희의 말에, 강한이 사진을 무릎 위에 내려놓으며 말했다.

"수줍어, 그건."

"……징그러운 소리 하지 마. 수줍다니. 네 인생에 그런 감정이 존재해?"

"안 하는 줄 알았지. 그런데 하나 봐. 수줍다. 이 와중에도 최가을은 예쁘고. 아, 그래. 이 사진 크게 인화해서 벽에 걸어 둘까? 최가을은 우리 심부름센터 마스코트잖아. 마스코트라면 응당 벽에 걸려 있어야지."

"……."

"최가을을 벽에 걸어 둘 순 없으니 사진이라도 걸어 두는 게 낫겠지? 그게 마스코트를 향한 매너이기도 하고."

"적당히 좀 해요, 대장. 벽에 걸려야 하는 가을이 누나 기분 좀 생각해 봐요."

성희의 옆에 앉아 휴대폰 게임을 하던 연진이, 진저리를 치며 말했다.

"질투하지 마라, 캡. 너한테는 벽에 걸리는 영광을 주지 않을 거
니까."

"그런 영광, 제 쪽에서 사양입니다."

*   *   *

강한과 연진이 '가을 심부름센터의 벽에 장식되는 영광'을 두고
티격태격하고 있을 때, 가을은 경악에 찬 친구들의 시선을 한 몸에
받고 있었다.

가을이 그저 시간을 흘려보내듯 살아가고 있다는 것은, 친구들
도 어느 정도 느끼고 있었다. 언제나 밝은 척 웃고 있긴 하지만, 그
미소가 진짜가 아니라는 것을, 친구들은 어렴풋이 알고 있었다.

사랑도, 우정도, 가을에게는 큰 의미가 아닐 것이라고, 그들은 막
연히 생각해 왔다.

그런데 지금 친구들의 앞에서 '사랑에 빠진 것 같다.'고 말하는
가을은, 그야말로 분홍빛에 감싸여 있었다.

"사랑, 이라고? 그 사랑? 우리가 아는 그 사랑 맞지?"

이윽고 정신을 차린 초희가 더듬더듬 물었다.

"응, 그 사랑 말고 다른 사랑이 있어?"

"아니, 너는 뭔가 좀…… 사랑 같은 거, 안 할 분위기였으니까."

"웬일이야, 웬일이야. 미친. 진짜, 사랑이라고? 최가을이 사랑이
라고?"

한발 늦게 정신 차린 성지가 외쳤다.

작은 목소리가 아니었기에, 고깃집 안의 손님들이 이쪽을 돌아봤다.

가을은 얼굴을 붉혔다.

"소리 좀 낮춰. 동네방네 소문 다 낼래?"

초희가 성지의 팔을 툭 치며 말했다.

"아니, 너무 놀라우니까 그렇지. 최가을이 사랑이라니."

"내가 그렇게까지 그런 거 안 할 분위기야?"

"응!"

성지와 초희가 동시에 대답했다.

둘의 단호한 대답에, 가을은 그만 웃고 말았다.

"뭐야, 그 솔직한 대답은. 아하하하하."

지금 가을의 웃음소리는, 지금껏 성지와 초희가 들은 것 중에 가장 솔직하고 진심이 담겨 있는 웃음이었다.

그런 웃음소리를 들을 수 있다는 것이, 둘에게는 조금 감동이었다. 그동안 가을과 자주 연락을 하고 지냈어도, 어느 정도 거리감을 느껴 왔기 때문이었다.

"뭐야, 뭐야? 누구야? 어떤 사람이야? 사진 있어? 어디서 만났는데? 뭐 하는 사람이야? 잘생겼어? 키 커?"

성지가 속사포처럼 질문을 던졌다.

"야, 하나하나 해라. 질문 기억하기도 힘들겠다."

"아, 궁금하니까 그렇지. 어떻게 된 거야, 가을아? 알려 줘. 하나하나 세세하게. 처음부터 끝까지. 브리핑을 해 줘."

"회사냐? 아주 과장님 나왔네."

초희가 비아냥거렸지만 성지는 아랑곳하지 않고 눈을 반짝반짝 빛내며 가을의 대답을 기다렸다.

가을은 수줍은 듯 미소를 지으며 말했다.

"그냥 일을 하다가 만난 사람인데…… 음, 참 좋은 사람이야. 매일 이렇게 찡그리고 있거든."

가을이 미간을 좁히며 말했다.

"그래서 처음에는 좀 무서운 사람인 줄 알았는데, 되게 따뜻해. 따뜻해서 가끔 이러다 화상을 입으면 어쩌지, 그런 생각이 들 정도야. 있잖아, 이거. 이 흉터."

가을이 옷소매를 걷어 올렸다.

학창 시절, 가을은 여름에도 늘 춘추복을 입고 다녔다는 걸, 친구들은 기억하고 있었다.

"난 이걸 창피하다고 생각했는데, 그 사람이 그러더라. 감추지 말라고. 이건 내 아버지가 지켜 낸 고귀함이라고."

"아……."

"그래서 사랑에 빠졌나 봐. 그런 사람이라서 사랑하게 되었나 봐."

12장

가을이 자신의 팔에 생긴 흉터를 이렇게 드러내 보인 건 처음이었다.

초희와 성지는 뭐라 대답해야 좋을지 알 수 없었다.

다만 '네 아버지가 지켜 낸 고귀함'이라고 딱 잘라 말해 줄 수 있는 남자라면, 참으로 괜찮은 남자일 거란 생각이 들었다.

"잘됐다, 정말."

"응, 진짜로."

그래서 둘은 진심을 담아 그렇게 말해 줄 수 있었다.

"잘된 걸까? 정말로?"

가을이 알 수 없다는 듯 물었다.

"응, 당연하지. 사랑에 빠진다는 건 좋은 일이야."

"하지만……."

가을은 한숨과 함께 목구멍까지 튀어나오려던 말을 삼켰다.

'나는 세상에 소중한 것을 남겨 두고 싶지 않아.'

두려웠다.

소중한 이를 잃는 것도, 혹은 소중한 이를 남겨 두고 떠나는 것도. 그것이 얼마나 괴롭고 비참하고 고되고 고독한 일인지 알기에, 싫고 두려웠다.

가슴에 일어난 이 분홍빛 감정은 참으로 달콤하지만, 그뿐이었다. 달콤함이 두려움을 밀어내 주지는 못했다.

가을은 여전히 무서웠다.

친구들에게는 말할 수 없는 악몽을, 강한을 사랑한다는 걸 자각한 이후로 꾸고 있었다.

가을 심부름센터에 화마가 덮쳐, 미처 빠져나오지 못한 강한이 죽어 가는 꿈.

혹은 가을이 불에 타는 동안, 강한이 충격 받은 표정으로 지켜보는 꿈.

누군가를 사랑한다는 건 그러한 일이었다.

소중한 감정이기에, 잃을까 겁이 나는 아찔한 일.

하지만 그러한 이야기로, 친구들과의 시간을 망치고 싶지 않아서 말을 삼켰다.

그때였다.

가게 입구가 시끌벅적해진 것은.

자연스럽게 그쪽으로 시선이 돌아갔다.

늘씬한 여성이 남자들에게 둘러싸여 안으로 들어오고 있었다.

검은색 긴 무스탕 코트를 입은 여성은, 누가 봐도 '여왕님'의 자태를 뽐내고 있었다.

그 여성의 시선이 가을과 마주쳤고, 무표정했던 도도한 얼굴에 미소가 떠올랐다.

"가을아! 이런 데서 마주치네!"

냉정했던 얼굴이 순식간에 다정하게 바뀌었다.

"지영아."

지영이었다.

"친구들 만나고 있는 거야? 안녕하세요, 안녕하세요."

지영이 싹싹하게 인사를 했다.

"어, 안녕하세요."

"반갑습니다."

초희와 성지도 얼떨결에 인사를 받았다.

"이런 데서 보니까 진짜 새삼 반갑네. 저녁 먹는 중?"

"응. 너도 밥 먹으러 왔어?"

"응, 친구들이랑. 그럼 맛있게 먹고 가."

지영이 남자들 사이로 돌아갔다.

하나같이 외모가 출중한 남자들이었다.

초희가 작은 목소리로 물었다.

"누구야? 친구야?"

"응, 친구."

"와, 저런 친구도 있었어? 모델 같다, 야. 엄청 예쁘네."

"응, 예쁘지."

친구들의 감탄을 들으니, 새삼 지영의 미모가 다가왔다.

가을과 친구들이 지영에 대한 이야기를 하고 있을 때, 지영도 친구들과 가을에 대한 이야기를 하는 중이었다.

"누구야? 친구?"

"응, 친구."

"너한테도 친구가 있냐?"

"있지, 당연히. 내 절친이거든."

"저쪽도 널 그렇게 생각할까?"

"물론!"

지영은 싱긋 웃으며 가을 쪽을 돌아봤다.

친구들과 수다를 떠는 가을을 보니, 마음이 한결 편해졌다.

가을에게 친구가 없을 거라고 생각해 왔기 때문이었다.

'다행이네. 평범한 친구들이 있어서. 좀 질투 나는데.'

그런 생각을 하고 있는데, 맞은편에 앉아 있던 재호가 말했다.

"네 친구, 되게 예쁘다."

"응, 예쁘지."

"정말 예쁜데?"

"뭐야, 너. 관심 있어?"

"있으면? 소개해 줄 거야?"

"흐음, 글쎄다."

지영은 눈을 가늘게 뜨고, 재호를 아래위로 훑어봤다.

이름 신재호.

키 180cm 남짓에 몸무게는 75kg쯤.

재호는 몇 년간 아침마다 빠짐없이 수영을 다녀서 넓은 어깨와 탄탄한 육체를 지녔고, 자기 관리를 잘하는 편이었다.

지금껏 여자들은 물론 지영에게도 함부로 추파를 던지는 행위를 한 적이 없고, 술도 만취할 때까지 마시지 않았다.

아버지는 K 제약의 사장이었고, 재호 본인은 군대를 제대하자마자 대학을 다니던 중에 창업한 IT 쪽 회사를 잘 운영하고 있었다.

마지막 연애는 2년 전으로, 여자 쪽이 유학을 가는 바람에 흐지부지 끝났다.

재호와 알고 지낸 7년이란 시간 동안, 지영은 재호에 대해 안 좋은 생각을 해 본 적이 없었다. 게다가 재호가 먼저 여자에게 관심을 보인 것도 처음이었다.

'나쁘지 않아.'

소중한 친구에게 소개시켜 주기에는 꽤 괜찮은 남자였다.

그러나.

'가을이는 대장을 좋아하지. 대장도 가을이를 좋아하고.'

그게 문제였다.

게다가.

'가을이 마음을 열어 줄 수 있는 사람은 많지 않아. 가을이가 가진 마음의 상처, 몸의 상처, 그걸 진심으로 이해해 줄 사람이 몇이나 될까?'

강한은 그것을 할 수 있었고, 지영은 그 사실을 알았다. 다만 강한에게도 마음의 문제가 있다는 점이 걸렸다.

강한은 그 마음의 문제 때문에 가을을 향한 마음을 드러내지 않으려고 노력하는 중이었다.

그건 안쓰럽고 답답하고 아주 짜증 나는 일이었다.

'드러내지 않을 거면 그냥 확 숨기든가. 가을이 없는 데서는 있는 대로 드러내니, 그것도 피곤해, 진짜!'

"못된 생각을 하는 얼굴이네."

지영의 눈빛을 읽은 재호가 말했다.

"응, 못된 생각을 하는 중이야."

지영이 솔직하게 말했다.

"뭘 생각하는데? 네 친구 소개시켜 주면서 한몫 챙기게?"

다른 친구의 말에, 지영이 피식 웃었다.

"아니, 그보다 더 못된 생각."

*　　*　　*

고기를 다 먹고 냉면까지 후식으로 먹은 후 가게를 나가려는데, 지영이 가을에게 다가왔다.

"집에 가는 거야?"

"응, 슬슬 들어가려고."

"딱히 일정 없으면 시간 좀 내. 친구분들, 가을이 좀 빌려도 될까요?"

지영이 가을의 친구들을 돌아보며 물었다.

"네, 괜찮아요."

"어차피 지금 헤어지려고 했어요."

가을이 가게 앞에 나가 친구들을 배웅하는 동안, 자리로 돌아온 지영은 재호를 빤히 응시했다. 다른 친구들은 이미 돌아가서, 자리에는 재호뿐이었다.

"다시 한번 말하지만, 소중한 애고 상처받기 쉬운 애야. 저 애한 테 조금이라도 상처를 입히면, 난 널 죽을 때까지 용서하지 않을 거야. 그리고 내가 할 수 있는 모든 일을 다 해서 네 삶을 지옥처럼 만들어 줄 거야."

"알겠어, 알겠어."

재호가 싱긋 웃었다.

재호는 타인에게 별로 관심이 없는 지영이 이렇게까지 감싸고도 니, 오히려 가을을 향한 흥미가 더 많이 생겼다.

처음에 이 가게에 들어와 지영이 아는 체를 하는 가을을 볼 때부터, '우와, 내 타입!'이라는 생각을 했다.

일과 운동, 그리고 취미인 낚시와 독서를 하느라 바쁜 재호는, 여자에 딱히 관심을 가진 적이 없었다.

여자가 싫은 건 아니지만, 먼저 관심을 가져야 할 만큼 여자가 부족하지도 않았다.

주위에 늘 재호의 관심을 얻고 싶어 하는 여자들이 넘쳤기 때문에, 도리어 여자라는 생물에 대한 관심이 사라졌는지도 모르겠다.

때문에 지영을 향해 빙그레 웃는, 귀엽고 비쩍 마른 여자를 보는 순간 '우와, 내 타입!'이라는 생각이 들었단 사실은 재호 본인에게도 놀라운 일이었다.

자신도 모르게 '네 친구 예쁘다.'라는 말을 내뱉었고, 조금은 의도적으로 소개시켜 줄 거냐는 질문을 했다.

지영이 망설이기에, 사귀는 사람이 있는 건가 싶어 한숨을 쉬려는데 지영은 전혀 다른 말을 했다.

　－가을이는 사랑에 빠져 있어. 본인은 아마도 짝사랑이라고 알고 있을 거야.

　－아마도라는 건, 상대도 가을 씨를 좋아하고 있다는 거야?

　－응. 하지만 너한테 가을이를 소개시켜 줄게. 있는 힘을 다해서 가을이 마음이 너한테 향하도록 해 봐.

　－왜? 가을 씨는 짝사랑 상대가 그렇게 별로야?

　－글쎄. 솔직히, 음…… 하, 그 인간 칭찬은 진짜 하기 싫은데…… 솔직히 괜찮아. 너는 따라가기 힘들 정도로 괜찮은 사람이야. 어우, 진짜 칭찬하기 싫다. 소름.

그런 말을 하며 지영은 실제로 몸을 부르르 떨었다.

　－그런데 왜?

　－이유는 두 가지야. 그 인간이 끝까지 땅굴을 파고들어 가서 멍청하게 가을이를 놓칠 경우, 괜찮은 남자가 가을이를 홀딱 채 가면 가을이에게는 좋은 일일 테니까. 두 번째 이유는, 못된 생각.

　－못된 생각?

　－응. 너는 썩 괜찮은 남자고, 썩 괜찮은 남자가 가을이 주위를

맴돌면 그 인간도 땅굴을 벗어나지 않을까, 싶어서.

　―말하자면 나를 이용한다는 뜻?

　―똑똑하네. 그래서 네가 좋아.

　―그 사람이 땅굴을 벗어났는데도, 가을 씨가 날 좋아할 경우는 생각 안 해 봤어?

　―응, 안 해 봤어. 그 인간이 땅굴을 벗어나면, 넌 그 인간 못 이기거든. 그 인간은 정말 싸가지 없고, 재수 없고, 제멋대로에, 멍청이지만. 그래도 할 때는 하는 남자니까.

지영에게 그 정도의 칭찬을 받는 남자가 누군지 궁금해졌다.

그러는 한편 오기도 생겼다.

대체 얼마나 대단한 남자이기에, 나는 절대로 이길 수 없을 거라고 말하는 걸까?

그러면서 지영은 덧붙였다.

　―이 모든 건 네가 가을이를 상처 입히지 않을 거라는 걸 전제하는 거야. 가을이를 조금 만나 봐. 만나 보면 너의 그 호기심이 애정으로 변하든, 무관심으로 변하든 하겠지. 애정으로 변했을 때만 진심으로 행동해. 가을이가 네 생각이랑 다르다고 생각하면, 그때는 조용히 물러나고. 어떤 상황에서든 가을이가 상처 입는 건 절대로 안 돼. 상처를 받는 건 너든, 그 인간이든 둘 중 한 명이어야 돼.

참으로 지영다운, 이기적이고 제멋대로인 경고였다.

그런 생각을 하고 있을 때에, 친구를 배웅한 가을이 가게 안으로 들어왔다.

가을은 지영이 있는 자리를 확인하고 크게 심호흡을 했다.

새로운 사람을 만나는 건 언제나 부담스러운 일이었다. 가을은 조금 긴장하고 지영에게로 걸어갔다.

친구들은 다 돌아갔는지, 지영의 맞은편에는 말끔하게 생긴 남자 한 명만 앉아 있었다. 가을과 눈이 마주친 남자가 살짝 고개를 숙여 인사를 했다. 인상이 좋은 남자였다.

"친구들 보냈어?"

지영이 자리 옆을 비워 주며 물었다.

"응, 그런데 나 여기 있어도 되는 거야?"

"당연하지. 아, 이쪽은 나랑 오랜 친구인 재호라고 해. 신재호. 재호야, 이쪽은 내 절친 최가을이야."

가을은 지영이 '절친'이라고 말해 주자 기분이 좋아졌다. 그래서 생글생글 웃으며 재호에게 인사할 수 있었다.

"안녕하세요, 지영이 절친 최가을입니다."

그저 지영에게 '절친'이라고 불린 게 좋아서 지은 가을의 미소는, 재호에게 강렬한 인상을 남겨 주었다.

아까 지영과 인사를 할 때 지은 미소와 다르게, 지금 가을이 짓는 미소는 그야말로.

"반짝반짝하시네요."

"네?"

"아, 아니요. 죄송합니다. 아, 신재호입니다."

저도 모르게 속마음을 내뱉고 말았다.

재호는 여자 한 번 못 만나 본 멍청이처럼 구는 자신의 행동이 당황스러웠고, 지영은 그런 재호를 즐거운 듯 지켜보고 있었다.

'뭐야, 신재호. 몇 번 더 만나 볼 것도 없이, 가을이한테 홀딱 빠졌나 보네.'

그렇다면 지영이 계속 이 자리에 머물 이유는 없었다.

"둘이 잘 맞을 것 같아서 불렀어, 가을아. 재호, 진짜 괜찮은 애거든. 나 먼저 가 볼게. 둘이 같이 커피라도 한잔 마시러 가."

판단을 끝낸 지영은 더 이상 망설이지 않고 자리에서 일어났다.

가을이 그 말뜻을 이해하기도 전에, 지영은 바람처럼 가게를 나가 버렸다.

지영이 떠난 후에야 그 말의 의미를 이해한 가을은 눈을 휘둥그레 뜨고 재호를 돌아봤다.

눈이 마주친 재호가 어색하게 웃었다.

그 시각.

강한은 똘이의 발톱을 깎아 주다가 짜증이 난 똘이에게 할큄을 당해, "야, 이 똥냥이 새끼야! 너, 이 얼굴이 얼마짜리 얼굴인 줄 알아? 백만금을 줘도 안 파는 얼굴이야, 이게!"라고 소리를 질러댔고, 연진은, "보통 얼굴은 못 팔아요. 머리를 떼어 버리면 죽으니까. 대장은 그 머리, 진짜 장식으로만 달고 있나 보네요."라는 정보를 전해 주다가 강한에게 뒤통수를 맞고 있었다.

　　　　*　　　*　　　*

이런 상황은 처음이었다.

가을은 소개팅을 해 본 적도, 미팅을 해 본 적도 없었다.

한창 풋사랑을 할 나이인 사춘기 때는, 친척들의 눈치를 견디며 하루하루 이겨 내는 것으로도 힘들어, 친구들의 사랑 타령에 끼어 본 적도 없었다.

인제 와서 강한과 사랑에 빠진 것은 그야말로 '사고' 같은 것으로, 이 짝사랑을 어떻게 해야 할지에 대해서도 답을 내리지 못한 시점이었다.

그런 상황에서 느닷없이 처음 본 남자를 앞에 두고 앉아 있게 되다니.

이럴 땐 무슨 말을 해야 좋을지, 어떤 행동을 해야 좋을지도 알수 없었다.

당장이라도 화장실로 도망쳐서 지영에게 전화를 걸고 싶지만, 그런 행동이 상대방에게 실례라는 것쯤은 알고 있기에 꾹 참았다.

"제가 소개를 좀 시켜 달라고 했어요. 당황스러웠다면 죄송해요, 가을 씨."

재호가 먼저 정중하게 말했다.

"아…….."

"그렇다고 지영이가 저렇게 훌쩍 가 버릴 줄은 몰랐어요. 처음 뵙는 자리인데, 단둘이 이러고 있으려니까 되게 어색하네요. 가을 씨도 많이 어색하시죠?"

"네, 어색해요. 굉장히."

이번에도 재호가 웃었는데, 아까보다는 어색함이 덜한 미소였다.

"음, 그럼 일단 우리 자리를 옮길까요?"

"네, 아니요. 저기."

아직은 확신이 없는 마음이지만, 이런 자리에서는 분명하게 말해야 한다고 생각했다.

"지영이한테는 아직 말 안 했는데, 저는 지금 짝사랑을 하는 중이에요."

가을의 솔직한 고백에, 재호는 눈을 살짝 크게 떴다. 이렇게 분명하게 말해 올 줄은 몰랐기 때문이다.

"아, 그러신가요."

"네, 그래요. 지영이가 좋은 마음으로 이런 자리를 마련해 준 건 알겠지만, 거절을……."

"잠시만요, 가을 씨. 말 끊어서 죄송해요."

재호가 부드럽게 끼어들었다.

"가을 씨에게 연인이 있다면 저는 이쯤에서 물러났을 거예요. 아, 애초에 지영이가 제게 가을 씨를 소개시켜 주지도 않았을 거고요. 지금 가을 씨가 하고 있는 게 짝사랑이라면, 괜찮지 않겠어요? 저랑 차 한잔하는 정도는."

*　　*　　*

똘이의 발톱을 다 깎아 준 후, 똘이와 강한은 대치 상태에 있었다.

냉장고 위의 좁은 공간에 들어간 똘이는 꼬리를 탁탁 치고 있었는데, 강한의 집요한 시선 때문에 심기가 무척 상한 터였다.

하지만 강한에게도 이유는 있었다.

무어라도 할 일이 필요했다. 그러지 않으면 또다시 가을의 사진을 붙잡고, 그 안에 담긴 가을의 모습을 보며 헤벌쭉해질 테니까.

이제 슬슬 일상으로 돌아올 때가 되었는데, 가을의 사진에 사로잡혀 있는 한은 그러기가 쉽지 않을 것 같았다.

일상으로 돌아오는 방법으로 선택된 것이 똘이의 발톱 깎아 주기였다. 집중에 집중을 더하는 고양이 발톱 깎는 일을 성공하고 나면, 조금쯤 가을의 생각에서 벗어날 수 있을 줄 알았다.

그런데 아니었다.

머릿속은 여전히 최가을로 가득 차 있었고, 몸은 여전히 방 안에 넣어 둔 가을의 사진을 향해 달려가고 싶어 했다.

때문에 강한은 두 번째 방법으로 똘이를 목욕시킬지 말지 고민하는 중이었고, 똘이는 똘이 대로 강한의 생각을 읽은 듯 불편한 심기를 드러내며 꼬리를 탁탁 내리치는 중이었다.

지영이 들어와서 청천벽력 같은 말을 내뱉은 건, 보다 못한 성희가 똘이를 위해 강한을 말리려고 일어났을 때였다.

탁—!

현관문을 열고 들어온 지영이 냉장고 문을 열며 누구에게랄 것도 없이 말했다.

"가을이한테 소개팅을 시켜 줬어."

지영의 말을 들었을 때 모두가 보인 반응은 제각각 달랐다.

강한은 얼어붙었고, 성희는 휙 돌아서서 지영을 노려봤고, 연진은 모자를 벗어 들며 물었다.

"가을이 누나가 소개팅을 한다고요?"

세 남자를 놀라게 하는 데 성공한 지영은, 의연하게 대답했다.

"응, 소개팅을 해."

"언제요?"

"지금 하고 있어. 난 둘만 남겨 두고 집에 오는 길."

"구미호."

성희가 낮은 목소리로 지영을 불렀다.

지영이 성희를 쳐다보자, 성희가 눈동자만 움직여 강한을 가리켰다.

'저놈은 어쩌고?'

'어쩌긴 뭘 어째? 대장이 뭐 할 생각이 없어 보이잖아.'

'그래도 그렇지.'

'몰라. 나는 가을이가 행복해졌으면 좋겠고, 저렇게 땅굴만 파는 놈을 믿을 수 없다고 판단했어.'

'물론 믿을 수는 없지만.'

'요 며칠 대장 행동을 생각해 봐. 가을이 사진에 중독될 만큼 빠져 있으면서, 행동으로는 하나도 안 옮기잖아. 저런 놈을 믿고 가을이를 맡길 수 있겠어?'

'없지.'

'그러니까.'

'그렇군.'

눈빛으로 많은 대화를 주고받은 후, 성희도 납득한 듯 원래 앉아 있던 소파에 앉았다.

"어떤 사람이에요?"

연진이 강한의 뒷모습을 흘끗 돌아보며 작은 목소리로 물었다.

강한은 여전히 얼어붙은 채 꼼짝도 않고 있었다.

"우리 오빠, 대학 동아리 후배."

"아, 그럼 학벌은 엄청 좋네요. 뭐 하는 사람인데요?"

"IT 쪽 창업해서 대표야. 집안도 좋은 편이고, 외모도 멀끔하니 괜찮아. 꽤 오래 알고 지냈는데, 여자 문제 한 번 일으킨 적 없고, 내 심기를 불편하게 만든 적도 없어."

"우와. 구미호 누나 심기를 불편하게 만들지 않는 건, 진짜 어려운 일인데. 대단한 사람인가 보네요."

"응, 좋은 애야. 그래서 가을이를 소개해 줘도 괜찮겠다 싶었고, 애초에 걔가 먼저 여자한테 관심을 보인 것도 처음이거든. 가을이가 꽤나 마음에 드는 모양이더라."

"가을이 누나는 어때 보였어요?"

"글쎄. 내가 먼저 일어나서 잘은 모르겠는데, 분명 마음에 들겠지."

마지막 말은 강한을 의식하고 한 말이었다.

'이것 봐, 대장. 그렇게 땅만 파고 있다가는 가을이를 놓칠 거라고.'

하지만 강한은 꼼짝도 하지 않았다.

"그럼 대장은 어쩌고요?"

언제나 거침이 없는 연진이, 날카로운 질문을 했다.

자신의 이야기가 나오자, 강한이 어깨를 움찔하며 뒤를 돌아봤다.

"여기서 내 얘기가 왜 나오는지 모르겠군."

"그거야 당연하죠. 대장은 허구한 날 가을이 누나 사진을 보면서 침을 질질 흘릴 정도로 가을이 누나한테 푹 빠져 있으니까."

"나는 침을 질질 흘린 적도 없고, 이건 어디까지나 가을 심부름센터의 마스코트를 아끼는 마음이지, 다른 건 없어. 최가을에게 좋은 남자가 생긴다면, 그건 축하할 일이지."

"진심이에요, 대장?"

"진심이야."

강한의 말에, 성희는 속으로 한숨을 삼켰다.

진심일 것이다.

강한은 자신이 가을을 행복하게 해 주지 못할 거라고 확신하고 있었고, 그 때문에 고백조차 하지 못하고 있는 거니까.

하지만 진심인 것과 행동은 달랐다.

저 말은 분명 진심이겠지만, 앞으로 이 문제로 주변 사람들을 얼마나 귀찮게 만들지, 안 봐도 뻔했다.

한숨이 절로 나올 수밖에 없는 일이었다.

"뭐, 진심이라니 잘됐네."

강한 때문에 귀찮은 일이 많아질 거라는 걸 알면서도, 지영은 흥흥 웃었다.

"내 친구는, 가을이를 아주 행복하게 해 줄 수 있을 거야. 정말로 괜찮은 남자니까."

                    *   *   *

가을은 집에 돌아오자마자 침대에 풀썩 드러누웠다.

지쳤다.

원래 친구들을 만난 후에 가을 심부름센터에 들를 생각이었지만, 그러기에는 시간이 너무 늦어버렸다.

재호와 차를 마시다 보니, 시간 가는 줄을 몰랐던 것이다.

　　―이제 슬슬 일어날까? 첫날부터 너무 오래 붙들고 있으면 점수
　가 까일 것 같은데.

재호가 싱긋 웃으며 그렇게 말했을 때에야, 시간이 많이 지났다는 것을 깨달았다.

재호는 대화를 부드럽게 이끌어 갈 줄 알았다. 그래서 가을은 저도 모르는 사이에, 친구들에게도 하지 못했던 많은 이야기를 하고 말았다.

'말이 너무 많았어, 나.'

재호는 부담스럽게 생각하지 말라고 했다.

　　―너도, 나도 아직은 젊잖아. 딱 잘라서 안 된다고 하지 말고,

가능성을 열어 두자고. 우선은 친구부터.

상쾌한 미소를 지으며 그렇게 말하는 재호의 제안을 거절하기는 어려웠다.

실제로 재호는 필요 이상으로 가을에게 호감을 드러내지 않았다.

여자 다루는 기술이 노련한 걸까, 아니면 원래 성격이 그런 걸까.

'아무래도 좋아.'

가을은 눈을 감았다.

'나는 사랑 같은 거 하지 않을 거니까. 아니, 하고는 있지만……그 사랑을 키워 가지는 않을 거야.'

찬란하게 물든 가을 산에서, 그보다 더 찬란한 감정을 깨달았다. 그러나 집에 돌아오자마자 그 찬란한 감정은 두려움으로 바뀌었다.

강한과 함께 있을 때는 괜찮았다. 이 감정이, 이 시간이 언제까지고 찬란할 거란 생각이 들었다.

그러나 강한과 헤어져 집에 돌아오면, 또다시 고독과 외로움이 덮쳐 왔다.

'애정 결핍도 아니고. 아니, 애정 결핍이 맞나?'

가을은 쓴웃음을 지었다.

애착 형성이 잘되지 않은 아이들은, 부모님과 떨어지면 세상이 사라진 듯 울어댄다. 부모님을 영원히 만나지 못할 거란 두려움 때문이다.

가을 또한 그러했다.

영원히 만나지 못하는 것을 경험했기에, 두려울 수밖에 없었다.

* * *

강한은 소파에 다리를 꼬고 앉아 눈을 감았다.

이마에서 예쁘게 떨어지는 오뚝한 콧날, 굳게 다문 입술과 조각
같은 턱선. 날씬한 허리와 긴 다리를 자랑하는 멋진 모습이지만, 봐
주는 이는 똘이뿐이었다.

지영이 가을에게 남자를 소개시켜 줬다는 말을 들은 후, 일주일
이 지났다.

가을은 여전히 심부름센터에 잘 나왔고, 태도에도 변함이 없었
다. 달라진 점이 있다면 간간이 누군가와 메시지를 주고받고 키득
거린다는 것이었다.

아마도 그 남자이리라.

신재호.

죽일 놈.

'아니, 죽일 놈은 아니지.'

차라리 죽일 놈이었다면 좋았을 텐데. 기분이 나쁠 정도로 좋은
놈이었다.

지영에게 그 말을 들은 이튿날, 곧바로 신재호라는 인물의 뒷조
사를 시작했다.

집안도 좋고, 학벌도 좋고, 능력도 있고, 외모도 멀끔했다. 키도

크고 꾸준히 수영을 해 와서 몸매도 좋았다.

'어깨가 태평양이야, 아주! 형님 정도 되겠어.'

따르는 여자는 많은 것 같지만, 여자 관계가 복잡하지는 않았다. 연애를 하면서 바람을 피운 적도 없고, 마음도 없는데 여자를 가지고 논 적도 없었다.

유흥업소를 드나들지도 않고, 술을 자주 마시지도 않는다.

일을 하고 수영을 하고 문화생활을 즐기고 책을 읽고 가끔 친구들과 어울리며 시간을 보냈다.

모든 여자들이 꿈꾸는, 완벽한 남자였다.

'진리성보다 낫지. 적어도 이놈은 어린 나이에 남의 집에 불을 지르진 않았을 테니.'

가을에게 좋은 사람이 생겼으면 했다.

가을이 사랑을 해서, 죽고 싶다는 생각을 관두게 되었으면 했다.

그렇다면 리성이나 형님보다, 재호라는 인물이 훨씬 나을지도 모르겠다.

하지만.

'기분이 안 좋아.'

가슴이 따끔, 따끔, 따끔.

메시지를 보며 웃는 가을을 볼 때마다, 재호와 마주 보고 있을 가을을 상상할 때마다, 집으로 돌아가는 가을의 뒷모습을 볼 때마다……

가슴이 아팠다.

'사랑이란 건 역시 아무짝에도 쓸모가 없는, 불필요한 감정 낭비야.'

감정 낭비다, 정말로.

계획도 없이 불쑥 찾아와 마음과 정신을 엉망으로 헝클어뜨리는, 소모적인 일.

"대장."

그때, 뒤에서 들려오는 목소리에, 강한은 반사적으로 벌떡 일어났다.

가을의 생각을 하다가 그녀의 음성을 실제로 들으니, 심장이 쿵쾅쿵쾅 뛰었다.

역시나 불필요한 감정 낭비.

그러나.

"혼자 있었어요? 점심 아직 안 먹었죠?"

발랄하게 말하며, 가을이 강한의 앞으로 걸어왔다.

가지런한 눈썹과 동그란 눈, 붉고 촉촉한 입술을 보니 기분이 좋아졌다.

반듯한 이마에 흘러내린 머리카락을, 강한은 조심스럽게 손을 뻗어 뒤로 넘겨 주었다.

볼이 발그레 물든 가을은 가슴이 저밀만큼 예뻤다.

사랑은 불필요하고 무계획적인 감정 낭비. 그러나 역시 사랑은.

'사람을 행복하게 해 주는군. 단지 이 얼굴을 본 것만으로도 내 세계가 반짝거리니까.'

　　　　*　　　*　　　*

　　함께 점심을 먹은 후, 똘이와 놀아 주던 가을은 식곤증이 왔는지 잠이 들었다.

　　마당 쪽의 커다란 창문 앞에서 몸을 웅크리고 잠든 가을의 옆에, 강한은 쭈그리고 앉았다.

　　가을의 얼굴 옆에는 똘이가 배를 보이는 괴상한 자세로 누워서 자고 있었다.

　　"똥냥이, 너 참 못났다. 그리고."

　　강한은 가을에게도 한소리 해 주려고 그녀의 얼굴을 향해 시선을 옮겼다.

　　"넌 참 귀엽구나."

　　거짓으로도 못났다는 말은 나오지 않을 만큼, 가을이 자는 모습은 사랑스러웠다.

　　가을이 잠든 모습을 본 건 오랜만인데, 저번에 봤을 때보다는 편한 표정으로 자는 것 같아서 안심했다.

　　그녀의 머리를 쓰다듬어 주고 싶은 마음을 간신히 억눌렀다.

　　아무것도 하지 않고, 그녀의 자는 얼굴을 지켜볼 뿐인데도 지루하지 않았다.

　　아니, 차라리 이대로 시간이 멈췄으면 좋겠다는 생각이 들었다. 그녀의 얼굴을 마음껏 볼 수 있도록.

　　그런 생각을 하고 있을 때, 딩동, 하고 초인종이 울렸다.

　　가을이 "우웅." 하며 몸을 뒤척였다.

강한은 가을이 깨지 않도록 조용히 움직여 인터폰을 들었다.

"네, 뭐든 해 드리는 가을 심부름센터입니다."

[저기, 저…… 의뢰를 하고 싶은 게 있어서 왔는데…….]

인터폰 너머에서 들려오는 목소리는 여성의 것이었다.

심부름센터를 직접 찾아오는 사람들의 목소리는 대부분 힘이 없었는데, 지금의 손님 또한 그랬다.

"아, 그러시군요. 문을 열어 드리겠습니다. 오시는 길에 양탄자를 깔아 드리지는 못했지만, 질 좋은 자갈이 깔려 있으니 편안히 걸어 들어오시면 됩니다."

[네? 아, 네에.]

강한의 과한 친절에 상대는 당황한 듯했다.

삐—

문을 열어 주고 나서 인터폰을 끊고, 강한은 뒤를 돌아봤다.

가을은 여전히 깨지 않고 있었다.

'요새 일이 바쁜가?'

많이 피곤한 모양이다.

잘 자고 있는 가을을 깨우고 싶진 않기에, 강한은 서둘러 방에 들어가 이불을 가지고 나왔다.

도톰한 이불을 가을의 위에 덮어 줬다. 이 예쁜 자는 얼굴, 아무한테나 보여 줄 수 없으니 얼굴까지 덮어 버렸다.

그러는데도 가을은 깨지 않았다.

가을이 안에 있어서 두툼해진 이불 끝으로, 가을의 머리카락 조금과 똘이의 꼬리가 나와 있었다.

그 모습이 어째서인지 아련하고 평화롭게 느껴져, 강한은 고객이고 뭐고 이 순간을 방해받고 싶지 않다는 생각을 했다.

대문에서 현관문까지는 오래 걸리지 않는데, 꽤 오랜 시간이 지났는데도 고객이 들어오지 않았다.

어쩌면 그대로 돌아갔는지도 모르겠다.

심부름센터에 찾아오는 이들이 들어오지 않고 발길을 돌리는 건 드문 일이 아니었다.

마음을 다잡고 오더라도, 막상 문을 열어 주면 그 안으로 발을 들이기 힘들어지는 것이리라. 낯선 타인에게 혼자서 해결하지 못할 일을 해결해 달라고 부탁하는 건 쉬운 일이 아니다.

안 오려나 보다, 라고 생각하며 가을에게 덮어 놓은 이불을 다시 걷으려는데, 똑똑, 현관문을 노크하는 소리가 작게 들려왔다.

강한은 현관문으로 걸어가 문을 열어 주며, 최대한 친절한 목소리로 말했다.

"어서 오세요, 가을 심부름센터입니다. 돈 떼먹은 놈 찾아가 돈 받아 주기, 바람핀 내 남자의 증거 모아 주기, 직장에서 괴롭히는 놈의 약점 알아내기. 뭐든 원하는 것이 있으면 어려워하지 말고 말씀해 주세요."

손님은 빼빼 마르고 눈이 큰, 젊은 여자였다. 살짝 찌푸린 얼굴이 신경질적으로 보이고, 성격이 예민할 것 같았다.

여자는 놀란 표정으로 강한을 올려다보다가 아랫입술을 살짝 깨물었다.

"저, 그런 일 때문에 온 건 아닌데……."

"아, 그러시군요. 어서 들어오세요. 이야기를 들어 보겠습니다."

성미는 강한의 뒤를 따라 안으로 들어가며, 가을 심부름센터 안을 둘러봤다.

어디선가 얻게 된 심부름센터 명함을 잘 간직하고 있었던 건 아니었다. 결혼을 위해 옷 정리를 하다 보니, 주머니에 들어 있던 걸 발견하게 된 것이다.

검은 종이에 황금색 글자를 박아 넣은 명함.

앞면에는 심부름센터 이름과 전화번호가 적혀 있고, 뒷면에는 약도와 '친절한 상담을 약속드립니다.'라는 문구가 적혀 있었다.

그걸 보는 순간, '혹시나.'라는 생각이 들었다.

'어쩌면 괜찮지 않을까?'

곧 남편이 될 사람에게도 말하지 못한, 의논할 수 없는 일이 있었다.

명함을 발견한 후 일주일 넘게 고민을 하다가, 결혼식을 일주일 앞둔 오늘, 더는 답이 없다는 걸 깨닫고 찾아오게 되었다.

용기를 내서 찾아온 가을 심부름센터는 상상과는 조금 달랐다.

오피스텔 건물일 줄 알았는데 주택가에 있었고, 실제로 2층 주택이기도 했다.

마당까지 있는 가정집 분위기가 오히려 친구 집에 방문한 듯 마음을 편안하게 해 주었는데, 그걸 노리고 이런 가정집을 사무실로 쓰는 것일지도 모르겠다.

넓은 거실에는 마당으로 향해 있는 커다란 창문이 있었다.

그리고 그 창문 앞에 이불이 있었다.

사람을 덮어 놓은 듯 이불 밖으로 머리카락이 비쭉 나와 있고, 고양이 꼬리도 보였다.

성미의 시선이 거기로 향해 있는 걸 봤는지, 남자가 말했다.

"우리 심부름센터 마스코트인데, 요새 많이 피곤한 모양입니다. 고객님 모실 때는 일어나서 예의 바르게 맞이해야 마땅하지만, 오늘은 제가 혼자 편안하게 서비스를 해 드릴 테니 이해해 주세요."

남자의 과할 정도로 상냥한 말 때문에 심부름센터라기보다는 호스트바에 온 것 같은 기분이 들었다.

'마스코트라는 건, 저 고양이를 말하는 건가? 그럼 저 사람은 뭐지?'

딱히 여러 명의 서비스를 받고 싶은 생각은 없었기에, 성미는 남자가 가리키는 곳에 가서 앉았다.

남자는 맞은편 소파의 한가운데에 앉아, 뭐가 불만족스러운지 양옆을 돌아보다가, 못 견디겠다는 듯 일어나더니 방에 들어가 쿠션 두 개를 가지고 왔다.

"양쪽에서 보좌해 주는 게 없으면 안정이 안 돼서요."

남자는 쿠션을 양쪽에 하나씩 놔두며 말했다.

농담인가 싶었는데, 남자의 얼굴에는 웃음기가 없었다.

웃음기는커녕, 다정하게 말하면서도 표정은 잔뜩 찡그리고 있어서, 화가 난 게 아닌가 걱정이 될 정도였다.

'그냥 돌아갈까?'

남자의 화난 표정을 보니 돌아가고 싶어졌다.

역시 이런 일은 부끄러워서 남에게는 말할 수 없다.

모르는 사람이기는 하지만, 언제 어떻게 만나게 될지도 모르는데.

하지만 화난 표정의 남자에게 '그냥 돌아갈게요.'라는 말을 하기도 어려웠다.

돌아간다고 하면 버럭 소리를 지르지 않을까?

"고객님, 어쩐 일로 찾아오셨나요?"

이쪽의 생각을 아는지 모르는지, 남자가 상냥하게 물었다.

"아, 저는……."

뭐든 말해야 하는데. 답답하게 군다고 화내면 어쩌지?

입술만 달싹이는 성미에게, 남자가 말했다.

"고객님, 저희는 큰 문제가 없다면 무슨 일이든 해 드리고 있습니다. 하지만 찾아오신 게 후회되신다면, 언제든 돌아가서도 괜찮습니다. 어렵게 생각하지 마세요."

언제든 돌아가도 괜찮습니다.

그 말이 오히려 성미를 안도하게 해 주었다.

성미는 고개를 푹 숙이고 말했다.

"결혼식 하객이 필요해요."

* * *

'어쩌지?'

손님이 들어올 때부터, 가을은 깨어 있었다.

이불을 왜 덮어 놓은 건지는 알 수 없지만, 분명 이유가 있을 거라고 생각해서 꼼짝도 하지 않고 있었다.

어쩌면 가을의 얼굴을 보이고 싶지 않은, 심부름센터가 아닌 강한의 개인적인 손님일지도 모른다고 생각했기 때문이다.

하지만 강한의 말을 들어보니 '고객님'이 확실한 것 같았고, 이불을 덮어 놓은 이유가 가을을 깨우고 싶지 않아서인 것 같았다.

슬슬 일어나도 괜찮겠다고 생각했지만, 도통 일어날 타이밍을 잡을 수가 없었다.

그렇게 상담이 시작됐다.

"결혼식 하객 말씀이십니까?"

"네, 그런 일도 하나요? 좀 많이 필요한데."

"물론 합니다. 고객님의 취향에 맞춰 하객을 마련할 수 있습니다."

'정말?'

가을은 속으로 생각했다.

'어떻게 마련할 수 있는 거지? 직원이라고는 다섯 명뿐인데.'

"제 취향에 맞춘다고요?"

"그럼요. 원하시는 취향이 있을 겁니다. 술 마시면 개가 되는 손놈들."

'그런 걸 원할 리가 없잖아!'

"언제나 유쾌한 친구들. 돈 많은 갑부 친구들. 쭉쭉 빵빵 모델 같은 외모 월등한 친구들. 결혼식 사진이 본인만 예뻤으면 하니까 못생긴 친구들. 남자만, 혹은 여자만. 성별까지도 원하는 대로 말씀해 주시면 됩니다."

'저런 사람들을 어디서 어떻게 구하려는 거지?'

가을은 의아했다.

하지만 강한이라면 할 수 있을 거란 생각이 들었다. 거짓말은 하지 않는 사람이니까.

"아, 저는…… 글쎄요. 취향까지는 생각 안 해 봤는데……."

고객의 목소리가 들려왔다.

'그러고 보니, 이 목소리…… 어디서 많이 들어 봤는데.'

불쾌한 음성이었다.

아니, 딱히 불쾌할 부분은 없었지만, 그 목소리가 들려올 때마다 기분이 나빠졌다.

"이왕이면…… 잘생긴 친구들이었으면 좋겠어요."

"잘생긴 친구들. 그렇다면 남성분들을 원하시는군요."

"아, 그런데 남자만 너무 많으면 좀 그러니까…… 여자도 몇 명 포함했으면 좋겠어요. 여자는 너무…… 어, 너무 예쁘지는 않은 사람들로."

"여자는 일반인으로. 나이는요?"

"저랑 비슷한 정도로요."

"몇 명이나 필요하십니까?"

"많이는 말고, 40명 정도."

"40명 중 여자는 10명. 나머지 30명은 외모 출중한 남자들. 맞습니까?"

"네, 맞아요."

처음에는 주눅 들어 있던 고객의 목소리가, 잘생긴 남자들로 채워진 결혼식장을 떠올리는 듯 점점 밝아지기 시작했다.

그리고 가을은 깨달았다.

저 목소리의 주인공이 누구인지.

그것을 깨닫는 순간, 아직 나가면 안 돼, 따위의 생각을 할 여유가 사라졌다.

가을은 벌떡 일어났고, 강한의 맞은편에 앉아 있는 여자와 눈이 마주쳤다.

그녀는 이불 속에 있던 가을이 갑자기 벌떡 일어나 놀란 듯했는데, 가을의 얼굴을 보는 순간 그 놀람이 경악으로 바뀌었다.

"최성미……."

가을의 입술 사이로, 그녀의 이름이 흘러나오는 순간.

성미는 벌떡 일어나 잡을 새도 없이 집을 뛰쳐나갔다.

'말도 안 돼, 말도 안 돼, 말도 안 돼!'

그런 곳에 가을이 있을 줄은 꿈에도 몰랐다.

'말도 안 돼. 걔가 왜 거기에? 대체 왜?'

이 모든 일의 원흉.

성미가 결혼식에 와 줄 친구를 돈 주고 사야만 하게 만든, 모든 일의 원흉.

'아니, 원흉은 나지.'

가을의 탓이 아니라는 건 알고 있었다.

시간이 흐르면서, 성미도 자신이 한 짓이 얼마나 끔찍한 짓이었는지 깨닫게 되었다.

하지만 깨달았을 때는 너무 늦어서, 성미의 주위에는 아무도 남아 있지 않았다.

그런 일 때문에 성미는 남의 눈치를 보는 성격이 되었고, 그래서 더 친구를 사귀기가 힘들어졌다. 남의 눈치를 보고 주눅 들어 있는 사람과 우정을 나누고 싶어 하는 사람은 없었다.

가을에게 사과를 하기에는 너무 늦어 버렸다는 것 또한 알고 있었다.

가을은 그때 집을 나간 후, 친척들과 전부 연을 끊었다.

어디에서도 가을의 소식을 들을 수 없었고, 사실 가을의 거취를 걱정하는 친척들도 없었다.

'사실은 나도.'

성미도 그랬다.

가을을 따돌리고 괴롭힌 것이 잘못된 일이라는 것은 알지만, 가을이 어떻게 사는지까지 궁금하진 않았다.

때때로 고등학교 때 친구들을 마주칠 때마다 생각나는 것 빼고는, 가을은 성미에게 있어서 그저 싫은 추억의 일부일 뿐이었다.

그런 가을이 실체를 가지고, 저 심부름센터에 있었다.

그리고.

"성미야."

뒤를 따라온다.

과거가 어두운 아가리를 벌리고 덮쳐 오는 것만 같아 숨이 턱 막혔다.

"따라오지 마!"

버럭 외쳤다.

"왜! 왜 따라오는 거야?"

성미는 가을과 대화를 하고 싶은 생각은 없었다.

그러나 숨이 턱까지 차올라 더 달리는 건 무리였다.

성미는 멈춰 서 휙 돌아섰다.

가을은 한발 늦게 멈추는 바람에, 성미와 가까운 곳에 서게 되었다.

성미는 숨을 헐떡거리며 가을을 노려봤다.

가을을 못 본 지 7년쯤 되었을까.

가을은 그때와 분위기가 달라졌다.

성미의 집에서 살 당시에 가을의 주위는 잿빛 어둠에 잠겨 있었다. 자칫 잘못하면 그 어둠이 전염될 것만 같았다.

그런데 지금 가을은 그때와 완전히 다른 사람 같다.

잿빛 어둠 따위는 존재한 적도 없다는 듯, 그녀는 생생한 봄빛을 머금고 있었다.

'너는 행복하구나. 나는 불행한데. 나는 너 때문에…… 친구도 없이 지내왔는데.'

가을의 탓이 아니라는 걸 알지만, 자꾸만 그런 생각이 드는 걸 막기 힘들었다.

초라해진 자신과 다르게, 가을은 훨씬 더 예뻐지고 빛나 보였다.

질투가 가슴을 까맣게 물들였다.

"나한테 뭐 할 말 있어? 날 비웃으러 왔어? 네 덕에 친구도 없어서 하객 아르바이트가 구하는 내가 우스워서? 어디를 가도 다들 나를 비난하는 것 같아서, 고개를 들지도 못하고 다니는 내가 웃겨? 결혼까지는 생각하지도 않는다는 남자, 혼전 임신으로 결혼하게 된 게 재미있어? 그래서 날 손가락질하러 온 거야?"

질투와 모멸감과 창피함에, 하지 않아도 될 말을 쏟아 냈다.

가을은 가만히 서서 성미를 응시하고 있었다.

"왜? 왜 그렇게 보는데? 행복한 너랑 다르게 불행해진 나를 보니까, 역시 세상에는 인과응보가 있구나 싶어서 고소하니? 즐겁니? 그래, 인과응보는 있나 봐. 덕분에 아주 거지 같이 살고 있거든. 대학에서 소문나는 바람에 친구 한 명 못 사귀고, 누구 좀 만날까 싶으면 또 다른 누군가가 그 얘기를 끄집어내서 망치고. SNS는 하지도 못해. 혹시라도 고등학교 때 애들이 찾아와서 댓글 달까 봐."

"……"

"나는 그때의 일이 매일 따라다녀서, 숨을 죽이고 살고 있어. 요새 왕따 가해자들, 신상 공개하고 그러잖아. 나도 그렇게 될까 봐, 남들 다 하는 SNS도 못 하고, 그렇게 살고 있어. 그런 날 보니까, 고소하고 좋으니?"

"그럴 줄 알았는데."

성미가 한참을 쏟아 내도록 말이 없던 가을이 입을 벌렸다.

가을의 입술 사이로 흘러나온 목소리는 평범하고 담담했다.

"다시 보게 되면 참 미울 줄 알았는데."

가을의 얼굴에 옅은 미소가 떠올랐다.

한 번도 본 적 없는, 다정하고 부드러운 미소였다.

"그렇지도 않네."

그 다정한 미소는, 성미가 졸업한 이후 누구에게서도 받아 보지 못했기에……

성미는 저도 모르게 쭈그리고 앉아, 와앙하고 울음을 터뜨리고 말았다.

*　　*　　*

"대장? 양쪽에 쿠션 끼고 앉아서 뭐해요? 외로워요? 옆구리 시려 서 그러세요?"

손을 호호 불며 들어오던 연진이 강한을 보고 의아한 듯 물었다.

양쪽에 쿠션까지 앉혀 두고 고객님을 상대하고 있었는데, 가을 의 방해로 혼자 남겨진 강한은 여전히 그 자세 그대로 앉아 있던 중 이었다.

"고객님이 왔었는데, 최가을이 쫓아냈어."

"헐. 진짜요? 가을이 누나는 어디 있는데요? 설마 대장, 고객님 쫓아냈다고 가을이 누나까지 쫓아낸 건 아니죠? 밖에 많이 추워 요."

"아, 그러게. 춥지."

강한은 가을이 외투도 걸치지 않고 나갔다는 걸 떠올렸다.

마음 같아서는 당장 코트를 들고 그녀의 뒤를 따라가고 싶었다. 하지만 참았다.

최성미.

그 이름을, 강한은 알고 있었다.

"하객 알바를 구하는 고객님이 왔었어."

"아니, 밖에 춥다니까요. 고객님 타령하기 전에 얼른 가을이 누나 따라가 봐요. 안 그러면 가을이 누나, 구미호 누나가 소개해 준 남자한테 가 버릴지도 몰라요."

"고객 이름이 최성미야."

"고객 타령 좀……."

"최가을이 고등학교 때 의탁했던 큰아버지의 딸이지."

가을이 어릴 때 어떻게 살았는지 대충 짐작하고 있던 연진은 잔소리를 멈추고 소파로 다가갔다.

"대장, 가을이 누나 사촌들 이름까지 섭렵했어요? 그거 스토킹이에요. 다른 데 가서는 말하지 마요. 잡혀갈라."

"캡, 넌 좀! 지금 그게 문제야?"

분위기를 망친 연진을, 강한이 노려봤다.

연진은 강한의 이글이글 타는 눈빛을 받으며 진지하게 말했다.

"대장, 스토킹은 큰 문제고, 범죄예요. 대장이, 그래요. 가을이 누나 사랑하는 거 알아요. 잘 아는데요. 아무리 사랑을 해도 그렇지, 스토킹이라니."

거기서 연진은 고개를 절레절레 저어, 얼마나 통탄스러운지를 강력하게 전했다.

"대장, 가을이 누나가 순둥이라 다행이긴 한데. 그런 거 다른 사람한테는 하지 마요. 신고당해요, 진짜로. 설마…… 제 사촌들 이름까지 알고 계신 건 아니죠?"

"왜 아니겠냐? 네가 초등학교 2학년 때까지 오줌 싸서, 키 쓰고 소금 얻어왔다는 것까지 알고 있다. 네 전용 이불이 따로 있었다 며? 하도 오줌을 싸대서."

"아, 대장!"

부끄러운 과거를 들킨 연진이 얼굴을 붉혔다.

"캡이 아니라 오줌싸개로 별명을 바꿔야 할 것 같은데. 이따 다 들 모이면, 네 별명을 바꾸는 주제에 대해 논의를 해 봐야겠다. 회 의 명, 과연 오줌싸개에게 캡이라는 별명이 마땅한가!"

"아씨! 알겠어요. 말해 봐요. 가을이 누나 사촌이 가을이 누나한 테 뭘 어쨌는데요?"

"내 마음 풀어 주려고 하지 마. 내 옹졸하고 소심한 마음은 이미 갈기갈기 찢겼으니까. 오늘 저녁 회의 주제는 결정됐어."

"아, 우리가 언제 회의 같은 걸 했다고 그래요? 항상 대장 멋대로 정했잖아요."

"그래? 그럼 이제부터 넌 오줌……."

"오줌 타령 좀 그만해요! 에이씨!"

연진이 버럭 성질을 내고 방으로 들어가 버렸다.

거실이 조용해지자, 강한은 다리를 꼬고 생각에 잠겼다.

강한은 가을이 성미의 뒤를 따라 나가려 할 때, 저도 모르게 뻗었 던 손을 멈췄었다.

가을이 적극적으로 그녀의 과거를 마주하려는 걸 막을 권리는 없다고 생각했기 때문이었다.

어쩌면 그녀가 숨지 않고 당당하게 과거를 마주하려고 하는 건 좋은 증상일지도 몰랐다.

'문제는.'

성미가 어떻게 나오느냐에 달려 있었다.

사람은 언제나 선하지 않고, 본성은 쉽게 바뀌지 않는다.

성미의 태도가 가을의 예상과 다르게 흘러간다면.

'상처받겠지.'

그리고 그 상처는.

'호흡 곤란이 일어나면 어쩌지?'

거기까지 생각이 미친 강한은 벌떡 일어났다.

최근에 가을이 호흡 곤란 증세를 보인 적이 없어서 잊고 있었다.

그녀가 언제나 죽고 싶어 했다는 걸.

* * *

성미는 가을과 커피숍에 마주 보고 앉아 있는 이 현실을 믿기가 힘들었다.

가을과 다시 만나 얼굴을 보는 일은 두 번 다시 없을 줄 알았기 때문이었다.

폭발했던 감정을 가라앉히고 다시 보아도, 가을은 참으로 행복해 보였다.

'다행이다.'라는 생각보다는 '자기만 행복한가 보네. 나는 이렇게 만들어 놓고.'라는 생각이 먼저 들었다.

'아니, 이런 생각하면 안 돼. 결국 그렇게 된 건 내 잘못이었잖아. 또 못된 생각은 하지 말자.'

성미는 불쑥불쑥 고개를 쳐드는 질투심을 간신히 가라앉혔다.

"이제 좀 괜찮아졌어?"

가을이 물었다.

"응. 너는 속도 좋다. 날 따라 나올 줄은 몰랐는데."

"나도 모르게."

"그래."

숨 막히는 침묵이 흘렀다.

같이 살 때도 단둘이 대화를 해 본 적은 없었다. 무슨 말을 해야 좋을지, 가을도, 성미도 알 수 없었다.

"결혼한다면서? 축하해."

간신히 할 말을 생각해 낸 가을이 말했다.

성미가 인상을 찌푸렸다.

"그렇게까지 축하할 일 아니야. 아니, 됐어. 축하 고마워."

사실은 축하받을 일이 아니었다.

속사정을 털어놓을 만한 친한 친구가 없어서 아무에게도 말하지 못한 채, 성미의 속은 새까맣게 타들어 가고 있었다.

상대 남자는 회사의 선배였는데 그쪽에서 먼저 성미에게 호감을 보였고, 성미는 그것을 진심으로 믿고 받아들였다.

결혼하자, 네가 제일 예뻐, 라고 해 주는 그 달콤한 말들을 전부 믿었다.

하지만 아니었다.

성미의 마음이 깊어졌을 때, 그는 차가워지기 시작했다.

그가 회사의 다른 여직원과 단둘이 술을 마셨다는 이야기를 들었을 때에야, 그는 그저 항상 새로운 여자에게 호감을 보이고, 몸을 주면 마음이 뜨는 그런 남자라는 걸 알게 되었다.

하지만 성미는 남자에게 관심을 받아 본 적이 거의 없었기 때문에, 그 사실을 인정하고 싶지 않았다.

다른 여자를 만나도 괜찮다, 나와 헤어지지만 말아 달라, 그렇게 말하며 그를 붙잡았다.

그러다 임신을 하게 되었다.

그는 지우자고 했지만, 성미는 그럴 수 없다고, 회사에 다 알릴 거라고 협박했다.

그렇게 하게 된 결혼이었다.

남자 쪽은 꽤나 잘 사는 집이었는데, 성미를 마음에 들어 하지 않았다.

알고 보니, 남자에게 좋은 집안에서 선 자리가 많이 들어오는 듯했고, 남자 또한 그 선 자리에 전부 나가고 있었던 모양이었다. 성미와 만나고 있을 때에도.

인생에서 가장 행복해야 할 때에, 성미는 가장 불행했다.

그는 결혼 준비에 전혀 관심이 없어서 성미가 의논을 하려고 해도 못 들은 체했다. 성미 혼자 전부 준비를 해야만 하는 상황이었다.

그런 많은 이야기들을, 어느 누구에게도 할 수 없었다. 심지어 가족들에게조차.

매일, 매일 심장이 새까맣게 타들어 갔다가 그가 가끔 보여 주는 미소에 재생되고, 또다시 타들어 가기를 반복했다.

하루하루가 지옥 같았다.

이런 이야기, 누구와도 할 수 있다면 좋을 텐데. 누군가의 위로를 받으며 펑펑 울기라도 할 수 있다면 좋을 텐데.

성미는 허벅지 위에 올려 둔 손을 꽉 쥐었다.

'얘는 들어주겠지. 위로도 해 줄 거고.'

왜인지 그런 생각이 들었다.

가을이라면 다 들어줄 거라는, 성미가 종일 울어도 옆에 있어 줄 거라는, 그런 터무니없는 생각.

'그러고 보니.'

예전에 딱 한 번, 가을에게 이런저런 이야기들을 했던 적이 있었다.

고등학교 2학년 때였나.

그때, 가을과 성미 둘만 집에 있었고, 성미는 전날 밤에 성적 문제로 부모님께 호되게 혼이 나서 속이 상해 있었다.

거실에서 혼자 투덜거리다가, 방에 조용히 틀어박혀 있는 가을의 방문을 벌컥 열고 들어갔다.

침대에 앉아 책을 읽던 가을은 놀란 눈으로 성미를 돌아봤고, 성미는 다짜고짜 이야기를 시작했다.

부모님이 싫다, 성적 때문에 그렇게까지 혼낼 일이냐, 살기 싫다, 최악이다, 그런 이야기였다.

'그때, 가을이는 조용히 들어줬지. 부모도 없는 애한테, 못할 말을 했어.'

그때는 그런 자각이 없었다.

—짜증 나, 진짜 집 나가고 싶어!

그렇게 말했을 때, 가을은 처음으로 입을 열었다.

—저번에 큰어머니가 친구분들한테 네 자랑을 하는 걸 들었어.
아주 야무지고 똑똑한 딸이라고. 네가 집 나가면 큰어머니, 큰아버지는 매일매일 후회하면서 우실 거야.

그 말로 완전히 괜찮아진 건 아니지만, 부글부글 끓던 속은 가라앉았던 일이 떠올랐다.

가을은 그런 애였다.

성미는 상념을 멈추고, 그때로부터 8년이라는 세월을 더 살아온 가을을 살펴봤다.

가을은 걱정스러운 표정으로 성미를 응시하고 있었고, 그녀의 눈에 담긴 진심 어린 걱정에, 성미는 또다시 울음을 터뜨릴 뻔했다.

"넌 어때? 결혼은 했어?"

성미는 울음을 삼키고 물었다.

"아니, 아직."

"그래. 그래도 잘 사는 것 같아 보이니 다행이네."

"응, 고마워."

"아까 그 심부름센터는 뭐야? 그런 데서 일해?"

"부업 같은 거야. 본업은 포토그래퍼."

"포토그래퍼? 사진 찍어? 어떤 사진?"

"연예인들 사진을 주로 찍어. 화보 사진 같은 거."

"진짜? 그럼 너, 연예인들 많이 알고 그래?"

"개인적으로 아는 건 아니고, 그냥 일적으로만."

"아, 진짜?"

가을이 그런 일을 하고 있을 줄은 몰랐다.

화려한 세계에서 일하고 있다는 말을 들으니, 또다시 속이 뒤집혔다.

'아냐, 이러면 안 돼. 가을이는 혼자서 열심히 살았을 거야.'

성미는 그렇게 질투를 억눌렀다.

"그런 일 하면 돈 잘 벌 텐데, 심부름센터는 왜 하는 거야? 진짜 깜짝 놀랐네."

"아, 그건 그냥. 이런저런 이유가 있었어."

"그 사람, 나랑 상담해 준 사람."

"응, 우리 대장."

그의 이야기가 나오자, 가을의 입가에 빙그레 미소가 떠올랐다.

꼴 보기 싫었다.

"그 사람, 좀 무섭던데. 성격 좀 있을 것 같더라."

"음. 표정만 보면 그럴 수도 있긴 한데, 사실 되게 다정해."

"다정하다고? 그 사람이?"

"응. 잘 챙겨 줘. 맛있는 것도 사 주고, 카메라도 사 주고. 그리고 다른 직원들도 다들 성격이 좋아서 많이들 챙겨 주고 그래."

"아……."

또다.

또 속이 부글부글 끓었다.

사람들에게 외면당하고 무시당하며 살아온 성미와 다르게, 가을은 확실하게 사랑을 받고 있었다.

화려한 연예계에서, 잘생기고 예쁜 연예인들과 일할 뿐 아니라, 부업으로 일하는 곳에서조차 즐겁게 지내고 있었다.

나는 이렇게 사는데.

나는 누구에게도 사랑받지 못하는데.

나는 친구 하나 없는데.

축복받지 못할 결혼식에 부를 사람조차 없는데.

너 때문에.

너 때문에!

"넌 진짜 속도 좋다."

"응?"

"아니, 진짜 대단한 것 같아서."

"뭐가?"

가을이 고개를 갸우뚱했다.

그 모습이 귀여워서, 더 화가 났다.

"나 같으면 나 때문에 우리 부모님 돌아가시면, 난 진짜 평생 죄책감 느끼면서 살 것 같거든. 숨 쉬는 것도 죄송스러울 것 같은데,

넌 다 잊고 되게 잘 지내는 것 같아서."

성미가 내뱉은 독설에 가을의 눈이 커졌다.

상냥했던 눈동자가 일렁, 흔들리는 것이 보였다.

"아니, 우리 부모님이 돌아가신 건 나 때문이 아니라……."

"뭐, 옆집 애가 불낸 거? 그건 실수지. 그런데 너네 부모님, 꼭 그것 때문에 돌아가신 건 아니잖아."

"어?"

가을의 얼굴에서 보기 싫었던 행복감이 사라졌다.

성미는 조금씩 유쾌해지기 시작했다.

그래, 최가을은 역시 이런 표정이 어울려.

"너, 아직도 몰라? 너네 아빠랑 엄마 돌아가신 이유."

"그건 불이 났고…… 아빠는 날 구하다가…… 하지만 나는 아빠가 날 원망하지 않을 거라고 생각해. 왜냐하면 나는 아빠가 구해 준 고귀한 생명이고……."

울 것 같은 표정으로 더듬더듬 말하는 가을을 보니, 기분이 한결 좋아졌다.

"말도 안 돼. 너, 아직도 모르는구나. 그래, 다들 쉬쉬했으니까 넌 모르고 마음 편히 살았겠지. 그러고 보면 우리들도 참 착해. 네가 상처받을까 봐 다들 말 안 한 거잖아."

"뭐…… 뭘 말 안 했는데?"

"불났을 때 진짜 정황 말이야."

"진짜 정황이라니……?"

"있잖아. 네가 네 방에 있지 않았대. 불이 난 걸 알고 연기를 피해서 안쪽으로 숨었다더라. 너네 아빠랑 엄마는 널 찾으려고 집 안을 돌아다니다가, 나올 시기를 놓친 거고. 너네 엄마 먼저 쓰러지고, 너네 아빠가 간신히 널 찾아내서 내보낸 다음에 너네 엄마랑 동생 찾으러 다시 들어간 거래. 그리고 못 빠져나오고 돌아가신 거지."

사람이 이런 표정도 지을 수 있구나, 하고 감탄할 만큼 가을의 표정은 말이 아니었다.

행복감은 깨끗이 사라지고 얼어붙은 그녀의 얼굴을 보자, 실로 오랜만에 승리감이 가슴을 채웠다.

"거짓말하지 마."

가을이 간신히 입술을 움직였다.

그녀의 음성은 조금 전과 다르게 완전히 죽어 가고 있었다.

"그런 거 아니잖아."

"그런 거 아니긴. 너, 친척들이 왜 너한테 유독 모질게 굴었다고 생각해?"

"⋯⋯."

"친척들한테 네 엄마, 아빠는 형제자매였어. 자기 친형제가 너 하나 때문에 죽었으니까, 곱게 보일 리가 없지. 너만 아니었어도 전부 살았을 텐데, 너 때문에 다 죽은 거잖아. 원망스럽기도 하고, 가족들 목숨으로 살아남은 불길한 애라는 생각이 들어서 다들 너한테 그렇게 대한 거야. 나도 부모님한테 그런 얘기를 들어서, 너한테 좋은 마음이 안 생겼던 거고. 그게 아니면 미쳤다고 부모 잃은 안쓰러운 애한테 그렇게 못되게 굴었겠어?"

가을은 이제 대꾸하지도 못했다.

숨도 쉬지 못하는 듯 미동조차 하지 않는 가을의 모습을 보니, 성미는 속이 시원했다.

그래, 이래야지.

나는 이렇게 됐는데, 너 혼자만 행복하면 안 되지.

날 이렇게 만들어 놓고, 너 혼자만 그 모든 걸 누리면 안 되지.

가족을 죽인 죄인인 주제에.

평생 그 죄를 짊어지고 살아야 주제에.

고교 시절 가을을 괴롭힌 근간이 다시금 성미의 가슴에 자리 잡았고, 성미는 가을의 고통스러운 표정을 보자 죄인에게 벌을 주었다는 생각에 흡족해졌다.

가을에게는 사실 그동안 풀리지 않는 의문이 하나 있었다.

어째서 나를 구할 시간이 있었는데도, 엄마와 동생은 무사하지 못했던 걸까?

아빠가 나를 구하는 동안, 엄마와 동생은 빠져나갈 수 있지 않았을까?

성미가 그 답을 주었다.

처음에는 성미가 거짓말을 하는 거라고 생각했다. 예전처럼 가을을 괴롭히기 위해, 없는 소리를 지어내는 거라고 여겼다.

하지만 들을수록 점점 성미의 말이 진실이라는 것을 알게 되었다.

몇 안 되는 친척들이기는 하지만, 그들은 모두 가을에게 유독 모질었다. 꼭 괴롭히지는 않더라도, 가을이 언제 터질지 모르는 폭탄이라도 되는 것처럼 대했다.

내 친척들은 전부 모질다. 원래 그런 사람들이다.

그렇게만 생각해 왔는데, 이제야 그 이유를 알게 되었다.

원래 그런 사람들이 아니라, 그럴 수밖에 없었던 것이다. 가을 때문에 모두가 죽었으니까.

숨이 막혔다.

폐가 기능을 잃었다.

"아무튼 난 그만 가 볼게. 다시는 볼 일 없었으면 좋겠다."

성미가 떠나는 것도 깨닫지 못했다.

가을은 자신이 숨을 쉬지 못하고 있다는 것조차 알지 못했다.

가을은 그저 망가진 로봇처럼, 미동도 하지 못하고 가만히 성미가 앉아 있던 곳을 응시하고 있었다.

아, 그런 거구나. 그랬던 거였구나. 그래서 그들이. 그래서 부모님이. 그래서 내 동생이.

아아, 그렇구나.

숨을 못 쉬는데도 고통스럽지 않았다.

아픈 건 가슴이었다.

가슴이 너무 아파서 다른 통증은 느껴지지도 않았다.

큰 충격이 뇌를 흔들어놔, 가을은 제대로 생각을 할 수가 없었다.

그저.

'아, 나 때문이었구나. 그런 거였구나. 그래서였어.'

그런 생각만이 머릿속을 맴돌 뿐이었다.

"최가을! 최가을, 숨 쉬어! 최가을!"

귓가에 시끄럽게 울리는 목소리가 언제부터 시작되었는지도 깨닫지 못했다.

"최가을! 숨 쉬라고!"

어깨를 잡고 흔드는 손길도, 가을은 느끼지 못했다.

"에이, 진짜!"

입술에 겹쳐지는 따스한 온도도 가을에게는 전해지지 않았다.

산소를 받아들이지 못한 가을의 육체가 서서히 죽어 가고 있었다.

산소가 사라진 혈액은 푸른빛으로 바뀌었고, 가을의 얼굴은 하얗게 변해 갔다.

가을의 붉은 입술에서도 색이 사라지고, 눈동자 또한 흐릿해졌다.

'어떻게 해야 되지?'

강한은 초조했다.

수소문해서 가을이 있는 커피숍까지 찾아오긴 했는데, 다행히 가을을 발견하긴 했는데.

가을이 죽어 가고 있었다.

극단의 조치인 키스조차도 소용이 없었다.

숨을 쉬지 못하면 고통스러울 텐데, 가을의 얼굴엔 고통스러운 기색이 없었다.

자신이 숨을 쉬지 못한다는 것조차 깨닫지 못한 것처럼, 가을은 강한의 눈앞에서 서서히 죽어 가고 있었다.

아무리 흔들어도, 아무리 소리를 쳐도, 가을은 반응을 보이지 않았다. 넋이 빠져나간 것만 같았다.

아니, 어쩌면 진짜로 넋이 사라지고 지금 이 앞에 있는 건 가을의 빈껍데기일지도 모르겠다.

죽어 가는 것은 가을인데, 강한의 손발이 차게 식었다.

가을의 어깨를 부여잡고 있는 강한의 손이 덜덜 떨리고 있었다.

머릿속이 엉망으로 헝클어졌다.

죽으면 안 돼. 죽어서는 안 돼. 죽지 마, 최가을. 안 돼.

그런 생각이 가득한데, 뭘 해야 좋을지 알 수 없었다.

어떻게 해야 가을의 영혼을 되찾을 수 있을까. 어떻게 해야 이 몸이 움직일 수 있게 만들어 줄 수 있을까. 어떻게 해야 되지? 뭘 해야 되지? 나는 대체 뭘…….

짜악—!

그때, 누군가 강한을 밀쳐내더니, 가을의 뺨을 세차게 때렸다.

혼란스럽게 흔들리는 강한의 눈에, 모자를 푹 눌러쓴 호리호리한 체형의 뒷모습이 들어왔다.

연진이었다.

"흐흡! 컥! 콜록! 콜록! 콜록!"

효과가 있었다.

가을이 숨을 들이켜더니 그대로 허리를 굽히고 기침을 해댔다.

연진은 가을의 등을 쓰다듬었다.

"누나, 괜찮아요. 천천히 숨 쉬어요. 천천히."

"흡……! 콜록! 컥! 콜록콜록!"

하얗게 질렸던 가을의 얼굴에 핏기가 돌아오는 걸 확인한 뒤에야, 강한의 머릿속도 서서히 제 속도를 되찾았다.

강한은 눈을 부릅뜨고 가을이 기침하는 모습을 지켜봤다.

가을은 한참 동안 기침을 했고, 가슴의 통증 때문인지, 아니면 다른 이유에서인지 눈물, 콧물을 뚝뚝 흘렸다.

이윽고 기침을 멈춘 가을이 고개를 들었다.

강한은 테이블에 놓인 티슈를 들어 말없이 가을의 눈물을 닦아주려 했다.

하지만 그 티슈가 얼굴에 닿기 전, 가을이 손등으로 강한의 손목을 밀어내고 고개를 돌렸다.

"난 괜찮아요."

"거짓말쟁이."

"아, 맞아요. 난 거짓말쟁이인가 봐요."

"최가을."

"누나."

강한과 연진이 걱정스럽게 가을을 불렀다.

가을은 강한과 연진을 한 번씩 돌아보고는 미소를 지었다. 아니, 미소 비슷한 것을 지으려고 애쓰다가 관두고는 고개를 숙였다.

"나, 조금 아파서요. 집에 갈게요."

"데려다줄게."

"아니요, 대장. 그러지 마요."

"내가 싫으면 캡이라도."

"아뇨, 그런 게 아니라. 귀찮아요. 혼자 있고 싶어. 갈게요."

힘없이 말하는 가을을, 강한도, 연진도 붙잡을 수가 없었다.

강한과 연진은 굳은 표정으로 가을의 뒷모습을 지켜봤다.

가을이 커피숍 창문으로도 보이지 않게 된 후, 연진이 강한을 돌아봤다.

"어떻게 된 거예요?"

"몰라. 최성미, 그 여자가 못된 소리라도 했나 보지."

"아니, 그래도 저건 너무…… 평소보다 더 좀……."

강한은 힘이 빠진 듯 소파에 털썩 앉아 두 손으로 머리를 거머쥐었다.

"고맙다. 네가 아니었으면 정말로 최가을이 죽을 뻔했어."

강한에게 고맙다는 말을 들은 건 처음이지만, 연진은 그런 걸 지적할 겨를이 없었다.

강한이 갑자기 뛰어나가는 소리를 듣고 재미있는 걸 볼 수 있을까 싶어 뒤따라 나온 건데, 이런 광경을 보게 될 줄은 몰랐다.

가을이 죽고 싶어 한다는 건 강한에게 들어서 알고 있었지만, 그걸 실제로 보니 가슴이 선득해졌다.

연진도 다리에서 힘이 빠져 소파에 앉았다.

강한이야말로 곧 죽을 사람처럼 얼굴에 핏기가 없었다.

강한이 저렇게 당황하는 모습은 처음 봤다.

"가을이 누나, 괜찮겠죠?"

"그랬으면 좋겠는데."

강한의 목소리 끝이 가늘게 떨리고 있었지만, 연진은 놀릴 생각이 들지 않았다.

가을은 슬픈 과거가 있어도 언제나 상냥한 미소를 지어 주는 좋은 누나였다. 그런 가을이 진짜로 죽으려고 하는 모습을 보니, 숨도 쉬지 못하는 고통조차 드러내지 않는 모습을 보니, 가슴이 미어져서 눈물이 날 것만 같았다.

연진은 코를 훌쩍거리며 두 손으로 얼굴을 문질렀다.

"아, 진짜. 이게 뭔 일이래요. 가슴 아프게."

13장

지영은 입술을 잘근잘근 깨물었다.

지영과 오래 알고 지내는 동안, 그녀가 이토록 초조해하는 모습을 보는 건 처음이었다.

하지만 재호는 그런 지영을 놀리지 않았는데, 재호 또한 마음이 심란했기 때문이었다.

"가을이는 만나 봤어?"

"응, 만날 시간 없다고 하는 걸 졸라서 만나기는 했는데."

"뭐래?"

지영이 다급하게 물었다.

"까였어. 아주 대차게."

"장난치지 말고."

"장난 아니야. 날 똑바로 보면서 그러더라. 아주 부담스럽고, 아주 싫다고. 사랑 안 할 거고, 받고 싶지도 않다고. 친구도 하고 싶지 않으니까 두 번 다시 연락하지 말라고."

"가을이가 그렇게 말했다고? 그 최가을이?"

"응, 깜짝 놀랐어. 심장에 칼이 푹푹 박히는 기분이더라."

"네 심장에 칼이 박히든 말든, 그건 상관없는데."

지영은 이제 한쪽 다리까지 떨었다.

"무슨 일인데 그래?"

재호가 지영에게 가을과 반드시, 어떻게든 만나라는 연락을 받은 게 일주일 전의 일이었다.

안 그래도 가을에게 보내는 메시지에 답장을 받지 못해 걱정스럽던 차에 잘 되었다 싶었다. 그런데 지영을 보니 아무래도 사랑 타령을 할 만한 상황이 아닌 것 같았다.

"네가 그런 것까지는 알 것 없고. 어떡하지? 아, 진짜. 미치겠네."

"대체 무슨 일인데? 가을이, 과거 문제야?"

"가을이 과거 문제를 네가 어떻게 알아?"

지영이 예민하게 반응했다.

"가을이한테 들었으니까."

"아, 가을이가 너한테 그런 얘기까지 했어? 역시 신재호, 대단하네. 여자 마음 파고드는 데는 아주 일가견이…… 아니, 이런 거로 빈정거릴 때가 아니지."

"무슨 문제라도 생긴 거야? 걱정된다, 진짜."

"가을이는 언제 보였어? 아파 보이진 않았어?"

"표정이 안 좋기는 한데 아파 보이거나 하지는 않았어."

"그래? 다행이다."

지영이 한숨을 푹 쉬었다.

"왜 그래, 진짜?"

"한 달 전에 가을이가 고등학교 때 의탁했던 친척집 사촌이랑 마주쳤나 봐. 그 사촌한테 무슨 소리를 들은 것 같아. 아무래도……정말 안 좋은 소리였나 봐. 그날, 죽으려고 했대."

"뭐?"

"너도 알지? 가을이 호흡 곤란."

"어, 그것도 들었어."

"대장이 발견했을 땐 정말로 죽어 가고 있었대. 얼굴에 핏기가 다 사라졌는데, 숨을 못 쉬어서 눈동자도 탁해지고 있는데, 그런데."

지영의 눈에 눈물이 고였다.

"그런데, 재호야. 그런데도 가을이는 미동도 안 하고 있더래. 사람이 숨을 못 쉬고 죽어 가는 데도 미동도 안 할 정도면, 대체 얼마나 힘든 일인 거야? 응?"

"아……."

눈물을 글썽이며 말하는 지영에게, 재호는 해 줄 말이 없었다. 그런 식의 죽음은 상상도 해 본 적이 없기 때문이었다.

가을의 아픈 과거에 대해 듣기는 했지만, 그 정도로 큰 상처가 되어 남아 있을 줄은 몰랐다.

그동안 재호가 만났던 가을은 그렇게까지 불행해 보이지 않았기 때문이다.

아니, 오히려 행복해 보이는 쪽에 속했다.

"대체 그 사촌이 뭐라고 말했기에?"

"몰라. 사실 그 사촌이 어디에 사는지, 어디서 일하는지, 그런 것까지 다 알아냈어. 우리 실력이면, 사돈의 팔촌이 뭐 하는지까지 알 수 있어. 데려다가 뺨을 한 대 날리고, 쳐 밟아 주고, 가을이 앞에 무릎 꿇리고 싶은데…… 그런데 그걸로 해결될 문제가 아닌 것 같아."

"가을이랑 얘기 좀 해 봐."

"가을이가 우릴 만나 줘야 얘기를 하지. 그때 이후로 심부름센터에 안 와. 우리가 찾아가도 문을 안 열어 줘. 일하는 데 앞에서 기다려도 무시한대. 당분간 심부름센터 못 나오겠다고, 혼자 있고 싶다고, 아직 얘기하고 싶지 않다고, 그렇게만 연락이 왔어."

지영이 코를 훌쩍거렸다.

"이제야 가을이가 좀 괜찮아졌나 싶었거든. 우리 심부름센터 나오기 시작하면서, 조금씩, 조금씩 괜찮아지고 있는 것 같았거든. 요새는 사랑에 빠진 소녀 같아서 정말. 아, 보는 나까지 행복했거든."

"……."

"그런데 이게 뭐야? 그 계집애 때문에 이게 뭐냐고! 안 되겠어! 그 계집애 찾아가서 밟아 주고 때려 줘야 이 속이 풀리겠어. 그래, 가야겠다."

생각난 김에 해치워야겠다는 듯 일어서는 지영의 손목을, 재호가 잡았다.

"이거 봐, 신재호. 나 지금 심각해."

"나도 심각해. 나, 가을이 좋아. 대차게 까였어도 좋아. 그래서 심각하게 말해 주는 거야. 지금 넌 그 계집애가 아니라 가을이를 만나러 가야 돼."

"너, 내 말 안 들었니? 가을이가 나를 안 만나 준다니까!"

"문을 따고 들어가든, 창문을 깨고 들어가든, 어떻게든 가을이를 만나."

"가을이가 우리랑 얘기하기 싫다고 했다니까!"

"얘기하지 마. 가서 안아 줘. 가을이가 안아 주는 것도 싫다는 말은 안 했잖아."

*　　*　　*

한 달 전, 성미와의 만남 이후, 가을은 기계적으로 살아왔다.

들어온 일을 처리하고, 생각이 나면 음식을 먹고, 졸리면 자고. 그렇게 하루하루를 보냈다.

세상은 잿빛이었다.

빛깔 하나 없는 잿빛. 숨 막히는 무채색.

죽고 싶은데 자살을 할 수 없는 이유는, 그나마 이 못난 목숨, 아버지가 구해 주신 것이기 때문이었다.

차라리 호흡 곤란이 와서 자연스럽게 죽고 싶은데, 그조차도 찾아오지 않았다.

삶에 단 하나의 지푸라기라도 있으면 사람은 죽지 않는다.

가을에게 지푸라기는, 그날 가을이 뺨을 맞고 정신을 차렸을 때 본 연진과 강한의 걱정스러운 눈동자였는데, 가을 본인은 그 사실을 알지 못했다.

나 때문에 가족이 죽었다.

내가 연기를 피해 집 안 구석으로 숨는 바람에, 나를 찾느라 부모님이 죽었다.

나 때문이다. 내가 모두를 죽였다. 그래서 모두가 날 미워했다. 나는 미움받아 마땅하다.

그래, 어쩌면 그래서 호흡 곤란이 일어나지 않는 것일지도 모른다. 나는 살아서 계속 미움을 받아야 하니까, 그게 가족을 죽게 만든 벌이니까, 죽어서 편해지면 안 되니까. 그러니까 나는 계속 미움을 받으며 살아가야 하는 것이다.

그런 생각들을 하며 한 달을 보냈다.

가을 심부름센터는 찾아갈 수 없었다.

그곳은 너무도 따스하다.

따스하고 다정해서, 그곳에 있으면 무채색 세상이 핑크빛으로, 푸른빛으로, 다채롭게 물든다.

나는 벌을 받아야 마땅한데. 이런 잿빛 세상을 걸어가야 하는데.

나의 세상에도 빛이 있다고 착각하게 된다.

나 또한 그 사랑스러운 사람들과 같이 사랑을 받아 마땅하다고 생각하게 된다.

가을은 침대에 누워 눈을 깜빡거렸다.

이제는 눈물도 나지 않았다.

시린 눈으로 천장을 응시하고 있는데, 달칵, 달칵, 현관문 쪽에서
소리가 들렸다.

취객이 집을 잘못 찾아온 걸까?

거슬리지만 무시하고 눈을 감았다.

달칵, 달칵, 달칵.

소리는 꽤 오랫동안 들려왔다.

그리고 소리가 멈췄다.

문이 열리는 소리까지는 듣지 못했기 때문에, 누군가 침대 옆에
서 있다는 것도 알지 못했다.

그래서 가을은 갑자기 자기를 덮치는 따뜻함에, 화들짝 놀라 눈
을 떴다.

가늘고 긴 팔이 가을을 꽉 끌어안고 있었다.

하늘거리는 머리카락이 가을의 얼굴을 간질였다.

지영이었다.

달칵거리는 소리는 문을 따는 소리였나 보다.

가을 심부름센터 사람들이라면 할 만한 짓이었기에, 놀랍지도
않았다.

그저 그런 방법까지 써서 찾아왔다는 게 놀라울 뿐이었다. 내가
뭐라고. 나 같은 애가 뭐라고.

"이러지 마, 지영아. 나, 할 얘기 없어."

"얘기 들으러 온 거 아냐. 안아 주러 온 거야."

"……지영아."

"안기기 싫다는 말은 없었잖아. 그래서 안아 주러 왔어."

"이건 너무 제멋대로잖아. 문까지 따고 들어오고."

"가을이 너, 바보구나? 나, 원래 제멋대로인 거 아직도 몰랐니? 유명하잖아. 안하무인, 유아독존으로."

"지영아……."

이러지 마.

"나에 대해 아직도 잘 몰랐다니, 너무해. 그러니까 그 벌로, 넌 그냥 닥치고 품에 안겨 있어."

가을을 안은 지영의 팔에 더 힘이 들어갔다.

지영의 체온이 고스란히 전해졌다.

따뜻했다.

"이러지 마, 지영아. 나, 이런 거 싫어."

"몰라, 그런 거. 네 기분 따위 알 바 없어. 난 지금 널 안아 주고 싶어. 그러니까 그냥 안겨 있어. 아니면 경찰에 신고하든가."

"정말…… 왜 이래, 나한테?"

"나도 몰라. 난 그냥 지금 널 안아 주고 싶을 뿐이야. 그러니까 아무 말도 하지 마. 아무 얘기도 안 해도 돼. 그냥 안겨 있어. 가만히 안겨 있어, 가을아."

흐를 눈물도 없는 줄 알았는데.

가을의 눈가로 눈물이 소리 없이 흘러내렸다.

"가을 심부름센터 사람들은 정말 너무해. 정말……."

너무 따뜻해서.

그래서.

화상을 입게 될 것만 같잖아.

언제나.

지금처럼.

잘 살아가도 될 것만 같잖아.

*　　　*　　　*

지영이 가을을 찾아간 이튿날, 가을은 심부름센터에 들렀다.

화장실에 갔다가 나오던 연진이 가장 먼저 가을을 발견했다.

"우와! 가을이 누나! 누나, 오랜만에 왔네요!"

연진이 환하게 웃으며 가을을 반겼다.

그 소리에, 지영과 성희가 뛰어나왔고, 제일 마지막으로 강한이 똘이를 안고 등장했다.

"왔냐?"

"네, 왔어요. 그동안 못 나와서 죄송해요."

"죄송하면 더 열심히 일해."

"네, 그럴게요."

가을은 강한의 뚱한 얼굴을 올려다봤다.

방금 전, 모두의 밝은 환영에 하마터면 무너질 뻔한 마음을, 강한의 얼굴을 보며 다잡았다.

이 사람을 사랑하게 되었다.

그러나 이 마음을 겉으로 드러내는 일은 영원히 없을 것이다. 아주 잠깐 핑크빛 단꿈을 꾸었지만, 그것은 결코 꿔서는 안 될 일이었다.

이 세상에 핑크빛은 존재하지 않는다.

가족을 죽인 이는 찬란한 색채에 어울리지 않는다.

나는 누군가에게 소중한 이가 되지 않을 것이고, 나 또한 소중한 이를 만들지 않을 것이다.

가을 심부름센터 사람들은 내 가족이 아니다.

"저, 열심히 일할게요. 그러니까 대장, 얼른 저를 판단하고 소년 A에 대한 정보를 주세요. 저는 위험한 인물이 아니에요."

내가 정보를 얻기 위한 수단일 뿐.

*   *   *

"가을이 누나가 다시 소년 A에 대한 이야기를 하게 됐네요."

가을이 돌아간 후, 연진이 힘 빠진 표정으로 중얼거렸다.

"저렇게 내버려 둘 거야?"

성희가 물었다.

"그럼 뭘 어째? 애초에 여길 나온 목적이 그거였는데, 목적 없는 삶을 살라고 강요할 수도 없잖아."

"그래도 대장, 가을이 사랑하잖아. 뭐라도 좀 해 봐."

"사랑이 모든 문제를 해결하는 게 아냐. 오히려 더 큰 문제를 일으키지."

"그래도 대장이 좀 다정하게 해 주면……."

"백 날, 천 날 잘해 줘도, 남의 말 한마디에 무너진다면, 내가 뭘 해도 소용없어!"

"아, 대장! 사람이 진짜 왜 그렇게 꿍해? 가을이는 상처를 받았다고! 이럴 때야말로 대장이 짜잔, 하고 백마 탄 왕자가 되어야 하는 거 아냐?"

지영의 질책에 강한이 인상을 찌푸렸다.

"백마 탄 왕자? 말이고 뭐고, 내가 뚜벅이 왕자라도 될 수 있을 것 같아? 나는 마왕이야. 아니, 몬스터 찌끄러기라도 될지 모르겠네. 아주 잘생긴 몬스터 찌끄러기."

때아닌 자기 비하에, 다들 당황했다.

"나는 누구도 행복하게 만들어 주지 못해. 항상 그렇지."

"너, 또 그 타령이냐?"

"이번 일도 마찬가지야. 내가 최가을을 이 심부름센터에서 일하게 하지 않았더라면, 사촌을 만나는 일도 없었을 거고, 그 사촌이 가을이 심장을 끄집어내는 일도 없었겠지. 내가 하는 일은 늘 그래."

"아니, 그렇게까지 생각하는 건 좀……."

"나는 늘 그래, 형님."

강한은 그 자리에 그의 과거를 모르는 연진이 있다는 것도 잊은 듯했다.

"내가 하는 일은 어느 누구도 행복하게 만들어 주지 못해. 오히려 불행하게 하게. 죽고 싶어지게. 실제로 최가을도 죽으려고 했고."

"강한아."

"내가 가까워질수록 최가을은 죽고 싶어질 뿐이야. 그러니까 됐어. 나는 조만간 소년 A에 대해 최가을한테 말해 주고, 최가을을 어기서 내보낼 거야. 그러면 최가을도 조금은 죽음과 멀어지겠지."

강한은 더 이상 말하고 싶지 않다는 듯 벌떡 일어나서 나가버렸다.

무거운 침묵이 심부름센터 안을 뒤덮었다.

다들 어두운 표정으로 바닥만 노려보고 있었다.

문득 고개를 든 연진이 눈치를 보다가 슬며시 오른손을 들었다.

"저기요. 대장이 왜 저렇게 자기 비하를 하시는지 아시는 분?"

그 질문에 미호와 성희가 눈빛을 주고받았다.

성희는 잠시 망설이다가 작게 한숨을 내쉬고 연진에게 말했다.

"강한이는 오래전에 포토그래퍼로 활동한 적이 있어."

"아, 진짜요?"

"그래. 그리고 그때 사용했던 네임이 W(더블유)야. 그다음은 네가 알아보고 판단해."

*　　*　　*

W.

더블유로 검색했을 때 가장 먼저 나온 것은 어학 사전이었다.

1. 더블유(영어알파벳의 스물셋째 글자)

2. 서쪽; 서쪽의(west;western)

3. 와트(watt)

그래서 다시 검색했다.

포토그래퍼 W.

이번에도 역시 '포토그래퍼 W'라는 검색어로 뜨는 건 없었다.

더블유 주식회사의 어쩌고저쩌고가 어쩌고저쩌고 해서 포토그래퍼는 어쩌고저쩌고.

이런 식으로 연관된 검색이 나올 뿐이었다.

'거의 15년 전이라고 했으니, 그 당시에는 인터넷이 활발하지 않았으니까 찾기 어렵겠네.'

이런저런 글을 클릭하다가, 어느 게시판에 올라온 글을 발견했다.

'야, 이 사진 어떠냐? 죽고 싶어지냐?'라는 제목의 글이었다.

내용을 보니, 화질이 안 좋은 사진이 한 장 포함되어 있었다.

**우리 누나가 그러는데, 이 사진 보고 자살한 사람이 엄청
많대. W라는 포토그래퍼가 찍은 사진인데, 이 사진 때문에
사람 엄청 죽어서 포토그래퍼 관뒀다더라.
난 잘 모르겠는데, 자살하고 싶어지는 사람?**

심장이 쿵 내려앉았다.

연진은 미간을 모으고 사진을 노려봤다.

겨울 산의 정경이 담긴 사진이었다.

화질이 좋지 않은데도 아름다움과 쓸쓸함, 고독 등 여러 가지 감정이 전해졌다.

댓글을 보니 '자살 고고?', '난 모르겠음.', '구라 까네. W가 뭐야? 처음 들어본다.' 등 다양한 반응이 있었다.

'죽고 싶어지지는 않는데.'

연진은 다시 한 번 사진을 살펴봤다.

아름답고 쓸쓸하긴 하지만 죽고 싶어지진 않았다. 화질이 안 좋아서 그런 걸까?

'이걸 대장이 찍었단 말이지?'

15년 전이라면 강한이 15살일 무렵이었다.

누군가 사진을 보고 자살을 했다면, 그것도 15살짜리 포토그래퍼가 찍은 사진을 보고 자살했다면 분명히 기사에 남았을 터였다.

연진은 사진작가 W 자살로 검색을 했고, 이번에는 들어맞았다.

오래전의 신문 기사를 발견했다.

재미 교포 천재 사진작가 W.
잇따른 자살 소식에 충격 받아 잠적!

'헐. 대장이 재미 교포였단 말이야?'

연진은 기사를 꼼꼼히 읽었다.

14살의 나이로 미국에서 유명한 상을 받은 W가 사진전을 열었는데, 그 사진을 본 사람들 중 몇 명이 유서를 남기고 자살했다는 기사였다.

'말도 안 돼.'

물론 예술 작품의 영향을 받아 자살하는 사건이 아주 없었던 것은 아니었다.

하지만 그건 부풀려진 이야기일 뿐이다.

원래 죽고 싶어 하던 사람이 유서에 언급을 했을 뿐인데, 마치 그것 때문에 죽었다는 식으로 소문이 돌아 괴담 같이 퍼져 나간 것이다.

아마 W 사건도 마찬가지일 거라고, 연진은 생각했다.

기사 하나를 찾으니, 다른 기사들을 찾기는 어렵지 않았다.

W는 14살에 큰 상을 받았고 미국과 유럽, 한국에서 꽤나 유명해졌다.

유명세를 얻게 되어 그동안 찍은 작품의 전시회를 열었는데, 전시회 시작 이틀 후 미국인 한 명이 권총 자살을 했고, 유서에 W에 대한 언급이 있었다.

그때만 해도 큰 이슈가 되지는 않았다.

그 이후 몇 달 간격으로 자살한 사람들의 유서나 행적에 'W'가 관계되어 있음을 알게 된 기자들이 기사를 쓰게 되었고, 자살자들이 'W의 사진 때문에 죽었다.'가 기정사실이 되었다.

그중에는 W와 비슷한 또래의 소년도 있었는데, 그 소년의 유서는 조금 더 분명하게 W를 언급하고 있었다.

W의 사진을 보았다.
그는 천재다.
내게 재능이 없음을 실감한다.
나는 평생 천재를 따라잡을 수 없을 것이다.
그 사진을 보지 않았더라면 내가 불행하다는 것조차
알지 못했을 텐데.

그 소년은 그림을 그리기 위해 미국으로 유학 온 한국인 학생이었기 때문에, 더욱 이슈가 되었다.

어쩌면 그 소년이 도화선이 되어 'W 괴담'이 완성된 것일지도 몰랐다.

'뭐야, 이게.'

강한의 찡그린 얼굴이 떠올랐다.

강한을 알고 지낸 지 2년이 되어 가고 있었다. 그동안 강한이 옅은 미소를 짓는 것조차 본 적이 없었다.

—나는 누구도 행복하게 만들어 주지 못해. 항상 그렇지.

강한의 무거운 음성이 떠올랐다.

항상 자기 잘난 맛에 사는 강한이 처음으로 보인 약한 모습에 당황했는데, 그 이유가 있었다.

15년 전의 죽음들을, 강한은 가슴에 품고 살아가나 보다. 그래서 웃지도 못하고 그렇게 지내나 보다.

사랑하는 여자가 생긴 지금도, 혹여 그녀를 불행하게 만들지 않을까 싶어 마음을 꽁꽁 싸매고, 행복한 미소도 짓지 못하나 보다.

'너무해.'

연진은 자살한 소년이 원망스러웠다.

'정말 너무해. 죽으려면 혼자 죽을 것이지, 다른 사람을 끌어들이다니. 넌 모르겠지. 너 때문에 그 W가 어떤 삶을 살고 있는지.'

　　　　*　　　*　　　*

　다시 처음으로 돌아온 것뿐이다.

　곁에 아무도 없는, 지독히 고독한 삶.

　가족의 죽음에 매여, 언제 들이닥칠지 모르는 호흡 곤란을 두려
위하는 고통스러운 삶.

　가을 심부름센터 사람들을 만나기 전의 그 상황으로 돌아온 것
뿐인데, 왜 이렇게 힘이 안 나는지 모르겠다.

　하루하루 살아가는 것이 지독히도 고됐다.

　아이돌의 화보를 촬영해 주는 일을 하나 끝내고 스튜디오를 나
오려는데, 복도를 걸어오던 리성과 마주쳤다.

　그러고 보니 리성에 대해 새까맣게 잊고 있었다.

　리성은 가을을 보고 놀란 듯 눈을 크게 떴다.

　"누나."

　"아, 리성아. 오랜만이야."

　"어, 진짜. 되게 오랜만이다."

　리성이 반가워하며 가을에게 다가갔다.

　"잘 지냈어?"

　"응, 너는? 드라마 촬영하느라 바쁘지?"

　"이래저래 정신이 없지. 사극은 진짜 어려운 것 같아."

　가을과 대화를 하며 리성은 그리웠던 그녀의 얼굴을 살펴봤다.

　드라마 촬영을 하는 내내 가을을 생각했다.

　내 드라마를 가을이 볼지도 모른다고 생각하니, 더 힘을 내게 되

었다.

그녀에게는 사랑하는 이가 있지만, 그래도 그녀의 눈 안에 들어 있는 사람이고 싶었다.

그런데.

"누나, 무슨 일 있어?"

오랜만에 만난 가을의 분위기가 달라져 있었다.

마지막으로 만났을 때만 해도 행복해 보였는데, 지금 가을은 세상에 혼자 남은 사람처럼 보였다.

원인 모를 고독감이 그녀의 주위를 에워싸고 있었다.

"아니, 아무 일도 없는데."

가을이 빙그레 미소를 지으며 말했다.

거짓 웃음이라는 걸, 리성은 곧바로 알 수 있었다.

왜 이런 표정을 짓고 있는 걸까?

어쩌면 강한과 잘 안 된 것일지도 모른다.

그렇다면.

'잘됐다.'라는 생각이 들었지만 곧바로 후회했다.

'잘됐다니. 이런 생각하면 안 돼.'

하지만 그 생각을 지울 수 없었다.

가을에게 제대로 거절을 당했다고, 그녀를 사랑하는 마음이 사라진 건 아니었다.

가을을 행복하게 해 주는 사람이 자신이었으면 좋겠다고, 수줍게 미소 짓게 만들어 주는 사람이 제발 나였으면 좋겠다고, 매일 생각해 왔다.

어딘지 모르게 외로워 보이는 가을은 보호 본능을 자극했고, 그 때문에 더욱 그녀를 지켜 주고 싶단 욕심이 부풀어 올랐다.

'그래, 나여야만 돼.'

무슨 일을 하는지도 모를, 늘 찡그리고 있는 그런 남자는 안 된다.

'나는 가을이 누나를 행복하게 해 줄 수 있어.'

오랜 연예계 생활을 하며 많은 사람들을 행복하게 해 주었다. 그러니까 가을 한 명 행복하게 해 주는 건 일도 아닐 것이다.

그녀가 환하게 웃으며 자신의 품에 안긴다면, 그녀의 입술에 마음껏 입 맞출 수 있다면. 연예계도, 인기도 다 필요 없었다.

리성이 원하는 건 단 하나.

최가을.

그녀의 미소였다.

오랜만에 조우한 지금 이 순간, 그것을 확신했다.

그리고 리성은 지금껏 단 한 번도 원하는 것을 갖지 못한 적도, 하고 싶은 것을 해내지 못한 적도 없었다.

그러니까…….

리성은 손을 뻗어, 가을의 손을 잡았다.

느닷없이 손을 잡힌 가을이 놀란 눈으로 리성을 올려다봤다.

그런 가을을 보며 리성은 부드럽게 미소 지었다.

"누나, 내일 나 촬영하는데 오지 않을래?"

"네 촬영장? 사진 찍어?"

가을이 물었다.

그녀가 손을 빼내지 않아서 다행이라고, 리성은 생각했다.

"아니, 드라마 촬영장. 내일 촬영 끝나고 저녁때 회식하거든. 소개시켜 줄게."

"응? 왜?"

"나중에 독립해서 사진작가로 일할 때, 인맥 많이 만들어 두면 도움이 될 거야. 누나는 사진 정말 예쁘게 잘 찍으니까, 입소문도 금방 날걸. 선배 중에서 누나 아는 사람도 있더라."

"아, 그래?"

칭찬을 해 주는데도 가을은 으쓱한 기색이 없었다.

"진리성! 너, 뭐 하는 거야?"

그때, 뒤에서 정훈의 날 선 음성이 들려왔다.

그 소리를 들은 가을이 슬그머니 손을 빼냈다.

리성은 인상을 찌푸렸다.

그동안 정훈에게 항상 고마운 마음만 갖고 있었는데, 방해받은 지금은 짜증이 확 치밀었다.

정훈은 그저 매니저일 뿐인데 요새 너무 과하게 사적인 일에 개입하려는 것 같다.

'나도 이제 성인인데.'

짜증 나는 마음을 감추고 정훈을 돌아봤다.

"오랜만에 가을이 누나를 만났거든. 얘기 좀 하고 있었어."

정훈이 가을을 노려봤다.

"그럼 난 그만 가 볼게."

가을이 어색하게 웃으며 돌아서려는데, 리성이 다시 가을의 손목을 잡았다.

"누나, 우리 하던 얘기는 마저 해야지."

"무슨 얘기하고 있었는데?"

정훈이 리성에게 잡힌 가을의 손목으로 시선을 보내며 물었다.

"그런 것까지 일일이 형한테 보고해야 돼? 무섭다."

리성이 웃는 낯으로 물었지만, 정훈은 그 음성에 담긴 미미한 분노를 느낄 수 있었다.

하지만 어쩔 수 없었다.

리성과 가을은 가까워져서는 안 된다.

"나는 네 매니저잖아."

"매니저가 사적인 일까지 일일이 터치해도 되는 건 아니잖아."

"리성아. 내 말 들어. 너, 지금 중요한 때야. 그럴 때 일반인이랑 구설수에 올라 봐야 좋을 거 없어. 기자들이 너 물어뜯으려고 눈 빛내고 있는 거 몰라?"

"형, 형은 너무 예민해. 기자들이랑 나랑 나쁜 거 없어. 오히려 날 좋아하는 편이야."

"지금은 그렇겠지. 하지만 건수가 하나 생기면 득달같이 달려들 걸."

"저기. 나는 없어도 될 것 같은데. 이 손 좀 놔주지 않을래?"

가을이 둘의 대화를 끊고 말했다.

"아니, 안 놔줄래. 대답 들은 다음에 놔줄 거야."

리성이 싱글싱글 웃으며 장난스럽게 말했다.

"리성아, 제안은 고마운데. 나는 괜찮아. 사람 많은 자리가 불편하기도 하고. 생각해 줘서 고마워."

가을의 거절은 리성도 예상했던 바였다.

그저 혹시나 싶어 제안해 본 것일 뿐이다.

"그래, 알겠어. 아쉽다, 누나한테 내가 멋지게 연기하는 모습도 보여 주고 싶었는데."

"그러게. 드라마 기대할게. 힘내."

"응, 누나도."

리성이 담백하게 말하며 가을의 손목을 놔줬다.

가을은 또 붙잡힐까 두려웠는지, 얼른 가방을 추켜 메고 자리를 떠났다.

가을이 떠나는 뒷모습을 물끄러미 응시하고 있던 리성이, 정훈에게 물었다.

"아버지가 안 된대?"

"어?"

"아버지가 나랑 가을이 누나는 안 된대?"

"무슨 소리야, 그게?"

정훈은 뜨끔했지만 아무렇지도 않은 척 대답했다.

리성의 시선은 여전히 가을이 떠난 곳을 향해 있었고, 얼굴에는 아무 표정도 떠올라 있지 않았다.

"형, 나 바보 아니야. 요새 형이 내 화보 촬영, 일부러 가을이 누나 피해서 맡기는 거 알고 있었어. 형이 아버지한테 내 근황을 보고한다는 것도 알고 있고."

리성의 시선이 천천히 움직여 정훈을 향했다.

리성의 눈빛을 보는 순간, 정훈은 섬뜩함을 느꼈다.

어리고 순수한 아이인 줄로만 알았던 리성의 눈빛은, 남자의 그 것으로 바뀌어 있었다. 그리고 그 눈빛에 담긴 노기는 금방이라도 정훈의 목덜미를 물어뜯을 듯 강렬했다.

"형한테는 고마운 게 많아. 하지만 날 새장 속의 새처럼 생각하지는 마. 내 사생활은 내 거야, 형."

*   *   *

"아이고, 그럼요. 맡겨만 주십시오, 사장님. 닭들이 알을 쑴풍쑴풍 낳을 수 있는 환경을 조성해 드리겠습니다."

가을이 심부름센터에 들어갔을 때, 강한은 전화로 고객과의 상담을 막 끝내는 중이었다.

잔뜩 찡그린 표정으로 통화를 하는 강한을 보니 새삼 신기했다. 어떻게 저런 표정으로, 저런 목소리를 낼 수 있을까.

카메라 가방을 구석에 내려 두는데 똘이가 슬그머니 다가와 가을의 다리에 얼굴을 비볐다.

'이 심부름센터를 그만두면 얘를 보지도 못하겠구나.'

가을이 목적을 달성한다고 해서 심부름센터 사람들이 가을을 오지 못하게 할 리는 없다는 걸, 이제는 알고 있다. 알기 때문에 오히려 곤란했다.

다정한 사람들은 이 잿빛 세계에 어울리지 않는다.

그들은 이 부모 잡아먹은 죄인의 잿빛 세상을 자꾸만 찬란하게 물들인다.

이곳을 얼른 떠나야만 한다.

행복해지기 전에.

미련이 생기기 전에.

살고 싶어지기 전에.

그래서 오늘의 방문도 망설였지만, 하루 한 번 들르는 것이 규칙이었기에 어쩔 수 없이 오게 되었다.

심부름센터에 강한만 있을 줄은 몰랐다.

낭패다.

강한이 가장 어려웠다.

찌푸린 얼굴과 다르게, 저 사람은 너무도 따스하다.

지독히도 따스해서, 괜찮다고, 전부 괜찮다고, 그리 생각하게 된다.

강한이 뚱한 표정으로 가을을 돌아봤다.

"왔냐?"

"네, 왔어요."

"그놈의 똥고양이는 내가 있을 땐 나와 보지도 않으면서, 너만 오면 기가 막히게 얼굴을 보여 주네. 아주 대단하신 양반이야. 아주 비싸게 굴어."

"대장이 괴롭히니까 그렇죠."

가을은 똘이를 안아 들고 소파로 향했다.

"앉긴 어딜 앉으려고 해? 일이다. 나가자."

"아, 저도 가야 하는 거예요?"

"그럼 놀고먹으려고 했어? 일하지 않는 자, 먹지도 말라는 고귀한 명언, 그새 잊은 거냐?"

"아뇨. 허구한 날 하시는 말씀인데 잊을 리가 있나요?"

일주일 전, 소년 A에 대한 정보를 빨리 달라고 요청한 이후, 심부름센터 직원들은 가을을 깨질 유리처럼 조심스럽게 대했지만, 강한의 태도는 조금도 달라지지 않았다.

그래서 다행이었다.

'아니, 다행히 아닌가?'

차라리 강한이 가을에게 거리감을 느껴 주었으면 좋겠다. 그러면 더는 다정하지 않을 테니까. 느닷없는 따스함으로 얼어붙은 가슴에 분홍빛 꽃가루를 채우지는 않을 테니까.

트럭을 타고 어딘가를 향해 달렸다.

좁은 공간에 강한과 단둘이 있다는 것이 신경 쓰였다.

운전하는 강한의 옆모습을 흘긋 훔쳐보았다.

지끈―

그의 얼굴을 보는 것만으로도 가슴이 아릿해졌다.

'아프다.'

사랑을 해 본 것도 처음, 그 사랑을 마무리하는 것도 처음이었다.

짝사랑일 뿐이었는데도 그만 접어야 한다는 생각에 이토록 아프니, 서로 사랑을 주고받았다면 더 아팠을 것이다.

서둘러 마음을 다잡을 수 있어서 다행이었다.

마음이 깊어지면 그만큼 이별이 더욱 고통스러웠을 것이다. 게다가 세상에 혼자 남겨진 사람의 아픔과 외로움은 상상을 초월한다.

'아니, 뭐. 대장이 날 좋아할 리는 없었겠지만.'

쓴웃음을 지으며 차창 밖으로 시선을 옮겼다.

차는 복잡한 도심을 벗어나 한적한 서울 근교의 길을 달리고 있었다.

"우리, 어디 가는 거예요?"

"닭장."

"네?"

"닭장 청소하러 간다."

"닭장 청소요?"

"이 일, 아주 거물이야. 이걸로 우리 심부름센터 일주일치 수입을 넘어서. 원래 전문 청소 업체에 맡겼었는데, 거기가 갑자기 부도가 나서 급한 대로 우리한테 맡긴 거라더라. 아주 깍듯이 모셔. 앞으로도 우리 심부름센터를 이용하실 수 있도록."

"알겠어요."

"닭님들도."

"네?"

"닭님들이 우리 청소에 만족해서 알을 잘 낳아야, 고객님이 우리를 꾸준히 애용해 주실 거 아냐. 오늘 우리의 목적은 닭님들의 심기를 불편하지 않게, 편안히 모시는 거야. 알겠어?"

"살다 살다 닭들 기분까지 신경 쓸 날이 올 줄은 몰랐네요."

"그렇겠지. 모르니까 살아 보는 거지. 기가 막히게 괜찮은 일이 내 인생에도 생길지 모르잖아."

'너 죽으려는 거 알고 있어. 그러니까 죽을 생각 마.'

강한의 말에 그리 큰 뜻은 없겠지만, 가을에게는 그렇게 들렸다.

가을은 입을 꾹 다물었다.

역시 강한과 대화하는 건 어렵다.

항상 내 가슴을 울리는 말을 하니까.

*　　　*　　　*

닭장에 도착하기 전부터 닭똥 냄새가 두 사람을 반겼다.

멀리까지 퍼지는 닭똥 냄새를 이기며 청소를 해야만 하는 것인가!

그동안의 고민을 덮을 정도로 걱정스러웠지만, 강한은 거물을 물었다는 생각 때문에 기분이 좋아 보였다.

사람 좋아 보이는 주인아저씨와 인사를 나눈 후, 강한은 신뢰감 넘치는 음성으로 말했다.

"믿고 맡겨 주십쇼. 집 나간 닭들도 돌아오도록 만들어 드리겠습니다."

가을은 역시 오늘은 가을 심부름센터에 찾아가는 게 아니었다고, 큰 후회를 하며 작업복을 입었다.

마르고 체구가 작은 가을에게 작업복은 너무 커서, 오히려 움직이기가 불편했다.

뒤뚱뒤뚱 걷는 가을을 지켜보던 강한은, "알 낳으러 가는 닭 같군."이란 평가를 내렸다.

이게 다 누구 때문인데!

가을은 강한을 후려쳐서 기절시키고 도망치고 싶었지만, 위험한 인물이 아니라는 걸 증명해야만 했기 때문에 꾹 참았다.

많은 생각을 속에 담은 채—대부분 닭똥에 대한 생각이었다—닭장 청소가 시작되었다.

닭들은 침입자를 달가워하지 않았다.

경계심을 띠고 꼭꼭거리는 암탉들을 지켜보던 강한이 중얼거렸다.

"역시 내 미모는 닭들에게도 통하는군."

"쟤들은 심기가 불편해 보이는데요."

"그렇다면 네가 잘못 읽은 거겠지."

"똘이도 대장 싫어하잖아요."

"그 똥고양이는 보는 눈이 없으니까!"

오래된 부엽토를 치우는 것부터 시작했다.

속이 매스꺼워지는 냄새에 구역질이 났지만, 그 냄새에도 익숙해져서 어느 순간 아무 냄새도 안 나는 것 같은 기분이 들기 시작했다.

더러운 닭장 바닥을 깨끗하게 치우는 것만으로도 몇 시간이 걸렸다.

처음에는 "닭님들, 편히 모시겠습니다. 나중에 주인장한테 잘 좀 말해 주세요."라고 끊임없이 영업하던 강한의 목소리도, 더는 들려오지 않았다.

아, 중간에 한 번 흘러나온 목소리를, 가을은 똑똑히 들었다.

"빌어먹을 닭 새끼들. 다 튀겨 먹을라."

다행히 강한의 인내심이 완전히 끊기기 전에, 바닥 청소가 끝났다.

새 부엽토를 까는 과정은 치우는 것보다는 수월했다.

주인아저씨가 미리 쌓아 둔 부엽토를 가져다가, 깨끗한 바닥 위에 뿌렸다.

"무슨 말을 들은 거야?"

꼭꼭꼭 들려오는 닭 울음소리 사이로, 강한의 음성이 느닷없이 끼어들었다.

얼른 일을 끝내고 집에 가서 씻고 싶다는 생각을 하던 가을은, 강한이 자신에게 말을 걸었다는 것을 깨닫지 못했다.

"무슨 말을 들은 거야, 최가을?"

강한이 다시 한 번 물었을 때에야, 가을은 움직임을 멈추고 강한을 돌아봤다.

강한은 여전히 일을 하는 중이었고, 가을을 돌아보지도 않고 말했다.

"움직임은 쉼 없이. 대답은 빠르게."

"여기가 군대예요?"

"군대보다 치열한 삶의 현장이지."

그래서 가을은 쉼 없이 움직였다.

"대답은 빠르게 하랬지?"

"대장 질문의 의미를 이해 못 했어요."

사실은 이해했다.

아마도 그날, 성미에게 무슨 말을 들었는지 묻는 것이리라.

하지만 말하고 싶지 않았다.

나 때문에 내 가족이 죽었다는 이야기는, 누구에게도 알리고 싶지 않았다. 특히 강한에게는 더더욱.

이 이야기를 듣는다면, 가을을 보는 강한의 눈빛도 달라지리라.

그건 싫었다.

그의 사랑을 받고 싶은 건 아니지만, 적어도 경멸이나 혐오를 받고 싶진 않았다.

"최성미. 그 여자한테 무슨 말을 들었냐고."

역시 강한은 거침없이 그날의 일을 끄집어냈다.

여기까지 오는 내내 아무 말이 없기에, 묻지 않으려나 보다고 안심했는데. 너무 이른 안심이었나 보다.

"그냥요. 사는 얘기 좀 했어요."

"사는 얘기만 한 게 아니잖아."

"물론 다른 얘기도 했지만, 그런 얘기를 대장한테 보고할 필요는 없잖아요."

"왜 없어? 넌 가을 심부름센터 직원이야. 대장은 직원의 모든 것을 알 의무와 권리가 있고."

"말도 안 되는 소리 하지 말아요. 악덕 기업에서도 사생활은 있어요. 그리고 나는 직원이라기보다는 인턴이죠."

"인턴이라기보다는 마스코트지. 그리고 마스코트에게는 사생활, 없어."

"억지 부리지 마요."

"억지 아니야."

"전요, 대장. 가을 심부름센터의 직원도 마스코트도 아니에요. 소년 A에 대한 정보를 얻고 싶은, 고객일 뿐이죠."

이번에는 강한의 움직임이 멈췄다.

강한이 가을을 빤히 쳐다봤다.

가을은 그의 시선을 느꼈지만, 그 눈빛을 보고 싶지 않아 일부러 더 열심히 움직이는 척을 했다.

"소년 A에 대한 정보를 알려 줄 생각이 없다면?"

"그럼 그때부터 가을 심부름센터, 안 나올 거예요."

"아, 그래?"

"그렇다고 질질 끌 생각하지 마세요. 저는 기한을 3월까지로 정했어요. 반년이면 그 사람이 어떤 사람인지 알기에 충분한 기간이라고 생각해요. 그 안에 답을 안 주면, 그때도 저는 관둘 거예요."

"관두고 어쩌게?"

"다른 심부름센터를 알아보죠."

"여기보다 나은 심부름센터가 있을 것 같아?"

"적어도 괜한 핑계 대면서 정보를 안 주지는 않겠죠. 시간 낭비할 일은 없을 거 아네요."

"시간 낭비? 너한테는 이 모든 게 시간 낭비야?"

이번에는 가을도 움직임을 멈추고 강한을 똑바로 응시했다.

말을 잘해야만 한다.

모두가 나를 미워하도록. 내가 이 세상에서 사라져도, 어느 누구도 그리워하거나 아파하지 않도록.

"네, 시간 낭비예요. 저, 원래 이런 일에 관심도 없었거든요. 닭장 청소라니. 전요, 대장. 그저 소년 A의 정보를 알고 싶을 뿐이에요. 그 애가 어떻게 사는지, 가끔 우리 가족을 애도하기는 하는지, 그때의 일에 대해 후회는 하고 있는지. 그런 걸 알고 싶을 뿐이에요."

"만약 그 애가 후회하지 않는다면? 그 일을 기억하지도 못한다면?"

"그럼 어쩔 수 없죠. 내가 그 애 어깨를 부여잡고 기억해 내라고 닦달할 수도 없는 노릇이니까."

"그래?"

"그래요. 그러니까 이제 적당히 하고 소년 A에 대한 정보나 줘요."

"아직 안 돼."

"왜요?"

"난 아직 너에 대해 판단을 못 내렸으니까."

"진짜 어지간히 좀 하세요. 대장, 지금 저 가지고 노는 거죠? 저, 이런 일 싫다니까요?"

"싫으면 때려치우고 나가. 안 붙잡을 테니까."

"그동안 일한 게 아까워서라도 3월까지는 버틸 거예요."

"그래? 그럼 3월까지는 우리 직원이네. 우리 직원이라면 나에게 뭐든 보고하는 게 마땅하고."

"같은 얘기 반복하게 하지 말아요."

"같은 얘기를 반복하게 하는 건 너야."

꼭꼭거리는 닭들의 시선 가운데서, 가을과 강한은 서로를 노려봤다.

"대장하고는 정말 말이 안 통하네요."

"안 통하는 건 너야. 말해, 최성미가 너한테 무슨 소리를 한 건지."

"대장이 알 거 없다니까요!"

"왜 없어? 난 대장이잖아! 직원이 힘들어하면 뭐가 힘든지 알아내고 위로해 주는 게 대장의 역할이라고! 대장이라는 게 그냥 잘생겼다고 시켜 주는 줄 알아?"

"그러니까, 그럴 필요 없다고요! 아, 됐어요. 나 갈래요. 남은 닭장 청소, 알아서 하세요!"

가을은 들고 있던 삽을 내려놓고 돌아섰다.

계속 대화를 하면, 울게 될 것만 같았다.

힘들다면 위로해 줘야겠다며 버럭버럭 화를 내는 강한의 따스함에 기대게 될 것만 같았다.

덥석—

나가려는 가을의 팔을, 강한이 잡았다.

"놔요, 갈 거라니까요!"

가을은 돌아보지도 않고 말했다.

강한은 눈치가 빠른 사람이었다.

얼굴을 보이면 가을이 무슨 생각을 하는지 눈치채리라.

"알겠으니까 이따 차 타고 가."

"뭘 타고 가요. 그냥 갈 거예요. 대장이랑 더 얘기하기 싫어요."

"얘기 안 할 테니까, 앞에서 기다려. 너, 타고 갈 차 없잖아."

"내가 알아서 타고 갈게요. 정 안 되면 히치하이킹이라도 하죠."

"닭똥 냄새 풀풀 풍기는 애를 누가 태워 줄 것 같아?"

"그걸 내가 알아서 할 테니까, 신경 끄라고요."

"알겠어, 네 멋대로 해!"

강한이 가을의 손을 놔줬다.

가을은 도망치듯 닭장을 벗어나, 옷 위에 입었던 작업복을 벗어 던졌다.

*　　*　　*

강한의 말이 옳다는 건, 30분도 되지 않아 증명되었다.

가을은 후각이 마비되어서 몰랐는데, 가을의 몸에서 나는 닭똥 냄새는 견딜 수 있는 범위를 넘어서 있었다.

그나마 하나 다니는 버스는 다른 승객들을 위해 태울 수 없다며 그냥 가 버렸고, 딱 한 대 지나간 택시는 가을이 문을 열자마자, "안 돼요, 아가씨. 미안해요."라고 말하며 떠나 버렸다.

가을 깜냥에 히치하이킹은 당연히 무리였다.

그래서 가을은 휴대폰으로 지도를 켜 놓고, 서울로 향하는 길을 따라 터덜터덜 걸었다.

한 시간을 넘게 조용한 길을 혼자 걸었지만, 그곳을 떠나온 걸 후회하진 않았다.

도심을 벗어난 지역의 공기는 유독 차가웠다.

다리는 아프지 않은데 공기 중에 드러난 볼과 목이 추위에 따끔 거렸다.

외투 안으로 찬바람이 파고들었다.

그래, 이러다가 얼어 죽는 것도 나쁘지 않겠다.

그런 생각이 들 때쯤, 가을의 옆에 트럭이 멈췄다.

"타."

강한이 조수석 쪽 창문을 열고 말했다.

가을은 걸음을 멈추지도, 그쪽을 돌아보지도 않고 걸었다.

"타라고, 최가을."

"싫어요."

"고집 좀 부리지 마. 왜 이래?"

"전 원래 이래요. 제가 아무리 잘해도 소년 A에 대한 걸 가르쳐 줄 생각 없잖아요. 그럼 그냥 내 성격대로 행동하려고요."

"원래 성격이 이래?"

"네, 이래요."

"그래, 잘 알아 모실 테니까 얼른 타."

"됐어요."

"서울까지 걸어갈 수 있을 것 같아?"

"이참에 다이어트 좀 한다고 생각하죠, 뭐."

가을의 속도에 맞춰 천천히 트럭을 몰던 강한은, 고집스럽게 정면을 응시하며 걷는 가을의 얼굴을 보다가 한숨을 내쉬었다.

트럭을 멈춘 강한은 차에서 내려 가을의 앞을 가로막았다.

그제야 가을이 고개를 들어, 강한을 올려다봤다.

"왜 이래요?"

강한은 대답하지 않고, 가을이 피하기 전 얼른 손을 뻗어 가을을 번쩍 안아 들었다.

"으앗!"

가을이 비명을 질렀다.

"내려 줘요!"

가을이 버둥거렸다.

"가만있어."

"소리 지를 거예요."

"질러 봐. 여기서 그 소리 들어주는 거, 저기 있는 닭 새끼들밖에 없으니까."

"이제 닭님들이 아닌 거예요?"

"어. 냄새가 지독하잖아."

가을은 입을 다물고 버둥거리는 걸 멈췄다.

강한은 언제나처럼 찡그린 표정이었다.

가을을 안아 든 채 트럭의 조수석 문을 여는 강한은 힘들어 보였다.

"대장은 너무 제멋대로예요."

"그게 내 매력이야."

강한이 가을을 트럭 조수석에 앉혔다.

강한은 곧장 문을 닫지 않고, 가을을 지그시 응시했다.

"최가을."

"왜요?"

가을은 강한을 돌아보지 않고 대답했다.

"계속 이렇게 해 봐. 네가 하고 싶은 대로, 멋대로 굴어 봐. 못된 짓, 더 해 봐. 괜한 고집, 계속 부려 봐. 못된 소리, 매일매일 해 봐."

"안 그래도 그러려고 했거든요."

"그래, 계속 그래 봐. 그런다고 내가 널 싫어할 것 같아?"

쿵—

둔탁한 울림은, 가을의 가슴에서 나는 소리였다.

성미에게 들은 진실 때문에 꽁꽁 얼어붙은 심장을, 강한의 다정한 음성이 강하게 두드렸다.

가을은 숨을 멈추고 강한을 돌아봤다.

강한은 언제나처럼 찡그리고 있었지만, 그의 눈빛은 진지하고 신중했다.

새까만 눈동자는 깜짝 놀랄 만큼 맑았다.

그렇게 맑은 눈동자 안에, 가을의 놀란 얼굴이 고스란히 비쳤다.

"하고 싶은 대로 다 해. 내가 널 싫어할 일은 절대 없으니까."

눈물이 흐를 것 같아, 가을은 주먹을 꽉 쥐었다.

"내가⋯⋯."

가을의 입술 사이로 울음기 묻은 목소리가 흘러나왔다.

"내가 대장을 죽여도요?"

나는 아빠를 죽였어요.

나는 엄마를 죽였어요.

나는 내 동생을 죽였어요.

그래서 모두가 나를 미워해요.

아마 내 가족들도 나를 미워할 거예요.

그러니까.

"내가 대장을 죽여도, 대장은 날 안 싫어하겠어요?"

당신도 날 미워해 줘요.

내게 미련을 남기지 말아 줘요.

내가 미련을 갖게 하지 말아 줘요.

"어디 한 번 죽여 봐."

강한이 가을을 똑바로 응시하며 말했다.

"그래도 내가 널 싫어할 일은 없을 테니까."

*　　　*　　　*

정훈의 보고를 들은 최 대표는 침통한 한숨을 내뱉었다.

"진우도 이제 부모 품에서 벗어날 나이가 됐나?"

"26살이니 한창 혈기가 솟을 나이이기는 하죠."

"진우도 은근히 고집이 있어서, 제 하고 싶은 일을 막으면 화를 낼 텐데. 이걸 어쩌면 좋겠는가?"

최 대표가 정훈에게 은근한 시선을 보냈다.

정훈은 최 대표가 원하는 것이 무엇인지 알고 있었다.

그것을 정훈이 말해 주기를 바라고 있는 것이다.

하지만 그것이 최 대표를 향한 정훈의 신뢰와 고마움을 거둬 가진 못했다.

"최가을을 조용히 처리하겠습니다."

"그래, 진우가 계속 그런다면 그 수밖에 없겠지. 하지만 자네한테 못 할 짓을 시킬 수는 없어."

"돈 100만 원만 줘도 무슨 짓이든 해 주는 사람들이 널리고 널렸습니다. 은밀하게 처리할 수 있습니다. 어차피 최가을은 가족도 없고 친척들과도 등을 졌으니, 파헤치려고 하는 사람도 없을 겁니다."

"그래, 그렇기야 하겠지만. 우선은 두고 보게. 너무 서두르면 오히려 일을 그르치는 법이니까."

"네, 그 시기가 되면 언제든 말씀해 주십시오. 진우가 마음의 상처를 입지 않도록, 잘 보호하겠습니다."

정훈이 촬영장에 돌아갔을 때, 리성은 드라마 촬영이 끝나 화장을 지우고 있었다.

대기실에 들어오는 정훈을 거울로 확인한 리성이 물었다.

"어디 갔다 왔어? 아빠 만나고 왔어?"

밝은 음성이지만 가시가 돋아 있는 말투였다.

"아니, 근처에 볼일이 있어서."

"아, 그래? 형도 볼일이 있구나. 바쁘네."

"리성아, 나한테 불만이 있니?"

"아니, 그런 거 없어. 형이 늘 나를 위해 애써 주는 거 아는데, 뭐. 아, 내일부터 3일 동안은 촬영 없어. 오랜만에 휴가야."

"그래, 잘됐네. 요새 촬영하랴, 예능 출연하랴, 고생이 많았어. 집에서 푹 쉬고 병원에 들러서 건강 검진도 받고 그러자."

"응, 그리고 내일 가을이 누나 촬영 있더라고. 거기 가 볼 거야."

"리성아."

"왜? 안 돼?"

리성이 화장 지우는 걸 멈추고 정훈을 향해 몸을 돌렸다.

"나, 가을이 누나 만나면 안 되는 거야?"

"나도 이러는 거 싫어. 그런데 너의 입장도, 최가을의 입장도 생각을 해야지. 네 스캔들도 큰일이지만, 최가을 입장에선 구설수에 휘말리면 네 팬들 때문에 골치가 아파질 거야. 사생팬들이 무슨 짓을 할 수 있는지, 너도 알고 있잖아."

"아아. 그런 적이 있었지."

2년 전이었나.

팬들 사이에서 리성과 여자 아이돌 한 명이 사귄다는 소문이 돈 적이 있었다.

그때 리성의 팬들이 여자 아이돌에게 협박 편지를 보내고, 인터넷에 수치스러운 유언비어를 퍼뜨리는 등, 엄청난 짓을 하는 바람에 큰일이 날 뻔했다.

기사로도 뜰 뻔한 것을, 최 대표가 돈을 써서 간신히 막았었다.

그 여자 아이돌은 리성의 팬들이 흘린 유언비어 때문에 이미지가 하락해, 최근에는 TV에서 거의 볼 수 없게 되었다.

"그 애한테는 정말 미안했었어."

리성의 표정이 시무룩해지는 걸 보고, 정훈은 안도했다.

"그래, 그런 일이 최가을한테 벌어질 수도 있는 거야. 게다가 최가을은 일반인이잖아. 어쩌면 더 곤란할지도 몰라."

"걱정 마, 형. 그에 대한 대처도 다 생각해 둔 게 있으니까."

"대처라니······?"

"내 사랑이야. 내가 알아서 할게. 형이 내 사랑까지 신경 쓸 건 없어. 형, 바쁜 사람이잖아."

리성이 싱글싱글 웃으며 말했다.

웃는 낯과는 달리, 리성의 눈빛에는 묘한 독기가 섞여 있었다.

정훈은 불안해졌다.

리성이 뭔가 달라진 것 같다.

"하여간 난 내일 가을이 누나 촬영하는 게 갈 거니까, 형도 볼일 봐. 날 따라오지 않아도 돼."

"아냐, 내가 할 일인데."

"형이 할 일은 내가 연예계 쪽 일을 할 때 도와주는 거지, 휴가 때 일일이 따라다니는 게 아니잖아. 형도 휴가라고 생각하고 쉬어."

부드러운 말투지만 거부할 수 없는 무언가가 있었다.

정훈은 살며시 주먹을 거머쥐었다.

최 대표가 말하는 '그 시기'가 조만간 올 것만 같았다.

＊　　＊　　＊

오랜만에 솔로 신인 여가수의 화보를 촬영하고 있는데, 주머니에 넣어 둔 휴대폰이 울렸다.

일을 하는 중이기에 안 받았는데, 몇 번이나 계속 울렸다.

마침 중간에 쉬는 시간이 되어, 휴대폰을 꺼냈다.

가을 심부름센터 번호가 찍혀 있었다.

부재중 통화 5통.

'무슨 일이 생겼나?'

전화를 걸려고 하는데, 신인 여가수가 다가왔다.

"안녕하세요."

"아, 네. 안녕하세요."

"저기, 리성 선배님한테 말씀 많이 들었어요. 사진 엄청 잘 찍으신다고."

"아, 그러시구나."

리성이 뒤에서 홍보를 많이 하고 다니나 보다.

그러지 않아도 되는데.

가을이 그렇게까지 매몰차게 거절하는데도, 조용히 뒤에서 도와주는 리성이 고맙기도 하고 부담스럽기도 했다.

"저, 이번에 나온 앨범인데 한번 들어 주세요. 앞으로도 잘 부탁드릴게요."

"저야말로 잘 부탁해요."

가을은 신인 여가수가 내미는 앨범을 받아 들었다.

그때, 또다시 휴대폰이 울렸다.

"저, 잠시 통화 좀 할게요."

"네, 쉬세요."

가을 심부름센터에서 온 전화였다.

통화 버튼을 누르자마자, 강한의 우렁찬 목소리가 들려왔다.

[전화를 왜 안 받아? 전화는 장식이야?]

"일하고 있었어요. 나도 일을 하는 사람이라고요."

[어이구. 얼마나 대단한 일을 하시기에?]

"못되게 구는 건, 내가 아니라 대장인 것 같네요. 그리고 나는 점점 대장이 싫어지려고 해요."

[어이쿠, 무서워라.]

"왜요? 무슨 일인데요?"

[의뢰가 들어왔다.]

"캡이나 미호랑……."

[온 직원이 힘을 합쳐서 해야 하는 일이야. 잔말 말고 그쪽 일 끝내자마자 심부름센터로 와.]

뚝―

뭐라 대답을 하기도 전에 전화가 끊겼다.

가을은 미간을 모으고 휴대폰을 노려봤다.

하여간 이 남자는 너무 제멋대로다.

나흘 전의 닭똥 냄새가 아직도 가시지 않은 것 같은데, 또 의뢰라니.

온 직원이 힘을 합쳐서 해야만 하는 일이 무엇일지 벌써부터 무서웠다.

다시 촬영에 들어가 셔터를 누르는 내내, 가을의 생각은 가을 심부름센터로 향해 있었다.

'또 닭장 청소는 아니겠지? 온 직원이 함께해야 하는 거라면, 돼지우리 청소일 수도 있어. 이제 싫어, 그 냄새는!'

닭똥 냄새가 얼마나 지독한지, 집에 돌아와 깨끗이 씻었는데도 이튿날까지 몸에 그 냄새가 남아 있었다.

―아, 이거 무슨 냄새야?

―시골 냄새 나지 않아? 거름 냄새.

그날, 함께 일한 스텝들이 두리번거리며 자연의 향기에 대해 운운할 때마다, 자신의 몸에서 나는 거라는 걸 들킬까 봐 얼마나 가슴 졸였는지 모른다.

그 일이 트라우마가 돼서, 가을은 킁킁거리는 사람을 보면 '내 몸에서 아직도 냄새나나?'라는 생각이 먼저 들게 되었다.

딴생각을 하면서도 신인 여가수를 열심히 찍어 주던 가을의 손이 갑자기 멈췄다.

렌즈 너머로 보이는 신인 여가수의 표정이 눈에 띄게 달라졌기 때문이다.

가을은 카메라를 내리고 말했다.

"지금 표정이 달라졌는데, 다시……."

"선배님!"

신인 여가수는 주위에 다른 사람들이 있다는 걸 잊은 듯, 가을의 뒤쪽을 보고 외쳤다.

모두의 시선이 가을을, 아니, 가을의 뒤를 향했다.

그리고 가을도 뒤를 돌아봤다.

리성이 언제나처럼 상큼한 미소를 지으며 서 있었다.

"안녕하세요. 전 신경 쓰지 말고 얼른 촬영하세요. 촬영 방해하면 가을이 누나한테 혼나요."

리성이 사람들을 향해 반갑게 인사하고 나서 쾌활하게 말했다.

가을은 리성을 잠시 쏘아보다가 몸을 돌렸다.

"촬영, 다시 시작할게요. 아까 같은 분위기로 부탁해요."

"네, 열심히 하겠습니다. 죄송해요."

신인 여가수가 싹싹한 성격이라 다행이었다.

어쩌면 그런 성격이기에, 리성이 저 여가수에게 가을을 적극 추천해 줬는지도 모른다.

이런 식으로 나타나서 방해만 안 하면 더 고마울 텐데.

등 뒤로 리성의 시선이 고스란히 느껴졌다.

가을은 얼른 일을 끝내고 그 시선에서 벗어나고 싶었다.

하지만 마음이 급하기 때문인지, 아까처럼 사진이 찍히질 않았다. 그래서 만족할 만한 사진을 얻기까지는 평소보다 오래 걸렸다.

"오늘은 좀 오래 걸렸네요. 가을 씨답지 않게."

"뭐야, 리성 씨 와서 너무 긴장한 거 아냐?"

"다음에는 제대로 부탁해요."

"그래도 마지막 사진은 진짜 예쁘게 나왔더라."

스텝들이 반쯤 놀리듯 말했다.

가을은 적당히 대꾸하며 장비를 챙겼다.

"우리 리성 씨도 왔는데 다 같이 회식 어때요?"

리성의 팬이라는 스텝 한 명이 큰소리로 제안했다.

"리성 씨, 시간 괜찮아요?"

"아, 저는 오늘 선약이 있어서요."

다행히도 리성이 먼저 거절했다.

그동안 장비를 다 챙긴 가을이 황급히 나가려는데, 리성이 불러

세웠다.

"가을이 누나. 잠깐만."

스텝들이 전부 자리를 뜬 게 아니었기에, 가을은 리성의 친한 척
이 부담스러웠다.

하지만 여기서 피하면 더 수상해 보일 것이기에, 아무렇지도 않
은 척 리성을 돌아봤다.

"웅?"

"누나랑 잠깐 할 얘기가 있는데. 시간 괜찮아?"

"아니, 나 볼일이 있는데."

"바쁘네."

"웅, 먼저 가 볼게."

가을이 걸음을 옮기자, 리성이 그 뒤를 따라갔다.

촬영장에 남아 있던 사람들이 그 모습을 이상하다는 듯 지켜봤
다.

누가 봐도 리성이 가을에게 치근거리는 분위기였기 때문이다.

"저거 뭐야? 진리성이 최가을한테 관심 있는 거?"

"그러고 보니, 진리성이 최가을 촬영할 때 자주 찾아가는 것 같던
데."

"뭐야, 뭐야. 썸이야? 둘이 썸 타는 거?"

"가을이 언니는 불편해하는 것 같은데."

"설마. 그런 척하는 거겠지. 누가 진리성을 불편해 해? 애인 삼고
싶은 남자 1위인데."

남은 사람들이 숙덕거리는 동안, 리성은 열심히 가을의 뒤를 쫓

아갔다.

"왜 따라오는 거야?"

"누나 볼일 있는 데까지라도 같이 가려고."

"그러지 마. 너랑 같이 갈 만한 곳 아니니까."

"어디 가는데? 나쁜 데라도 가는 거야?"

"그런 거 아니거든요. 그리고…… 아까 안에서 왜 그랬어? 사람들이 오해하겠다."

"오해 아니잖아. 나는 누나 좋아해."

"리성아."

"아, 심각해지진 말자. 누나 그런 표정 지으라고 한 말 아니니까."

가을은 난처했다.

이 문제에 대해서는 얘기가 끝난 줄 알았는데, 아니었나 보다.

사랑이라는 감정이 원하는 대로 만들어 냈다가 접을 수 있는 감정이 아니라는 건 알게 되었다.

그래서 리성을 매몰차게 대할 수가 없었다.

"나, 오늘부터 3일간 휴가거든. 진짜 오랜만에 휴가야. 너무 신나. 요새 잠도 제대로 못 잤는데."

그러고 보니 리성의 얼굴이 많이 수척했다.

"그래, 피곤해 보인다. 집에 가서 좀 자. 드라마 쪽은 휴가여도 MC 보는 거 촬영은 있지 않아?"

"우와, 누나. 내 스케줄도 기억해 주는 거야?"

리성이 환하게 웃었다.

이럴 때 보면 칭찬을 받은 강아지 같다.

"이 정도로 알고 지냈는데, 스케줄 같은 건 알기 싫어도 알게 되지. 게다가 네가 저번에 한 번 쫙 읊어 줬었잖아."

"누나, 머리 좋네. 그런 것도 다 기억하고."

리성은 스튜디오를 나오면서부터 모자를 눌러쓰고 있었다. 하지만 그런다고 그에게서 흘러나오는 아우라를 전부 가리진 못했다.

리성을 본 사람들이 긴가민가하며 돌아보기 시작했고, 몇 명은 알아보고 다가오기까지 했다.

이러다가는 함께 있는 모습을 사진으로 찍히고, 그 사진이 SNS로 번지게 될 것 같았다.

가을은 리성의 손목을 붙들고 인적이 드문 건물 안으로 들어가, 비상구로 향했다.

"누나, 이러지 마. 이렇게 적극적으로 나오면 나, 설레."

"진리성."

비상구 안으로 들어가 문을 닫자마자, 가을은 리성을 돌아봤다.

"사진 찍혔을 거야."

"괜찮아. 난 사진발이 잘 받으니까."

넉살 좋게 대답하는 리성을, 가을은 빤히 응시했다.

'얘가 왜 이러지?'

평소와 다른 느낌이 들었다.

물론 전체적은 분위기는 비슷했다. 다정다감하고 동생 같고 상냥하고 밝은 분위기.

하지만 그 깊은 곳에 이름을 알 수 없는 무언가가 도사리고 있는 듯했다.

"누나. 이번 주 수요일에 드라마 첫 회 방영해. 나, 긴장돼."

"아, 벌써 그렇게 됐어?"

"응. 대하드라마는 처음이고, 많이 긴장돼서 누나가 보고 싶었어. 누나를 곤란하게 했으면 미안해."

리성이 눈썹 끝을 내리고 말했다.

평소와 달라 보인 이유는 긴장 때문이었나 보다.

가을은 경계심을 풀었다.

"그래, 너도 여러 가지로 힘들겠다. 그래도 넌 항상 잘 해 왔으니까 이번에도 잘할 거야."

"정말 그렇게 생각해?"

"응, 정말로."

"내가 정말 잘하고 싶은 건 누나 마음을 얻는 건데, 정작 그건 제대로 못 하잖아."

"리성아."

"알아, 누나가 마음을 열 수 없는 거. 그런데 그냥 가끔 이렇게 힘들거나 할 때, 누나 보러 오는 것도 안 돼?"

"안 돼."

가을이 고개를 저었다.

"안 돼, 리성아. 나를 너의 피난처로 만들지 마."

누군가의 미련이 되고 싶지 않은 건, 리성에게도 마찬가지였다.

리성의 소중한 존재가 될 수는 없었다.

"피난처가 아니라……!"

"리성아. 나는 정말로 바빠. 이제 그만 가 봐야 돼."

정말로 아까부터 주머니 속의 휴대폰이 진동하고 있었다.

리성의 항변을 부드럽게 막은 가을은, 리성을 향해 미안하다는 미소를 지어 주고는 비상구를 나갔다.

그런 그녀를 따라갈 수도 있었지만, 리성은 그러지 않았다.

가을이 이렇게 나올 것은 예상하고 있었다.

그저 마지막으로 확인해 보고 싶었을 뿐이다.

비상구 계단에 혼자 남겨진 리성은, 벽에 기대어 휴대폰을 꺼내 들었다. 그리고 인터넷 검색창을 띄우고 검색어를 입력했다.

가을 심부름센터

*　　　*　　　*

30평쯤 되는 아파트 거실에, 세 남자가 두 여자 심각한 표정으로 둘러앉아 있었다.

사각— 사각— 사각—

대화도 없는 조용한 공간에 울리는 소리는.

사각— 사각— 사각—

"썩어 죽을 배 껍데기!"

결국 강한이 참지 못하고 하늘을 올려다보며 우짖었다.

가을 심부름센터의 고급 인력들은 현재 어느 가정집에 와서 열심히 배와 사과를 깎는 중이었다.

해야 할 일은 그뿐만이 아니었다.

아직도 그들의 옆에는 손질해야 할 과일과 채소가 한 상자 놓여 있었다.

강한은 특히 양파를 원수라도 된다는 듯 노려봤는데, 가을은 그 마음을 이해할 수 있었다.

앞으로 양파를 깔 때 흘릴 뜨거운 눈물을 생각하면, 벌써부터 가슴이 선뜩했다.

"그런데 우리 지금 뭐 하는 거예요?"

아무 설명도 듣지 못한 채 불려온 가을이 조심스럽게 물었다.

"뭐 하긴 뭘 해? 세상에서 제일 지랄 맞은 일을 하지."

강한이 고귀한 심부름센터 의뢰에 대해 저런 식으로 말하는 경우는 거의 없기에, 가을은 지영을 돌아봤다.

배 하나를 어떻게 깎은 건지 밤톨만 하게 만들어 놓은 지영이 두 번째 배를 집어 들며 말했다.

"명절 음식 준비하는 거야. 곧 구정이잖아."

"아, 명절 음식."

명절을 지낸 건 아주 오래전의 일이기에, 그런 게 있다는 걸 잊고 있었다.

"너, 그 배 내려놔라, 구미호. 네가 깎다가는 남아나는 게 없겠다."

성희가 지적하자, 지영이 기다렸다는 듯 칼과 배를 내려 놨다.

"역시 그렇지? 내 손은 똥손이라니까. 그럼 난 소파에서 감독할게."

"감독은 뭔 놈의 감독이야? 가서 양파나 까."

강한이 말했다.

"아, 양파는 싫어. 내 눈물은 비싸다고."

"남자 후릴 때 무기로 종종 사용하면서 비싸긴 뭐가 비싸요? 허구한 날 흘리는 눈물."

"캡, 너 요새 아주 많이 컸다? 나한테 그렇게 기어오르고? 내 눈물 맛 좀 보고 싶어? 누나가 예뻐해 줄까?"

"아, 저리 가요. 징그럽게 굴지 말고."

연진이 몸서리를 쳤다.

지영은 입술을 비쭉거리며 냉장고 문을 열었다.

남의 집 냉장고 문을 제집처럼 열 수 있는 것도, 지영의 능력이라면 능력이었다.

"하, 전부 요리 재료뿐이네. 아, 술 있다. 이거 마셔도 되나?"

"요리용 술은 마시지 좀 마. 병 있냐? 알코올 중독이야?"

"응, 중독이야. 병도 있어. 못 마시면 죽는 병."

지영이 망설임 없이 병을 따더니, 머그잔에 술을 콸콸 따랐다.

강한은 '저 계집애가 여자만 아니었어도! 아니지, 나는 여자도 때리는 놈이지! 하지만 깻값을 물을 수는 없으니 참아야겠지.'라는 눈빛으로 지영을 노려보다가 다시 깎던 배로 시선을 돌렸다.

이번 의뢰는 맞벌이로 바쁜 부부의 의뢰였다.

종갓집 장손이라 명절 음식을 준비해야 하는데, 도통 시간이 되지 않아 큰돈을 주고 의뢰한 것 같았다.

해야 하는 일은 차례 준비를 비롯한 명절 음식 준비.

갈비찜부터 잡채에 전까지, 전부 준비해야 한다고 했다.

"그래도 닭장 청소보다는 낫네요."

가을의 말에 강한이 오만상을 찌푸렸다.

"과연 그럴까?"

"적어도 닭똥 냄새가 온몸에 배진 않잖아요. 그 냄새가 아직도 나는 것 같아."

"그러고 보니 대장이랑 같이 닭장 청소했다면서? 고생했어, 진짜."

지영이 가을의 옆에 앉으며 말했다.

"그렇게 고생한 것 같으면 너도 이 일에 도움이 좀 되든가."

"대장, 나는 살면서 손에 물 한 번 안 묻혀 본 사람이야. 왜 이래?"

"그럼 때려쳐!"

"이렇게 재미있는 일을 때려치울 순 없지."

강한은 지영이 얄미워 죽겠다는 표정이었다.

다들―술을 마시고 곯아떨어진 지영은 제외하고― 열심히 일했지만 끝이 보이질 않았다.

일을 시작한 지 2시간을 넘긴 후에야 간신히 채소 손질을 끝냈다.

"좀 쉬자."

강한의 말에 성희가 벌떡 일어나 밖으로 나갔다.

급한 일이라도 있나 싶었는데, 강한이 고개를 저었다.

"하여간 저건 폐병으로 죽을 거야."

참았던 담배를 피우러 나간 모양이었다.

"나도 좀 나갔다가 온다."

강한이 일어났다.

지영이 잠이 드는 바람에, 낯선 집 거실에 남은 건 가을과 연진뿐이었다.

성미 사건 이후로 연진과 단둘이 있어 본 적은 없기에 조금 어색했다.

가을은 뒷정리라도 할까 싶어 지저분한 도마를 싱크대로 옮겼다. 연진도 도울 생각으로 음식물 쓰레기를 봉지에 담았다.

말없이 뒷정리를 하는 소리만 가득했다.

"누나."

문득 연진이 입을 열었다.

가을은 설거지하던 손을 멈추고 연진을 돌아봤다.

연진은 언제나 그렇듯 모자를 푹 눌러쓴 채, 가을을 물끄러미 응시했다.

모자의 길고 넓은 챙 안에 있는 눈이 어떤 감정을 담고 있는지 확인할 수가 없었다.

"음식물 쓰레기 치우다 말고 이런 얘기를 해서 좀 그렇긴 한데, 지금이 아니면 말하기 힘들 것 같아서요."

"응? 무슨 말인데?"

"저는요. 그냥 평범하게 살아왔어요. 아, 이 얼굴 때문에 조금 곤란한 일을 당한 적은 있지만, 그것 빼고는 전부 다 평범했어요. 그래서 잘 몰라요. 누나가 어떤 기분인지, 어떤 삶을 살아왔는지."

"그런 얘기라면 안 듣고 싶어."

가을이 단호하게 말했다.

다정한 이야기는 듣기 싫었다.

가을 심부름센터의 사랑스러움에 물들고 싶지 않았다.

고맙지만 싫었다.

"네, 그럼 그냥 혼잣말할게요. 하던 일 계속하세요."

"연진아."

"이건 그냥 혼잣말이에요. 누나는 신경 안 쓰셔도 돼요. 아무튼 저는 그냥 그래요. 어리기도 하고, 경험이 별로 없기도 하고, 그래서 잘 몰라요. 누나나 대장이 어떤 일을 경험했고, 어떤 감정들을 지니면서 살아왔는지. 얼마나 많은 짐이 그 어깨에 있는지, 그런 거 잘 모르겠어요."

"안 들을 거야."

"네, 듣지 마요. 혼잣말이니까."

그러면서 연진은 모자를 벗었다.

연진이 스스로 모자를 벗는 건 처음 있는 일이었다.

자신이 신뢰하는 심부름센터 사람들이랑 함께 있을 때도, 연진은 결코 모자를 벗지 않았었다.

깊은 챙 안에 감춰져 있던, 깜짝 놀랄 만큼 예쁜 얼굴이 드러났다.

선이 고운 눈썹과 긴 속눈썹 아래에 자리 잡은 아몬드형의 눈, 오뚝한 코와 잡티 하나 없는 피부, 붉은 입술과 갸름한 턱선.

군대까지 다녀온 남자답지 않게, 누구라도 여자라고 착각할 만한 예쁜 얼굴이었다.

"누나가 좋아요."

14장

가을은 두 손으로 귀를 막았다.

그래도 연진은 아랑곳하지 않고 말했다.

"최가을이라는 사람이 참 좋아요. 왜 좋으냐고 묻는다면, 글쎄요. 그냥 좋아요. 저절로 좋아졌어요. 애정을 갈구하지 않아서, 저한테 모자를 억지로 벗어 보라고 말하지 않아서, 제 얼굴을 보고 나서도 이러쿵저러쿵 말하지 않아서, 자기 일을 열심히 해서, 씩씩하게 살아가서, 똘이랑 놀아 주는 모습이 귀여워서, 대장한테 당당하게 맞서는 모습이 멋져서, 그래서요. 누나가 좋아요."

귀를 막았지만 소용없었다.

연진의 나직한 목소리는 한 자, 한 자 분명하게 가을의 귀에 내려 앉았다.

"그래서 저는 이제 모자를 벗고 살아가기로 했어요. 누나는 조만간 소년 A에 대한 정보를 얻든, 얻지 못하든 가을 심부름센터를 그만둘 거고, 저에 대한 것을 잊으려고 하겠지만. 저는 누나 못 잊어요. 이 모자를 벗고 살아가는 한, 계속 누나를 기억할 거고, 누나가 잘 지내는지 궁금해 할 거고, 조금은 스토킹도 할 거예요."

가을은 눈물이 볼을 타고 흐르는 걸 느꼈지만 닦지 않았다.

가을 심부름센터 사람들이 미웠다.

언제나 내게 삶에 대한 미련과 집착을 안겨 주는, 가을 심부름센터 사람들이 미웠다.

"이건 하지 말라고 해도 소용없어요. 제 마음이 그렇게 되었으니까요. 누나 때문에 모자를 벗고 살아가겠다는 결심을 하게 됐으니까요. 그러니까 저는 잊지 않을 거예요, 누나. 최가을이라는, 참 귀엽고 좋은 사람을."

성희는 화단 옆 흡연 구역에서 담배를 꺼내 입에 물었다.

불을 붙이고 몇 모금 빨기도 전에, 강한이 와서 옆에 섰다.

"넌 죽을 거다. 넌 폐병으로 죽을 거야. 그리고 간접흡연을 하는 나 역시 죽겠지."

"대체 왜 따라 나와서까지 잔소리를 하는 거냐? 죽기 싫으면 들어가."

"변했어, 형님. 전에는 그렇게 나랑 같이 있고 싶다고 하더니."

"대체 전에 누구랑 만났던 거냐? 난 아닌 건 같은데."

"최가을은 3월에 그만둘 거야."

강한이 느닷없이 말했다.

이런 식의 화법은 익숙한지라, 성희는 대답 없이 담배를 입에 물었다.

"형님, 못 들었어? 최가을은 3월에 그만둘 거라고."

"그래, 가을이 원한 건 소년 A에 대한 정보니까. 평생 가을 심부름센터에서 일하진 않겠지. 그것도 무급으로."

"월급을 주면 계속 다닐까?"

"그럴 것 같냐?"

"아니."

"너도 아는 대답이면 묻지 마."

"확신이 필요하니까 그렇지. 쪼잔하게 굴지 마. 대답 한 마디 해준다고 수명 깎이진 않아. 그놈의 담배 연기가 형님의 수명을 깎는 거지."

"캡이 물어보더라. 가을이, 혹시 죽고 싶어 하는 거냐고."

"……그래서 뭐라고 했어?"

"그렇다고 했지."

"그래."

강한은 팔짱을 끼고 정면을 노려봤다. 거기에 가을을 죽고 싶게 만드는 무언가라도 있다는 듯이.

"몹시 고민이야, 형님. 소년 A에 대한 정보를 주지 않으면, 최가을은 다른 곳에 가서 의뢰를 할 거야. 분명 어딘가는 제대로 된 정보를 알아다가 주겠지."

"응."

"소년 A에 대한 정보를 주면, 최가을은 정말로 죽을 거야. 특히 지금 같은 상황에선 더더욱."

가을은 금방이라도 깨질 유리잔처럼 위태로웠다.

살짝만 건드려도 챙, 소리와 함께 산산조각이 날 것만 같았다.

"형님, 나는 지금 이 순간이 내 인생에서 가장 어려운 순간이야. 15년 전에도 이렇게 어렵진 않았어. 그땐 그냥 내가 사진 찍는 걸 그만두면 되는 거였으니까. 그런데 지금은…… 어째야 할지 감도 못 잡겠어."

네가 최가을을 소년 A보다 행복하게 만들어 주면 되잖아.

성희는 목에서 맴도는 그 말을 하지 않았다. 말해 봐야 소용없다는 것을 알기 때문이었다.

결국 이 문제는 강한이 스스로 깨닫는 수밖에 없었다.

가을도 마찬가지였다.

대부분 그렇지만, 가을과 강한도 본인만이 해결할 수 있는 문제를 가슴에 품고 있었다.

*　　*　　*

명절 음식 준비가 끝났을 때는 밤 12시를 넘긴 시간이었다.

팔이며 다리며 안 쑤시는 곳이 없었다.

가을은 남을 위해 요리를 해 본 게 처음인데, 첫 경험부터 너무 힘을 쓰는 일을 했다.

다들 녹초가 되어―지영만은 주정뱅이가 되어― 아파트 앞에서 헤어졌다.

힘든 일을 한 직후라 다들 표정이 어두웠는데, 돌아서서 걸어가는 가을의 표정은 그렇지 않았다.

금방이라도 울음을 터뜨릴 것 같은 표정으로, 가을은 어두운 길을 천천히 걸어갔다.

코를 훌쩍거리고 있는데, 어느새 바로 뒤로 따라온 강한이 물었다.

"감기야?"

"그런가 봐요."

"거짓말을 참 잘도 하네."

"네, 난 거짓말쟁이잖아요."

"아직도 심술부리는 중이야?"

"영원히 심술부릴 거예요."

"그래, 그럼. 너 좋을 대로 해."

"그러려고요. 대장도 항상 자기 좋을 대로 하니까."

따라오지 마요.

데려다주려고 하지 마요.

그런 말을 해 봐야 통하지 않으리라는 걸 알고 있었기에, 가을은 묵묵히 걸었다.

잠깐 흐른 침묵을, 다시 강한이 깨뜨렸다.

"나한테 뭐 할 말 없어?"

"네, 없는데요."

"그래? 그럼 좀 만들어 내 봐. 심심하니까."

이 남자는 진짜!

이렇게까지 사람 울화통을 터지게 만드는 사람이 또 있을지 궁금했다.

데려다 달라고 한 적 없다고 톡 쏘아붙일까 하다가 관뒀다.

"명절 음식 준비는 힘들어요."

"그래, 힘들지."

"없어졌으면 좋겠어요. 명절 같은 거."

"그래? 그럼 탄원서를 내 볼까?"

"뭐라고 내게요?"

"아주 엿 같아서 못 해 먹겠으니까 명절 같은 거 다 없애 버리자고. 명절 음식을 하는 것도 지랄 맞고, 차례 준비하다가 이쪽이 단명할 것 같고, 가족이 없는 사람들은 소외감을 더 느끼게 되니까, 명절 따위 다 없애 버리자고."

가을은 걸음을 멈췄다.

가을보다 조금 뒤에서 걸어오던 강한이 가을과 부딪치기 직전에 멈췄다.

요새 정말 왜 이럴까?

이렇게 자주 우는 성격이 아니었는데 또 울음을 터뜨릴 뻔했다.

콧등이 시큰거렸다.

"어떻게 알았어요?"

"뭘?"

"내가 그런 생각하고 있는 거."

그런 생각을 하고 있었다.

옛날부터 명절이 싫었다.

친척들이 다 모이는 명절이 되면, 가을은 언제나 혼자였다.

친척들은 가을에게 곱지 않은 시선을 보냈고, 어른들의 분위기를 읽은 사촌들은 가을을 소외시키고 저들끼리 놀았다.

언제나 천덕꾸러기 취급을 받았기에, 가을은 숨을 죽이고 조용히 앉아 있거나 밖에 나가 있다가 돌아오곤 했다.

명절은 항상 불편하고 차갑고 어렵고 외로운 기간이었다.

1년에 두 번 있는 그 시간이, 가을은 끔찍이도 싫었다.

혼자 살게 된 이후로는 눈칫밥을 먹지 않게 되어서 홀가분했다.

아니, 홀가분하다고 생각해 왔다.

오늘, 그렇지 않다는 걸 알게 됐다.

좋아하는 사람들과 함께 둘러앉아 명절 음식을 준비하는 건, 즐거웠다. 몸은 고되지만 마음은 그렇지 않았다.

술에 취한 지영을 보는 것도, 연신 투덜거리는 연진을 보는 것도, 연진이 모자 벗은 모습을 가지고 계속 놀라워하는 성희를 보는 것도, 양파 껍질에 대해 수시로 '엿 같다.'고 표현하는 강한을 보는 것도.

고독하지도, 외롭지도 않아서 이 시간이 계속되었으면 좋겠다고 생각했다.

하지만 그 생각을 누구에게도 들키지 않으려고 했는데, 강한이 알아 버렸다. 언제나 그렇듯이.

"내가 모르는 게 어디 있어? 대장인데."

당연한 걸 묻고 그러냐는 듯 되묻는 강한을, 가을은 울음을 꾹 참고 올려다봤다.

어스레한 가로등 불빛을 받아, 또렷한 얼굴에 더 깊은 굴곡이 졌다.

그 얼굴은 가슴이 저릿할 정도로 아름다웠다.

내가 사랑하는 남자는 너무도 아름다워서, 너무도 상냥해서, 그래서 사랑하지 않기가 너무나 힘이 들었다.

"대장은 바보 멍청이예요."

눈물을 참으려고 아무 말이나 내뱉었더니, 강한이 말도 못 하게 충격 받은 표정을 지었다.

"나는 살면서 바보 멍청이라는 말을 들어 본 적이 없어!"

"거짓말!"

"내가 넌 줄 알아? 난 거짓말 안 해! 성가신 놈이라는 말은 들었어도 바보 멍청이라니. 이건 또 신선한 평가로군. 아주 놀라워."

진심으로 감탄하는 강한을 노려보다가 휙 돌아서서 다시 걸었다.

"대장이 미워요."

"응, 계속 미워해. 그건 그렇고, 구정 땐 뭐해?"

"일해요."

일은 없지만 거짓말을 했다.

더는 그들의 따스함에 중독되고 싶지 않았기 때문이다.

"거짓말 마, 일 없는 거 아니까."

"내 뒷조사 좀 하지 말아 주실래요?"

"그럴 순 없지."

"남 스토킹이나 하면서 되게 당당하시네요."

"당당하지 못할 이유가 없잖아. 이 잘난 얼굴을 가졌는데. 원래 잘생긴 사람은 뭘 해도 용서받는 거야."

"경찰서에서도 그렇게 말할 수 있나, 두고 봅시다."

"그래. 그럼 구정 연휴는 경찰서에서 같이 보내 볼까?"

그런 대화를 하다 보니 어느새 가을의 집 앞에 도착했다.

찬바람에 귀가 꽁꽁 얼었다는 것도 깨닫지 못하다가, 집을 보는 순간 빨갛게 언 귀가 아파졌다.

"저, 들어가 볼게요."

뒤도 돌아보지 않고 말했다.

강한은 대답하는 대신, 가을의 뒤에서 양손을 뻗어 그녀의 귀를 감쌌다.

이 추위 속에서도 강한의 손은 무척이나 따뜻했다.

갑자기 따뜻한 것이 닿은 귀가 간질거렸다.

"구정 땐 심부름센터에 와."

"싫어요."

"와. 나랑 같이 보내."

"싫어요. 그리고 이런 짓 좀 하지 마요. 대장은 원래 이렇게 아무한테나 스킨십을 막 하고 그래요?"

늘 그렇듯 '넌 마스코트니까.'라든가, '잘생긴 사람은 뭘 해도 괜찮잖아.' 따위의 대답이 돌아올 줄 알았다.

하지만 돌아온 그의 음성은 전에 없이 진지했다.

"내가 그동안 그러는 것 같아 보였어?"

그렇지 않았다.

강한은 지영에게도 그렇고, 같은 남자인 성희나 연진에게도 전혀 손을 대지 않았다.

가을에게만 그랬다.

그런데 왜?

왜 나한테만?

알고 싶지 않았다.

알아서는 안 될 것 같았다.

그래서 가을은 궁금한 것을 묻는 대신에 말했다.

"대장이 미워요."

"그래, 계속 미워해. 그런다고 내가 널 미워할 일은 없고, 구정 때 만두를 안 만들어 놓지도 않을 거니까."

"만두, 만들 거예요?"

"응. 고기만두."

"난 김치만두 좋아해요."

울지 않으려고 했는데, 가을의 눈에서는 어느새 눈물이 흐르고 있었다.

그 눈물이 볼에 닿은 강한의 손가락을 적셨겠지만, 강한은 모르는 척해 주었다.

"그럼 그것도 하지, 뭐."

"알겠어요."

"올 거지?"

"네. 하지만 만두만 먹고 돌아갈 거예요."

"그래. 하지만 경고는 해 둘게. 내 만두는 너무 맛있어서, 먹고 나면 또 먹고 싶고, 또 먹고 나면 배불러서 잠을 자게 될 거야."

"그럴 리가."

가을은 작게 웃었다.

귀를 덮고 있던 강한의 손이 떨어져 나갔다.

"춥다. 들어가서 자."

"네, 대장도요."

가을은 마지막까지 돌아보지 않고 집 안으로 들어갔다.

하지만 가을의 귀를 덮고 있던 강한의 따스함은, 귓가에서 떨어지지 않고 가을을 따라 안으로 들어왔다.

가을이 들어간 후에도 강한은 꼼짝 않고 서서 가을이 들어간 문을 물끄러미 응시했다.

그러다가 방금 전까지 가을의 귀를 감싸고 있던 자신의 두 손을 내려다봤다.

한동안 자신의 손바닥을 내려다보던 강한은, 손으로 입가를 가리며 중얼거렸다.

"하아. 미치겠네."

*   *   *

"구미호, 집에 다 왔다. 이제 술 취한 연기 그만해도 돼."

성희가 거대한 저택 앞에서 등에 업혀 있던 지영에게 말했다.

성희의 넓은 등에 얼굴을 묻고 잠든 척하던 지영이 눈을 슬며시 떴다.

"언제부터 눈치챘어?"

"처음부터."

지영이 에헤헤 웃으며 성희의 등에서 내려왔다.

"그럼 진작 좀 말해 주지. 업혀 있는 거 진짜 힘들단 말이야."

"업고 온 사람은 안 힘들 텐데, 내가 아주 미안한 짓을 했군."

"형님은 힘도 세고, 난 깃털처럼 가볍잖아."

지영의 뻔뻔한 태도에 성희는 어이없다는 듯 고개를 저었다.

"언제 봐도 어마어마한 집이네."

오랜만에 지영의 집 앞까지 온 성희가 새삼스럽게 감탄했다.

넓은 부지에 높은 벽 안쪽으로 2층 지붕이 언뜻 보였다.

벽 안쪽에는 구석에 잘 꾸며 놓은 예쁜 정원과 연못이 있다는 걸, 성희는 알고 있었다.

"안 들어올 거야?"

"너무 늦었어."

"우리 오빠는 안 잘걸."

"됐어. 틈틈이 얼굴 봐야 하는 사이도 아니고."

"오빠가 들으면 실망하겠다. 우리 오빠는 형님을 꽤 좋아하는데."

성희가 피식 웃었다.

"됐어. 불편해. 간다."

"형님."

"응?"

"있잖아. 만약에…… 만약에 가을이가 소년 A의 정체를 알게 돼서 그 애를 죽이면, 그러면. 형님은 가을이를 변호해 줄 거야?"

"아니, 안 해 줄 거야."

성희가 단호하게 대답했다.

"나는 이제 변호사 아냐. 들어가 봐."

성희가 돌아섰다.

멀어지는 성희를 잠시 지켜보다가 지영은 대문을 열고 들어갔다.

사실은 전혀 취하지 않았다.

연진이 가을에게 모자를 벗을 거고, 이 일을 평생 기억할 거라고 말할 때부터 깨어 있었다.

연진은 어리지만 머리가 잘 돌아가고 생각이 깊었다.

처음에는 연진이 왜 가을을 기억할 거라는 둥의 이야기를 하는지 알 수 없었다.

가을이 심부름센터를 그만둬도 가을을 기억하는 건 당연한 일이니까.

뒤늦게 기억해 냈다.

가을에게는 호흡 곤란이라는 증세가 있고, 그 증세가 사실은 죽고 싶다는 마음에서 비롯됐다는 걸.

가을이 심부름센터에 다니기 시작할 당시, 강한이 그렇게 말했었다. 가을이 정말로 죽으려고 한 적이 있다는 이야기도 들었다.

함께 지내면서 가을이 점점 밝아지기에, 그 일에 대해 잊고 있었다.

가을의 사촌이라는 여자가 찾아온 이후, 가을은 처음 봤을 때보다 더 어두워졌다.

연진은 그래서 가을에게 그런 말을 했을 것이다.

지영은 작게 한숨을 쉬며 넓은 마당을 지나 현관문을 열었다.

늦은 시간이라 다들 자고 있을 줄 알았는데, 오빠인 지완의 방문이 반쯤 열려 있고 불빛이 새어 나오고 있었다.

지영은 노크도 없이 지완의 방에 들어갔다.

"일찍 좀 다녀."

책상에 앉아 서류를 보고 있던 지완이 뒤도 돌아보지 않고 말했다.

"오빠."

"왜?"

"오빠는 내가 죽으면 평생 슬퍼할까?"

지완이 서류를 내려놓고 의자를 빙글 돌렸다. 지영을 닮은 날카로운 눈이 지영을 똑바로 향했다.

내 오빠지만 참 차갑게 생겼어, 라고 생각하는데 지완이 입을 열었다.

"무슨 일 있어?"

"아니, 그냥. 가족이 죽으면 어떤 기분일지 궁금해서."

"흐음. 글쎄."

지완은 그 어떤 질문도 허투루 넘기는 적이 없었다.

다리를 꼰 지완이 심각한 표정으로 말했다.

"평생 슬프겠지. 하지만 어떤 식으로 사망했느냐에 따라 슬픔의 방식이나 강도가 달라지긴 할 거야. 병사인 경우, 마음의 준비를 할 시간이 있을 테니까 슬픔을 잘 갈무리할 수 있겠지. 살인으로 사망했을 경우엔 슬픔과 분노를 동시에 느낄 거고, 슬픔이 깊은 만큼……."

"만약 내가 오빠를 구하다가 죽으면?"

"그럼 평생 죄책감에 시달리겠지."

"아, 역시 그럴까?"

"당연하지. 나는 평생 죄책감에 시달릴 거야."

"날 따라서 죽고 싶다는 생각도 들 것 같아?"

"가끔은 들겠지. 물론 네가 구해 준 목숨이니 함부로 다루진 않겠지만."

"나도 죽고, 엄마도, 아빠도 죽으면? 오빠를 구하다가 다들 죽으면?"

"그럼 나도 죽겠지."

"의외다. 오빠는 그런 부분에서 냉정할 것 같았는데, 의외로 감성적이네."

"가족의 일에는 냉정할 수 없지, 당연히. 대체 무슨 영화를 보고 왔기에 그래?"

"영화. 그래, 이거 참 영화 같은 일이지."

지영은 쓴웃음을 지었다.

"너, 무슨 일 있어?"

평소와 다른 지영의 표정을 보고 지완이 걱정스러운 듯 물었다.

"아니, 그냥. 요새 좀 마음이 싱숭생숭해서."

"왜? 그 심부름센터 일 때문이냐?"

"그렇다고 해야 하나?"

"불쾌한, 그놈 때문이지?"

강한을 떠올리는 것만으로도 싫다는 듯, 지완이 인상을 찌푸렸다.

"오빠는 이상하게 우리 대장을 싫어하더라."

"그놈이랑 난 안 맞아."

"응, 안 맞을 것 같긴 해. 대장은 자기 잘난 맛에 사는 남자니까."

"딱 질색이야, 그놈은. 성희는 속도 좋지. 그런 놈이랑 어떻게 그렇게 오랫동안 친분을 유지하는 거지?"

"그러게. 아, 그러고 보니 방금 성희 오빠가 집 앞까지 왔다가 갔어."

"들어오라고 하지."

"오빠 보기 불편한가 봐."

"그때 그 사건 때문인가?"

"아마도. 자기는 이제 변호사 아니라면서 가더라."

"잘 무마시켜 줬는데 자기가 스스로 때려치웠으면서."

"그러게."

"그래도 그땐 속이 시원했지."

그날의 법정이 떠오르는지, 지완이 빙그레 미소를 지었다.

지완은 성희가 변호사를 그만둔 그 사건의 담당으로 그 법정에 섰던 검사였다.

"오빠, 나 궁금한 게 있어. 법적으로."

"응, 뭔데?"

"만약에 말이야. 음. 어린애가 있어. 한 5, 6살 정도? 그런 어린애가 실수든, 고의든 사람을 죽였어. 그럼 처벌을 안 받잖아."

"응."

"한참이 흘렀어. 피해자 가족이 그 어린애가 지금 뭘 하고 지내는지 알고 싶어 해. 결국 알아내고, 분노에 못 이겨서 그 애한테 상해를 입히거나 죽여. 그러면 그거, 정상 참작이 될까?"

지완은 대답 없이 지영을 물끄러미 응시했다.

지영은 귀여운 동생이지만 참으로 생각이 없고, 살고 싶은 대로 사는 아이였다.

그런 지영이 오랜만에—어쩌면 처음으로— 생각을 해야만 하는 질문을 던졌다는 것이 지완을 놀랍게 만들었다.

"너, 요새 심부름센터에서 그런 일 하고 다니냐?"

"어?"

"소년법에 보호받는 사람들 뒷조사해 주는, 그런 일 하고 다녀? 가을 심부름센터가 하는 일이 그런 일이야? 아이스크림 사다 주고, 남의 집 청소해 주고, 그런 건 줄 알았는데."

"아니, 아니, 아니. 여기엔 사정이 있어."

"사정?"

"응, 그게……."

지영은 잠시 망설이다가, 가을에 대한 이야기를 했다. 짧지 않은 이야기인데도, 지완은 가만히 지영의 이야기를 들었다.

지영의 이야기가 끝났을 때, 지완이 말했다.

"정상 참작은 안 될 거야. 너무 오래된 일이고, 상대가 5, 6살이면 너무 어리기도 했어. 이제 와서 복수를 하면, 그건 복수가 아니라 그냥 살해일 뿐이야."

지완의 냉정한 대답에, 지영이 발끈했다.

"하지만 가을이한테 그 사건은 아직도 현재진행 중이야!"

"가을이라는 애의 사정이 딱한 건 사실이야. 하지만…… 만약 네가 어릴 때 아무것도 모르고 실수로 저지른 잘못을 이제 와서 갚아야 한다면, 너로서도 부당하다고 생각하지 않겠어?"

"나는……."

"네가 5살 때 아무 생각 없이 도둑질을 했다고 치자. 그 일을 가지고 이제 와서 도둑이네, 남의 것을 훔치네, 한다면 넌 어떨까?"

"도둑질이랑은 다르잖아."

"물론 희생자가 있었지. 가슴 아픈 일이야. 하지만…… 소년 A나그 애 가족의 입장에선 어떨까?"

"가해자의 입장을 꼭 생각해 줘야 돼?"

"법이 그래."

"빌어먹을 법이네."

"그래, 빌어먹을 법이지."

"평생 기억하고 괴로워하고 후회하면서 살아야 하는 거 아냐? 아무리 장난이었더라도 사람을 셋이나 죽였는데."

"차라리 청소년기에 저질렀다면 모르겠지만, 상대는 5살이었어. 그 나이 때의 애들은 자기가 뭘 하는지도 모르지."

지영은 세상이 가을에게 너무 부당하다고 생각했다.

지완의 말이 틀린 건 아니었다. 만약 소년 A가 지영의 지인이었다면, 소년 A의 편을 들었을지도 모른다.

하지만 지영의 지인은 가을이었고, 당연히 가을의 입장에서 생각할 수밖에 없었다.

소년법 따위 얼어 죽으라지.

"대장은 소년 A가 누군지 아는 것 같아."

지완이 미간을 모았다.

"그래? 그런데도 말을 안 해 줬단 말이지? 그렇다면 불쾌한, 그놈도 나와 생각이 같다는 거겠네."

"아냐. 가을이를 좋아해서 옆에 붙여 두려고 그런 걸지도 몰라."

"불쾌한 씨가 사랑에 빠졌다고 동네에 소문이 다 났던데, 그게 그가을이었던 거야?"

"응."

"그렇다면 더더욱 최가을이라는 애는 소년 A에 대해 모르는 게 좋겠네."

"왜?"

"불쾌한, 그놈은 자기 잘난 맛에 사는 놈이야. 자기가 해결 못 할 일은 없다고 생각하지. 그런 놈이 최가을에게 소년 A에 대해 말해 주지 않는 이유가 뭐라고 생각해?"

"그거야 가을이가 좋아서……."

"아니. 본인 힘으로도, 본인이 사랑하는 사람임에도, 해결할 도리가 없는 문제라고 판단했기 때문이야."

"그 말은……?"

"소년 A는 아마 상상 이상으로 잘 살고 있을 거야. 아주 많은 사랑을 받으면서. 도저히 말해 줄 수 없겠지. 네 가족을 죽인 아이가 지금 아주 행복하게 잘 살아가고 있다고는."

*　　　*　　　*

느지막이 일어난 가을은 침대 끝에 멍하니 앉아 있다가 방 안을 둘러봤다.

어수선한 느낌이 들어서 생각해 보니, 최근에 청소를 하지 못했다.

성미를 만난 이후로 뿌연 안개 속에서 시간을 흘려보낸 기분이었다.

'청소나 좀 할까?'

예전이었다면 눈을 뜨자마자 가을 심부름센터로 향했겠지만, 지금은 그곳에 가는 시간을 최대한 늦추고 싶었다.

방 한 칸에 거실과 부엌, 화장실 하나. 넓지 않은 집이지만 창문까지 열어 놓고 꼼꼼히 청소를 하려니, 꽤 오랜 시간이 걸렸다.

쓸고 닦고 하는 동안에는 다른 생각이 나지 않아서 좋았다.

빨래를 널다가 문득 옷을 산 지도 꽤 오래됐다는 데 생각이 미쳤다.

이 또래의 여자들은 옷이나 화장품, 가방에 관심이 많을 텐데, 가을은 그런 것들에 도통 관심이 생기지 않았다.

'나는 뭐에 관심이 있는 걸까? 나, 무언가에 관심이라는 걸 가진 적이 있기는 할까?'

생각하면 생각할수록 살아갈 이유라고는 전혀 없는 삶이었다.

차라리 다른 사람이 살아났더라면 이 시간을 좀 더 유용하게 사용하지 않았을까?

샤워를 하기 위해 옷을 벗은 가을은, 거울 앞에 서서 자신의 알몸을 응시했다.

왼쪽 팔과 다리에 그날의 흔적이 남아 있었다.

강한을 만나기 전까지 화상 흉터는 죄책감과 고독과 슬픔의 상징이었다.

—네 아버지가 지켜 낸 고귀함이야.

강한의 한마디가 그것을 소중하고 애틋한 기억으로 바꿔 주었다.

그랬는데.

—너만 아니었어도 전부 살았을 텐데, 너 때문에 다 죽은 거잖아.

진실은 달랐다.

이 목숨은 가족들의 목숨을 대가로 얻어 낸 것이었다.

가을이 그때 불을 피해 안쪽으로만 도망치지 않았더라도, 모두 살아남았을 것이다.

결국 가족들을 모두 죽인 건 소년 A가 아니다.

'나야.'

가을의 눈에 차오른 눈물이 볼을 타고 흘러내렸다.

'내가 죽였어.'

이 초라한 삶, 무엇이 대단하다고 불을 피해 숨어서 엄마와 아빠를, 동생 하을이를 죽게 만든 걸까.

이 형편없는 삶, 얼마나 굉장하게 살아가려고 나를 찾아 헤매다가 가족들이 전부 죽게 한 걸까.

　·

　—그러니까 저는 잊지 않을 거예요, 누나. 최가을이라는, 참 귀엽고 좋은 사람을.

이런 초라하고 형편없는 나를, 내 가족을 모두 죽게 만든 나를.

　—안아 주려고 왔어.

어째서.

　—그래, 계속 미워해. 그런다고 내가 널 미워할 일은 없고, 구정 때 만두를 안 만들어 놓지도 않을 거니까.

다들 이렇게나 따스하게 대해 주는 걸까.

나는 죽어 마땅한데.

가을은 두 손으로 얼굴을 가리고 쭈그리고 앉았다.

혼자 사는, 언제나 혼자였던 그 집에서, 가을은 오늘도 혼자 알몸으로 오도카니 앉아 눈물을 흘렸다.

죽고 싶었다.

많이 울었는데도 눈이 붓지 않아서 다행이었다.

가을은 가을 심부름센터 안으로 들어갔다.

아무도 없는지 똘이만 나와서 가을을 반겼다.

가을은 똘이를 안아 들고 보드라운 털에 얼굴을 묻었다.

가을의 마음이 심란한 걸 아는지, 똘이는 평소와 다르게 얌전히 골골거렸다.

똘이에게서 전해지는 울림에 마음이 조금 편해졌다.

'다들 어디를 간 거지?'

차라리 잘 됐다.

아무도 만나고 싶은 기분이 아니었으니까.

오늘을 잘 넘기고, 내일 촬영 일을 하고, 그러고 나면.

'구정이구나.'

강한과 만두를 먹기로 약속한 구정 연휴가 시작된다.

싫다.

'아니, 싫지 않아.'

죽고 싶은 와중에도, 김치만두는 기대됐다.

김치만두를 기대한다기보다는 열심히 만두를 만들 강한이 기대됐다.

가을 심부름센터는 이런 모순되는 감정을 생기게 만들어서 곤란했다.

보일러를 얼마나 세게 틀어 놨는지, 방 안이 후끈거렸다.

찬바람이라도 좀 쐴 요량으로 똘이를 안고 마당으로 향하는 창문을 열었다.

찬 공기가 싫은지, 똘이가 냐앙, 하며 가을의 품에서 도망쳤다.

가을은 어쩔 수 없이 혼자서 마당으로 나갔다.

마당으로 나가자마자 후회한 이유는, 거실 창문으로 보이지 않는 곳에 서 있는 성희 때문이었다.

집 벽에 기대어 담배를 피우는 성희와 눈이 마주쳤다.

"아, 형님. 오셨는지 몰랐어요."

"아아."

성희는 이도 저도 아닌 대답을 했다.

가을은 망설이다가 못 본 척 들어가는 것도 예의가 아닌 것 같아서 성희의 옆으로 걸어갔다.

성희가 얼른 담배를 재떨이에 비벼 껐다.

"계속 피우셔도 되는데."

"안 되지. 네 앞에서 담배 피운 걸 알면, 불쾌한이 우리 마스코트를 폐병으로 죽게 만들 생각이냐고 야단법석을 떨 텐데."

"대장은 왜 그렇게 오버를 하나 모르겠어요."

"정말 모르겠어?"

"네, 정말요. 형님은 알겠어요?"

"그놈의 찬란한 정신세계에 대해서는 잘 모르겠지만, 야단법석을 떠는 이유는 알지."

"그래요."

왜요?

그렇게 묻진 않았다.

어째서인지 그런 질문을 던지면 안 될 것 같았다. 돌이킬 수 없는 일이 벌어질 것만 같았다.

성희도 굳이 말해 줄 생각은 없는 듯 묵묵히 하늘을 올려다봤다.

가을도 성희를 따라서 고개를 들었더니, 시리도록 맑은 하늘이
펼쳐져 있었다.

내 가슴에는 안개가 끼었지만, 하늘은 저리도 맑구나.

"한 대 후려쳐 줄까?"

문득 들려온 질문에 가을이 눈을 동그랗게 뜨고 성희를 돌아봤
다.

성희는 여전히 하늘을 보고 있었다.

"절 때리고 싶으세요?"

가을은 운동으로 다져진 성희의 넓은 어깨와 가을의 얼굴만 한
큼직한 주먹을 살펴보며 조심스레 물었다.

"네 사촌. 최성미."

"아······."

"나, 그런 거 잘하거든. 후려치는 거."

"아하하하."

"그래서 변호사도 못 하지. 이미 버린 몸. 가서 한 대 후려쳐 줄
까?"

"걔, 임신했대요."

"상관없잖아. 우리 마스코트가 금방이라도 죽을 것 같은 표정을
짓고 있는데."

"아하하하. 저, 안 죽어요."

"강한이가 너한테 왜 그렇게 웃지 말라고 하는지, 이제 알겠다."

"……."

성희가 고개를 돌려 가을을 내려다봤다.

한없이 따사로운 시선이 가을의 얼굴에 닿았다.

"최성미가 너한테 무슨 소리를 한 거야?"

성희가 묵직한 음성으로 물었다.

가을은 망설였다.

성희는 어쨌든 변호사를 했었고, 법에 대해 잘 아는 사람이라는 생각이 들어서 그런지, 냉정하게 상황을 판단할 수 있을 것 같았다.

너는 죽을 목숨.

너는 살 목숨.

너는 가치 없는 목숨.

너는 가치 있는 목숨.

그런 판단을 확실하게 내려 줄지도 모른다.

성미에게 들은 이야기를 전해 주면, 내 목숨이 가치 있는지 없는지, 그 당시에 내가 죽었어야 했는지 살았어야 했는지, 나를 구한 우리 부모님의 판단이 옳았는지, 글렀는지에 대해 솔직하게 말해 주지 않을까.

강한이나 지영, 연진과 다르게 냉정하게 판단해 주지 않을까.

물론 가치 없고, 죽었어야 했고, 그른 판단이었겠지만.

그래도.

"그게요."

가을이 입을 열 때였다.

딩동—

초인종이 울렸다.

성희의 표정이 굳어졌다.

간신히 가을의 이야기를 끄집어내려던 참이었는데!

언제나 소중한 고객님이지만, 이 순간만큼은 뛰쳐나가 찾아온 인물을 한 대 후려치고 싶은 충동이 일었다.

"응, 그게 뭐?"

성희는 일단 초인종 소리를 못 들은 척하기로 하고, 가을에게 되물었다.

하지만 가을은 이미 집 쪽으로 몸을 돌리고 있었다.

"들어가요. 손님이 온 것 같아요."

창문으로 향하는 가을의 뒷모습을 보며, 성희는 주먹을 꽉 쥐었다.

고객님, 너 오늘 죽었어.

＊　　　＊　　　＊

중요한 순간에 찾아온 고객님은, 가을은 물론이거니와 성희의 심장도 뚝 떨어뜨려 놓았다.

성희는 죽이네, 살리네 했던 생각조차 잊고, 부릅뜬 눈으로 현관문을 열고 들어온 고객님을 노려봤다.

"우와, 다들 너무 무섭게 노려보신다."

진리성이었다.

'이놈이 여기엔 왜? 어째서? 뭘 알고 온 거지?'

성희는 혼란스러웠다.

성희는 리성이 소년 A라는 걸 알고 있었다.

안 그래도 가을이 그 사건으로 다시금 우울해진 기간인데, 어째서 소년 A가 등장한 걸까?

이걸 어찌해야 할까?

언제나 냉철하게 상황을 판단하는 성희지만, 이 순간만큼은 혼란스러운 머릿속을 정리할 수가 없었다.

가을은 가을대로 놀랐다.

'왜 리성이가 여기에?'

가을 심부름센터에서 일하는 건 비밀이었다.

일하는 이유는 더더욱 비밀이었다.

때문에 본업인 사진작가 쪽 사람들을 이곳에서 만나는 건 곤란했다.

'설마…… 하라 언니가 알려 준 건가?'

몇 달 전 의뢰를 위해 찾아왔던 최하라가 떠올랐다.

하라와 리성은 친분이 있으니, 어쩌면 하라에게 들었는지도 모르겠다.

아니, 그런 건 아무래도 좋았다.

중요한 건, 리성이 지금 이곳에 찾아온 이유였다.

"저, 심부름센터에 의뢰를 좀 하고 싶어서 찾아온 건데. 들어가도 되나요?"

두 사람의 격렬한 눈빛에 신발도 벗지 못하고 있던 리성이 웃는 낯으로 물었다.

둘의 눈빛 따위는 아무래도 좋다는 듯, 리성은 싱글싱글 웃고 있었다.

"아, 네. 고객님. 들어오시지요."

성희는 일단 리성을 맞이했다.

"잠시 소파에 앉아서 기다려 주세요. 차를 대령하겠습니다."

"아, 차는 괜찮은데."

"아닙니다, 고객님. 고객님을 모시는 데 조금이라도 소홀함이 있으면 대장에게 한 소리를 듣게 돼서요. 잠시만 기다리세요."

성희는 리성이 소파에 앉는 걸 확인하고, 황급히 부엌으로 가서 휴대폰을 꺼냈다.

강한은 지금 연진과 함께 우수 고객님의 명절맞이 대청소를 하러 가 있었다.

[불쾌한. 큰일 났다. 진리성이 여기에 왔어.]

성희가 강한에게 문자를 보내는 동안, 가을은 리성의 맞은편에 앉았다.

여전히 싱글싱글 웃는 리성이 무슨 생각을 하는지 알 수 없었다.

"여긴 어떻게 온 거야?"

"어떻게 오긴. 일을 의뢰하려고 왔지."

"너도 이런 데를 와?"

"응. 오지. 나도 이런저런 사정이 있거든."

"그래?"

"응."

화려한 세계에 살면서 많은 사랑을 받더라도 여러 가지 문제가 있다는 건, 최하라를 통해서 알게 되었다.

리성에게도 그런 문제가 있을지도 모른다.

'그래, 나 때문에 찾아왔다는 건 너무 자의식 과잉인 거지. 어쩌다 보니 이곳에 오게 된 걸 거야. 하라 언니처럼.'

가을이 심란한 마음을 가라앉혔을 때, 아까보다 더 심란해진 성희가 가을의 옆에 앉았다.

강한에게 답이 없었다.

아마도 휴대폰을 다른 데 놔두고 청소하는 데 열중하고 있나 보다. 연진도 마찬가지인지, 도통 연락이 되지 않았다.

성희는 리성을 가만히 응시했다.

'소년 A.'

고객님으로만 대해야 할 텐데, 그 생각이 머릿속에서 떠나질 않았다.

가을에게 리성이 소년 A라는 것을 알릴 수는 없었다.

지금 가을은 허물어지기 직전이었고, 이런 상황에서 리성이 소년 A라는 것을 알게 되면 무슨 일이 벌어질지 몰랐다.

성희는 잠시 눈을 감고 심호흡했다.

잘하자.

실수하면 안 된다.

적어도 강한이 오기 전까지는 정신을 똑바로 차리자.

"너무 유명하신 분이 오셔서 깜짝 놀랐습니다."

이윽고 감정을 갈무리한 성희가 말했다.

가을은 흘긋 성희를 돌아봤다.

왜인지 성희의 말투도, 행동도 평소와 다른 느낌이 들었기 때문이다.

"네, 저도 이런 데 오게 될 줄은 몰랐어요."

"그러시군요. 뭐든 해 드리는 가을 심부름센터입니다. 바람 난 연인 뒷조사, 돈 떼먹은 놈에게 돈 받아 내기부터 집 청소나 요리 같은 잡일까지, 뭐든 해 드립니다. 무엇을 해 드릴까요, 고객님."

"아, 저는 사람을 좀 사고 싶어서요."

"사람을요. 네, 물론 사람도 대령해 드립니다. 어떤 사람으로 대령해 드릴까요?"

성희는 자기가 무슨 말을 하는지도 모르고, 강한의 말투를 따라 말했다.

리성이 원하는 대로 됐다는 듯 씩 웃으며 가을을 돌아봤다.

"최가을이요. 저, 최가을을 사고 싶어요."

청소를 끝낸 강한이 우수 고객님께 상냥하게 영업을 하며 돈을 받아 내는 동안, 연진은 밖에 나와서 겉옷에 넣어 뒀던 휴대폰을 꺼냈다.

휴대폰의 부재중 통화를 확인한 연진이 인상을 찌푸렸다.

성희에게 10통이 넘는 전화가 와 있었다.

'뭐지?'

급한 일인가 싶어서 전화를 해 봤는데, 이번에는 성희가 받질 않았다.

성희와 통화 연결을 하는 동안, 강한이 집 밖으로 나왔다.

"누구랑 통화해? 여자야?"

강한이 집착남처럼 물었다.

"형님한테 전화가 열 통이 넘게 와 있었어요. 그런데 전화를 안 받네요."

"그래? 너네 나 몰래 연애하냐?"

"그건 또 뭔 소리래요."

"곧 있으면 만날 텐데 뭘 통화질까지 하면서……."

투덜거리며 자신의 휴대폰을 꺼내 문자를 확인한 강한의 표정이 굳었다.

강한은 무시무시한 눈으로 휴대폰을 노려보고 있었는데, 지금껏 강한이 그런 표정을 짓는 걸 보는 게 처음이라 연진은 깜짝 놀랐다.

왜 그러냐고 묻지도 못하고, 연진은 가만히 강한을 지켜봤다.

연진의 시선을 느끼지 못한 듯 한참 휴대폰을 노려보던 강한이 갑자기 휙 돌아서서 뛰기 시작했다.

연진과 함께 있었다는 걸 잊은 듯했다.

"대장, 같이 가요!"

연진이 강한의 뒤를 따라 달렸지만, 강한은 조금도 속도를 늦추지 않았다.

가을은 눈을 동그랗게 뜨고 리성을 응시했다.

애가 무슨 소리를 하는 거지?

리성이 하는 말의 의미를 곧장 이해하지 못했다.

성희를 돌아봤더니, 성희 역시 비슷한 표정을 짓고 있었다.

'아니, 비슷한 게 아닌 것 같은데.'

성희에게서는 미묘한 긴장감이 전해지고 있었다.

유명한 연예인을 앞에 둬서 긴장한 걸까?

성희의 속을 모르는 가을은, 성희도 의외로 평범한 구석이 있다고 생각했다.

'그러고 보니 형님은 내가 진리성이랑 아는 사이라는 걸 모르지. 대장이 말을 안 해 줬나? 의외로 입이 무겁네.'

성희가 이미 진리성이 대해, 가을이 모르는 것까지 알고 있다는 걸 모르는 가을은 강한의 무거운 입에 대해 새삼스럽게 감탄했다.

그러거나 말거나 리성은 싱글싱글 웃으며, 성희와 가을의 반응을 즐겁게 지켜보고 있었다.

가을은 다시 리성에게 시선을 옮겼고, 뒤늦게 리성이 한 말의 의미를 깨달았다.

"최가을 씨를 사고 싶으시다고요?"

간신히 정신을 차린 성희가 입을 열었다.

그의 입술 사이로 흘러나오는 음성은 평소보다 무겁고, 위협하는 느낌이 들기까지 했다.

큰 덩치에 험악한 인상의 남자가 협박조로 말하면 무서울 법도 한데, 리성이 얼굴엔 두려워하는 기색이 조금도 없었다.

성희가 자신을 해칠 리 없다고 확신하는 것 같았다.

"네, 최가을 씨를 사고 싶어요."

리성이 장난치듯 대답했다.

"인간을 사고팔던 유행은 한참 전에 지났는데, 상당히 유행에 뒤떨어지신 사고를 가지신 것 같습니다."

가을은 성희의 말투에 담긴 적대감에 놀랐다.

"네, 제가 좀 보수적인 측면이 있어서요."

아니, 그건 상관이 없는 것 같은데.

가을은 인상을 찌푸렸다.

리성이 왜 이런 행동을 하는지 알 수 없었다.

"네, 좋습니다. 고객님이 원하신다면 해 드려야지요. 그렇다면 우선 고객님이 사고 싶으시다는 최가을 씨에 대한 정보를 얻고 싶군요."

가을은 성희가 리성이 말하는 '최가을'이 자신을 말한다는 걸 전혀 모르고 있다고 확신했다.

'그나저나 형님이 손님 접대를 하는 건 처음 보네. 은근히 대장이랑 비슷한 구석이 있어.'

가을의 시선을 느낀 듯, 성희가 가을을 돌아봤다.

"왜?"

"아, 고객님 접대하는 모습이 대장이랑 좀 비슷한 것 같아서요."

가을의 대답에 성희는 말도 못 할 만큼 충격을 받은 표정이었다.

'너, 말실수한 거야!'라는 눈빛으로 가을을 응시하던 성희가 고개를 절레절레 젓고는, 다시 리성을 돌아봤다.

둘의 대화를 재미있다는 듯 듣던 리성이 말했다.

"굳이 제가 최가을 씨에 대한 정보를 드려야 할 필요는 없는 것 같네요. 저보다 최가을 씨에 대해서 더 잘 아시는 것 같으니까."

"무슨 말씀이신지."

성희는 으르렁거리듯 물었다.

하지만 리성은 미소를 지우지 않고 손가락으로 가을을 가리켰다.

"이분이에요. 제가 사고 싶은 최가을 씨."

성희는 몹시 난처했다.

'소년 A는 이런 성격이었나?'

성희도 연예인 진리성에 대해서는 잘 알고 있었다.

모를 수가 없었다. 무엇을 해도 이슈가 되는 연예인이니까.

예의가 바르고, 구설수에 오르지 않고, 다른 연예인들에게 좋은 이미지를 쌓았고, 팬들에게도 항상 상냥했다.

바쁜 와중에도 팬들의 사인 요청을 일일이 다 받아 주고 사진도 함께 찍어 준다고들 했다.

토크쇼에서 가끔 친분이 있는 연예인들이 나와 리성에 대한 이야기를 할 때가 있는데, 언성 한 번 높인 적 없고, 그렇게 성실한 친구는 본 적이 없다고들 평가했다.

하지만 지금 이 앞에 있는 리성은, TV에서 보거나 들었던 모습과는 조금 달랐다.

물론 TV에서 떠들어대는 걸 전부 믿지는 않지만, 강한 역시 리성이 소년 A라는 걸 밝히면서도 나쁜 점을 이야기하진 않았다.

하지만 지금 성희가 보기에 리성은, 그리 좋아 보이지 않았다.

예의가 바르고 웃는 낯이기는 하지만, 뭘까. 가슴에 걸리는 이 찝찝함은.

"죄송합니다만 무슨 의미로 그런 말씀을 하시는지 모르겠군요."

성희는 일단 의미를 파악하지 못한 척했다.

강한이 올 때까지 시간을 벌어야 했다.

"아, 그러니까. 저, 거기에 앉아 있는 그 여성분을 사고 싶다고 의뢰하는 거예요. 마음 같아서는 평생 사고 싶지만, 일단은 한 달간."

성희야말로 마음 같아서는 리성을 쫓아내고 싶었다. 하지만 뭐든 해 드리는 '가을 심부름센터'인데, 이유를 듣지도 않고 리성을 쫓아내면 가을이 이상하게 생각할 것이 틀림없었다.

가을의 의심을 사지 않으면서 리성의 요청을 거절하고, 더불어 강한이 올 때까지 시간을 벌 방법을 찾아야만 했다.

"그렇군요. 하지만 죄송하게도 이 여성분은 팔지 않습니다."

우선은 부드럽게 거절했다.

"네, 물론 팔지 않으시겠죠. 저는 그저 그 여성분의 시간을 사고 싶을 뿐이에요. 요새 그걸 뭐라고 하더라. 데이트 메이트? 데이트 친구? 그런 거요."

"죄송하지만 저희는 심부름센터이지, 그런 쪽의 일은 하지 않습니다. 그런 걸 연결해 주는 어플이 많으니, 그런 쪽으로 이용해 보심은 어떨까요?"

"아뇨. 저는 불특정 다수의 여성분을 원하는 게 아니라, 거기에 앉아 있는 최가을 씨를 원하는 거라서요."

"그런가요. 그렇다면 더더욱 안 되겠네요. 최가을 씨는 우리 마스코트라서 팔 수가 없거든요."

"그래요? 그거 정말 안타깝네요."

리성이 가을을 돌아봤다.

가을은 숨소리라도 들릴세라 조용히 숨을 죽이고 리성과 성희의 대화를 듣고 있었다.

"저는 거기에 그 최가을 씨를 좋아하거든요. 아주 많이 좋아해요. 그래서 상사병에 걸릴 것 같아요."

진심인지 아닌지 모를 표정으로, 리성이 말했다.

가을은 주먹을 꽉 쥐었다.

'쟤가 무슨 소리를 하는 거지?'

"지금까지는 꾹 참았어요. 제가 이 마음 밝히면 최가을 씨가 사람들 입에 오르내릴 거고, 사생활이 밝혀질 거고, 제 팬들이 최가을 씨를 물어뜯을지도 모르니까요. 그런데 이제 더는 참을 수가 없어서, 이러다가 이성을 잃으면 저도 모르게 '나는 최가을을 사랑한다!'라고, 방송에서건 어디에서건 외치게 될 것 같아서. 그래서 마지막 방편으로 찾아왔어요. 최가을 씨 시간이라도 사서 한 달간 마음껏 데이트를 하면, 제가 최가을 씨를 사랑한다는 말을 흘리는 따위의 실수를 하지 않을 것 같아서요."

달콤한 어투로 말하지만 협박이었다.

최가을을 살 수 없다면, 최가을을 사랑한다고 여기저기 알리겠다. 그렇다면 최가을은 살기 힘들어질 것이다.

리성은 그리 말하고 있었다.

가을의 등에 식은땀이 흘렀다.

리성을 잘 이해시킨 줄 알았다. 리성은 잘 받아들인 것 같아 보였다.

그런데 이제 와서 이런 식으로 나오다니.

뭐가 잘못된 걸까? 리성에게 무슨 일이 있었던 걸까?

'얘, 내가 아는 그 진리성이 맞는 거야?'

소름이 끼쳤다.

자신이 원하는 것을 손에 넣기 위해 무슨 짓이든 할 것만 같은 그 모습에, 숨이 턱 막혀 왔다.

"이성은 이미 잃으신 것 같네요."

성희가 차갑게 말했다.

가차 없는 평가에도 리성은 웃었다.

"아, 그럴지도 모르겠어요. 그런데 저도 정말 열심히 참았거든요. 그 보상으로 그저 한 달간, 최가을 씨의 시간을 사고 싶을 뿐이에요. 이 정도면 괜찮은 제안이지 않나요?"

"리성아."

가을이 입을 열었다.

"왜 이래?"

"응? 뭐가?"

"너, 여기까지 찾아와서 왜 이러는 거야?"

"지금까지 말했잖아. 다시 한 번 말할까?"

"그런 걸 묻는 게 아니야. 내가 분명히 말했잖아. 나는 사랑 같은 거 하지 않는다고. 누구와도 사귀지 않는다고."

"나, 누나한테 지금 사귀자고 말하는 거 아냐. 날 사랑해 달라고 하는 것도 아니고. 그저 누나의 시간을 사고 싶을 뿐이야."

"그러니까 그런 행동이……."

"뭐가 잘못됐는데? 누나, 여기서 다른 사람들한테 누나의 시간을 팔고 있잖아. 그 시간, 나한테도 좀 팔아 주면 안 되는 거야?"

"달라."

"다를 거 없어. 누나가 여기서 하는 그런 일들이랑 똑같아. 그저 나랑 하루에 몇 시간 같이 밥 먹어 주고, 영화 봐 주고, 대화해 주고. 그러면 되는 거야."

"너, 지금 그게 말이 된다고 생각해?"

"그만큼."

리성의 눈썹 끝이 내려갔다.

가을의 마음을 약하게 만드는, 그 표정이었다.

주인에게 혼난 강아지 같은 표정.

"그만큼 절박하다고 생각해 주면 안 돼? 누나를 너무 사랑하는데, 이 마음 도저히 접을 수가 없어서, 절박해서, 애절해서. 그래서 이런다고 생각해 주면 안 돼?"

"폭력입니다, 그거."

성희가 끼어들었다.

성희는 더 이상 적개심을 감추지 않고, 서늘한 눈으로 리성을 노려보며 말했다.

"상대가 원하지도 않는 사랑, 억지로 받아들이게 하려는 그거. 일종의 폭력입니다."

"그런가요. 그렇다면 전 폭력배겠네요. 정말 지독하죠."

리성이 부정하지 않으니, 성희는 할 말이 없어졌다.

차라리 부정이라도 하면 그 생각의 어느 부분이 틀렸는지 하나하나 지적해 주련만.

"응, 지독해. 곤란하게 하지 말고 돌아가 줘."

가을이 단호하게 말했다.

"그럼 난 이 마음을 사람들에게 알리게 될지도 모르는데?"

"너, 지금 날 협박하는 거니?"

"응. 협박하는 거야."

가을은 이를 악물었다.

비명을 지르고 싶어졌다.

"네가 이런 사람인 줄 몰랐어."

"응, 나도 몰랐어. 그런데 이런 놈이었나 봐. 정말 나쁘지."

리성이 일일이 반박하지 않고 인정하니 대하기가 곤란했다.

"한 달만이야, 누나. 딱 한 달만 누나의 시간을 살게. 하루에 3시간. 대가는 선불이든, 후불이든 누나가 원하는 대로 치를게."

"천만 원. 시간당 천만 원이야."

"응, 알겠어."

"진리성!"

"시간당 천만 원. 하루에 3천만 원. 낼게."

"너, 정말 왜 이래?"

"왜 이러는 것 같아?"

"미친 것 같아, 너."

"응, 그렇게 보인다면 미쳤나 봐. 나, 누나한테 미친 것 같아."

더는 어떻게 할 도리가 없다는 걸, 가을은 깨달았다.

리성이 갑자기 왜 이러는지 모르겠지만, 이 제안을 거절하면 정말로 가을에 대한 마음을 밝히리라는 것만큼은 알 수 있었다.

사람들의 입에 오르내릴 수는 없었다.

생활이 엉망이 될 게 분명했다.

'뭐, 지금도 엉망진창이지만.'

문득 든 생각에, 가을은 고개를 숙이고 쓴웃음을 삼켰다.

어차피 가을의 인생은 엉망진창이었다. 여기서 좀 더 엉망이 되어 봐야 뭐가 달라질까 싶었다.

어차피 리성이 원하는 건 가을의 하루 중 3시간일 뿐이었다.

이 지경에 왔지만 리성이 가을에게 입에 담을 수 없는 몹쓸 짓을 하지는 않으리란 확신이 있었다.

리성은 말 그대로 데이트를 하고 싶은 것이리라.

그렇다면 그걸 못 해 줄 이유가 뭐가 있을까.

자기가 저렇게 원하는데 해 주지 않을 이유는 없다. 내가 죽었을 때 받게 될 충격과 상처를 감당하는 것도, 결국은 리성의 몫이다.

'나는 할 만큼 했어.'

가을은 고개를 들고 리성과 눈을 맞췄다.

"알겠어, 그럼. 앞으로 한 달, 하루에 3시간. 팔아 줄게."

"최가을!"

성희가 버럭 외쳤다.

"뭐, 상관없잖아요. 고작 3시간인데. 돈도 원하는 대로 준다고 하고."

"가을아."

"괜찮아요, 형님. 제가 알아서 할게요. 심부름센터 일도 소홀히 하지 않을 거고요."

성희는 입을 꾹 다물고 가을의 얼굴을 응시했다.

가을은 성희 쪽을 돌아보지도 않고 있었다.

성희는 가을이 무슨 생각을 하는지 알 것 같았다. 그래서 가슴이 미어졌다.

"나가서 조율하고 올게요."

성희의 시선을 견디기 힘들어, 가을은 자리에서 일어났다.

"걱정 마세요. 심부름센터로 들어온 의뢰니까, 돈은 고스란히 심부름센터에 넘길게요."

삶을 포기한 듯 무표정하게 말하는 가을에게, '돈 문제는 아무래도 좋아.'라는 말을, 성희는 할 수 없었다.

모든 것을 내려놓은 한 여인을 위해, 성희는 아무것도 해 줄 수 있는 일이 없었다.

그때도 그랬다.

항상 그랬다.

성희는 할 수 있는 일이 없었다.

　　　　　　　*　　　*　　　*

　리성은 가을 심부름센터가 있는 골목 끝에 차를 세워 두었다.

　창문을 어둡게 선팅해서 안이 안 보이는 검은색 스포츠카였는데, 리성이 이 차를 모는 걸 보는 건 처음이었다.

　딱 보기에도 비싸 보이는 자동차라서, 새삼스럽게 리성이 돈을 잘 번다는 걸 실감했다.

　리성은 운전석에, 가을은 조수석에 올랐다.

　가을이 문을 닫자마자 리성이 물었다.

　"우리, 어디 갈까?"

　"어디도 가지 않을 거야."

　"어? 나한테……."

　"내 시간을 팔게. 하지만 오늘은 가격 조정만 하고, 시작은 내일부터야."

　"응, 그래. 알겠어."

　리성이 뭐든 좋다는 듯 웃었다.

　해사하게 웃는 리성은 가을이 알고 있는 그 모습이었다. 아까 심부름센터에 보인 모습이 거짓말 같았다.

　"왜 이러느냐고 묻는 건 그만두기로 했어. 다만 하나 약속해 줬으면 해. 이번에 한 달의 기간이 끝나면, 더는 이러지 말아 줘."

　"그래, 알겠어."

　"그때는 협박해도 안 통해."

　"응, 안 할게."

"정말이지?"

"응, 정말이야."

믿을 수 없었지만 믿는 수밖에 도리가 없었다.

"그럼 가격 조정을 해 보자."

"천만 원이라며?"

"그걸 정말로 줄 생각이었어? 하루에 3천씩, 한 달이면 얼만 줄 알아?"

"난 누나를 위해 얼마든 쓸 수 있어."

"하아. 너, 진짜 대책 없다."

가을은 고개를 저었다.

내 시간 따위 얼마에 팔든 상관은 없었다. 그리 가치 있는 시간도 아니니까, 리성이 가을에 대한 언급만 안 해 준다면 돈을 받지 않아도 상관없었다.

하지만 가을 심부름센터에 남아 있을 기간도 얼마 남지 않았고, 그동안 가을 심부름센터를 위해 무슨 일이든 해 주고 싶었다.

이 돈으로 그들이 보여 준 다정함에 대한 고마움을 다 갚을 수는 없겠지만, 조금이나마 성의를 보이고 싶었다.

"하루에⋯⋯."

과연 얼마를 부르는 게 적당할까?

"천만 원."

고민을 하는 동안 리성이 대신 대답했다.

"천만 원씩 줄게."

"말도 안 되는 소리 하지 마. 한 달이면 3억인데, 한 달 동안 3억을 쓰겠다고?"

"응, 쓸 거야."

리성의 표정은 진지했다.

가을은 리성이 왜 이러는지 알 것 같았다.

많은 돈을 써서 가을을 부담스럽게 하려는 것이리라.

역시 리성은 뭔가 이상하다.

'아니, 내가 처음부터 진리성이라는 인간에 대해 잘못 판단했는지도 모르지.'

"천만 원씩은 필요 없어. 그렇게까지 받을 만한 시간도 아니고. 시간당 10만 원으로 할게."

"아니, 그건 너무 싸."

"딱 적당해. 하루에 30만 원. 한 달이면 900만 원. 입금은 선불이야. 계좌는 가을 심부름센터로 보내 주면 돼."

가을은 가을 심부름센터의 계좌 번호를 불렀다.

"너무 싼데. 누나의 시간을 고작 10만 원에 사는 건 죄책감이 든다고."

"이런 짓을 하는 건…… 아니, 됐다. 중간에 계약을 취소하더라도 돈을 돌려주진 않을 거야."

"걱정 마. 연장하고 싶으면 싫었지, 계약을 취소하진 않을 테니까."

"모를 일이지. 그리고 널 방문하는 시간은 저녁 9시부터 12시로 할게. 너도, 나도 하루 스케줄이 있으니까."

"응, 알겠어. 시간 딱 좋아."

리성이 휴대폰으로 은행 어플을 열어 조작했다.

"예금주는…… 우강한 맞아?"

"응, 맞아."

"역시 우강한 씨가 가을 심부름센터의 사장이었구나."

"알고 찾아온 줄 알았는데."

"짐작만 했지. 입금했어. 그럼 내일부터 누나의 3시간은 내 거인 거지?"

"응, 내일 9시에. 어디로 가면 돼?"

리성의 눈이 가늘어졌다.

"우리 집."

짓궂은 눈빛을 짓는 걸 보니, 가을을 골려 주려는 것 같았다.

가을은 리성을 무심히 응시하며 고개를 끄덕였다.

"그래, 알겠어. 너희 집으로 갈게. 집 주소 불러 줘."

가을이 이렇게 나오자, 이번에는 리성이 당황했다.

"어, 진짜로 오게?"

"응, 진짜로 가게. 주소나 알려 줘."

강한이 거친 숨을 몰아쉬며 거실로 들어갔을 때, 성희는 소파에 우두커니 앉아 있었다.

"최가을은?"

"나갔어."

"진리성은?"

"진리성도."

"어떻게 됐어?"

"……."

"어떻게 됐느냐고!"

"진리성이 가을이를 사고 싶다고 하더군. 하루에 3시간씩. 가을이는 오케이 했고."

"오케이 했다고? 넌 그걸 보고만 있었고?"

"그럼 어떻게 해? 가을이가 하겠다는데. 내가 뭘 어쩔 수 있었겠어?"

"말렸어야지!"

"말린다고 들어? 너라면 말릴 수 있었겠어?"

"못 말리지. 말리지는 못했겠지만 방에 가둬 두고 진리성을 쫓아냈겠지!"

"그러다가 가을이가 이상하게 생각하고, 진리성이 그놈이라는 걸 알게 되면? 그걸 눈치채면 그땐 어떻게 할 건데?"

"그땐 그때고!"

"그땐 그때라고? 그때가 되면 돌이킬 수 있을 것 같아? 아니면 너나 내가 해결해 줄 수 있을 것 같아?"

"그건……!"

강한은 말문이 막히는지 입을 다물었다.

강한을 뒤따라온 연진은 심상찮은 분위기에 입을 꾹 다물고 구석에 서 있었다.

강한과 성희가 간혹 티격태격하기는 하지만, 진짜로 언성을 높이며 싸우는 걸 보는 건 처음이었다.

게다가 강한이 저렇게 열렬한 반응을 보이는 것 또한 처음이었다.

　'진리성이라면 그, 연예인 말하는 거 맞지? 가을이 누나가 진리성한테 고백받았었다고 했고. 그런데…… 대체 분위기가 왜 이러지? 그때라는 게 대체 뭐고? 그놈이라는 건 또 뭔데? 뭘 가을이 누나가 알면 안 되는 거지?'

〈다음 권에서 계속〉